KB243067

1

보로나

초판발행 / 2024년 9월 1일
글 / 장형순
표지디자인 / 장형순
편집 / 장형순
펴낸곳 / 지콘디자인
펴낸이 / 장형순
인쇄 / 이삼공이노베이션
이메일 / digitalzicon@naver.com
ISBN / 979-11-988476-1-4 (03810)
정가 / 16,500원

기억이라는 건 보통,
누군가의 머릿 속에 처박혀 있던 것이라
그것이 진실이었는지, 혹은 꿈과 같은 것인지
도통 알 수가 없다.

그녀의 단편적 기억 속 보로나는,
태평양의 푸른 바다와 지독히 아름다운 석양을
언제나 볼 수 있는 곳이었으며,
꿈처럼 빛나던 별들과 원 없이 만날 수 있는 언덕을 가진,
지구에서 가장 아름다운 섬이었다.

차례

언젠가

아드아브 조류연구소를 하늘에서 볼 기회가 있었는데

그건 보로나라는 둥지 속의 알처럼 보였다.

언젠가 반드시 깨어날 것 같은.

보로나

2차 대전 중, 해양에서 벌어진 치열한 전투에서 조난당한 군인들이 조류에 떠밀려 도착한 곳은 차모로인들로부터 〈보로나〉라고 불리는, 사람이 살지 않는 태평양제도의 작은 섬이었다. 그들은 그곳에서 부서진 배의 파편과 보급품 상자 등으로 간이침대를 만들어 아군과 적군을 가리지 않고 다친 군인들을 보살폈다. 전투가 치열해 질수록 더욱 더 많은 군인들이 보로나로 밀려들었다. 전쟁의 끝이 보일 무렵, 연합군 측은 그곳에 다친 군인들을 치료하기 위한 야전병원을 만들고자 국제사회에 도움을 청했다. 생명을 살리는 일이었기에 인도적 차원의 의료행위에 동참하려는 세계 각국 의료인들이 위험을 무릅쓰고 그 섬에 모여들기 시작했다. 전쟁이 끝난 후에도 그곳에서의 부상자 치료는 계속되었다. 귀국선에 오를 만큼 건강이 회복되지 않은 사람들과 이런저런 이유들로 본국 송환이 이루어지지 않은 사람들이 있었기 때문이었다.

1946년 가을, 그곳에 남은 의료인들은 치료받을 권리의 동등함과 전쟁 반대의 기치를 내걸고 〈바실리카〉라는 이름의 연합단체를 만들어 요양병원을 설립했다.

이후 <바실리카 요양병원>은 정치적 이유로 본국 송환을 원하지 않거나 갈 곳 없는 전쟁 병사들, 그리고 조용한 섬에서 여생을 보내고자 하는 외지인들의 쉼터가 되어주었다. 그곳은 여러 평화단체의 기부금과 독지가들의 기금이 바닥나기까지 근근이 20여년 동안 명맥을 이어왔다.

1969년 여름, 북유럽에 본부를 둔 엘리아머 동물보호재단이 바실리카 요양병원 시설들을 인수하고 <아드아브 조류연구소>를 그곳에 세웠다. 요양병원에 근무하던 대다수의 의사와 간호사들은 그 섬을 떠났으나 남은 사람들도 있었다. 그들은 조류연구소에서 필요한 의료인력으로 잔류하거나, 보직을 바꾸어 그곳에 머물렀다. 연구소에 필요한 추가 인력은 각국의 지원자들로 채워졌다. <아드아브 조류연구소>는 이후 21종의 멸종위기동물 보전에 기여한 것을 인정받아 <야생동물 보호단체>의 상징이 되었다.

1999_1

도착

"자, 내 손 잡아, 이제부터 눈을 감고 내가 시키는 대로 하는 거야. 하나부터 일곱까지 수를 셀 거야. 네 머리 속을 가득 채우고 있는 무거운 것들을 하나씩 꺼내 봐. 할 수 있지? 그러면 네 몸도 점점 가벼워질 거야. 일곱을 셀 때쯤엔 네 발은 거짓말처럼 땅에서 둥둥 뜰거야."

햇살을 등진 어두운 얼굴이 인자한 미소를 지으며 차분하게 말하고 있었다.

"준비됐니?"

일곱살 소녀는 목 아프게 그를 올려다보며 커다란 그의 손을 잡고 고개를 끄덕였다.

"하나."

"닫힌 교실."

"둘."

"아빠와의 산책."

"셋."

"떠나는 배."

"넷."

"어두운 방."

그쯤 되자 정말 그 사람의 말대로 정말 몸이 점점 가벼워지는 것 같았다. 그와 맞잡은 손에서 땀이 나기 시작했다.

"다섯."

"꿈 속."

"여섯."

"죽은 새."

소녀가 이렇게 이야기하고 다시 올려다 보았을 때 그는 손을 놓고 무표정한 얼굴로 고개를 가로저었다.

"삐~."

강한 스피커 소리에 위나가 눈을 떴다. 잠에서 덜 깬 멍한 눈으로 주변을 둘러보았다. 그날이 생각나면, 그날의 기억이 졸음과 함께 위나를 찾아오면, 언제나 같은 꿈을 꾸게 되고 잠에서 깬 후에는 반드시 어지럼

증이 찾아온다. 보통 그 증세가 그리 길게 가지는 않
지만, 위나는 이 어김없음이 싫었다. 잠시 후 객실 내
에는 선장의 묵직한 음성이 스피커를 통해 들려왔다.
"지난 3일 괌을 출발한 145톤급 탕아타 호는 최고속
력 57노트로 운행하여 잠시 후 경유지 보로나에 도착
합니다. 탕아타 호는 이곳에서 10분간 머물 예정이며
앞으로 네시간 뒤인 현지시각 18시 5분에 최종 목적
지인 필리핀 마닐라 항에 도착합니다. 보로나에서 내
리실 분은 준비하시기 바랍니다."

위나는 두툼한 커튼을 걷고 세기말의 바다에 인사했
다. 창을 통해 들어오는 익숙한 빛이 객실에 차올랐다.
열명 남짓한 객실 안의 사람들 중 일부는 아직 한밤
중인 양 의자 깊숙이 묻혀 있었고 다른 몇몇은 커튼
을 조금 열어 창밖을 응시하고 있었는데 그들은 마치
하늘 너머 우주를 보고 있거나 빛이 닿지 않는 심연
을 보고 있는 것 같았다. 위나는 잠들기 전에 무릎 위
에 놓고 보던 책을 접어 손가방에 넣고 옆자리에 놓
아둔 클로슈를 머리에 눌러썼다. 책을 어디까지 읽었
는지는 기억나지도 않았다. 천천히 주변을 둘러보고는

바닥에 떨어져 있던 양산을 주워 옆구리에 끼고 조용히 자리에서 일어났다.

'안녕 탕아타, 안녕 의미없는 날들아.'

위나가 바퀴달린 여행가방과 손가방을 들고 객실을 나서자 방금 부두에 밧줄을 묶은 선원이 부담스러울 정도로 가까이 다가와 말을 걸었다. 땀에 젖은 그의 팔엔 잠자리 날개 같은 것이 붙어 있었다.

"여러가지로 불편하셨죠? 귀에서 오토바이 소리가 난다더니 괜찮아지셨나요? 음식은 입에 맞으셨구요?"

질문이 참 많은 선원이었다. 적도의 태양은 모자 챙을 무겁게 짓누르고 있었다.

"하룻 밤인데요 뭘, 의자가 소파처럼 푹신해서 잘 잤어요. 귓 속에서 달리던 오토바이도 이제 멀리 가버린 것 같네요. 음식도 좋았어요. 전 아무거나 잘 먹거든요. 그나저나 별걸 다 기억하시는군요."

"특별하시잖아요!"

배가 부두에 닿은 후 그가 여행가방을 들어준 덕분에 위나는 편안하게 내릴 수 있었다. 그곳은 배가 겨우 두 대 정박할 만한 작은 규모의 부두였다.

"저는 이곳에 내리는 사람이 항상 궁금했어요. 도대체 무슨 일로 이 작은 섬에 가는 건지 말이에요."

위나는 선원의 이야기를 듣는 둥 마는 둥 하며 피식 웃었다. 뒤에서 뱃고동 소리가 들렸다. 그러자 그는 배를 향해 돌아서며 말했다.

"그나저나 여기는 새들의 천국이라지요?"

위나가 이번엔 빙그레 웃으며 대답했다.

"여기에 새들이 많은지 아닌지는 다음에 만나게 되면 자세히 알려드릴게요. 고마웠어요!"

위나는 선원이 왜 자신에게 특별하다고 했는지 묻고 싶었지만 그는 이미 다시 배에 올라 부두에 묶었던 밧줄을 풀고 있었다. 부두 반대편에선 양산을 쓴 두 여인이 잰 걸음으로 자신을 향해 오고 있었다. 얼핏 보아도 둘은 나이 차이가 꽤 있어 보였다. 먼저 다가온 중년의 여인이 호흡을 가다듬고 입을 열었다. 가슴엔 <도나>라고 쓰여있는 명찰이 달려 있었다.

"위나 원장님이시죠? 오시느라 수고 많으셨습니다. 저는 부원장 도나입니다. 여기 이분은 마리구요. 여행가방을 마리에게 주시겠어요?"

"괜찮아요, 바퀴가 달려 있어서 힘들지 않아요."

그러자 마리가 작지만 단호한 소리로 말했다.

"언덕 길입니다. 이리 주세요."

빼앗다시피 여행가방을 가져간 마리가 총총 걸음으로 먼저 움직였다. 위나는 잠시 멈추어 자신이 방금 내린 부두 주변을 둘러보았다. 그 모습을 유심히 지켜보던 도나가 위나의 치마를 보며 입을 열었다.

"초록색이 잘 어울리세요."

"감사합니다. 듣기 좋네요. 보로나에서 처음 입으려고 지난주에 새로 산 거예요."

"정말 잘 어울리세요, 원장님 출발하시죠."

도나가 쓰고 있던 양산을 위나의 머리 방향으로 조금 기울이며 말했다.

"모자를 썼으니 그러지 않으셔도 됩니다. 그나저나 여기선 긴급한 상황이 벌어지면 어떻게 해요?"

"네? 무슨 말씀이신지..."

"누군가 갑자기 크게 다치거나 해서 여기서 치료할 수 없는 일이 생기게 되면요."

"위급한 상황이 생기면 바로 본부에 연락해야죠. 그럼 근처를 지나는 배에 헬기를 실어 보내줄 겁니다. 그런 시스템이 있는 것으로 알고 있습니다. 아직 그런 경우는 없었지만요."

둘의 대화를 조용히 듣기만 하던 마리가 도나를 쳐다
보며 작은 소리로 입을 열었다.

"작년에..."

도나가 마리의 말을 받았다.

"아, 참 작년에 그런 일이 있었네요. 내 정신이 이래
요. 바이마 원장이 갑자기 쓰러져서 헬기로 이송되었
어요. 황당했죠 진짜."

"그래서 그 분 어떻게 되셨어요?"

"다행히 본국에서 잘 치료를 받고 회복되신 걸로 들었
어요. 하지만 지속적인 치료가 필요해 보여서 이곳으
로 다시 오지는 못하셨어요."

"그래서 원장을 다시 뽑는다는 공고를 낸 거군요."

"맞습니다."

"그리고 아주 예전에도..."

마리가 다시 입을 열었다.

"아주 예전?"

도나가 금시초문인 표정으로 마리에게 물었고 위나는
가만히 듣고 있었다.

"연구소가 들어설 때요. 그때도 헬기가 왔었죠."

"그랬어요? 마리는 어떻게 그런걸 다 알아요?"

도나의 물음에 마리는 마른 웃음으로 답했다. 셋은 다시 걸음을 재촉했다. 연구소로 가는 길은 약간의 경사가 있는 자갈길이었다. 위나는 자갈을 밟는 소리가 좋았다. 그 길은 두 사람이 겨우 걸을 수 있을 정도로 폭이 좁았다. 도나가 위나를 보며 다시 입을 열었다.

"초기엔 자갈길이 아니었어요. 죽은 나무를 듬성듬성 잘라서 바닥에 깔았다고 했어요. 우기엔 난리도 아니었을 겁니다. 나무조각들이 여기저기 흩어지는 거예요. 근처에 땅뱀도 많았다니 당시 직원들이 얼마나 불편하고 신경쓰였겠어요?"

"그래서 자갈길로 바꾼거군요?"

"맞습니다. 조금 과장해서 말하면 섬 북쪽 해변에 있던 자갈의 반은 여기 공사에 들어갔을 겁니다. 그래서 북쪽 해변도 문제 많아요. 참, 원장님 오시자마자 별이야기를 다 하네요."

"어짜피 다 들어야 할 것들인데요, 뭘."

잠시 후 위나의 눈에 다 쓰러져가는 헛간이 하나 보였다. 대여섯 사람 정도가 간신히 들어갈 크기였는데 지붕은 반쯤 부서져서 비도 피할 수 없을 것 같았다.

"저건 뭔가요?"

셋은 자연스레 그곳에서 걸음을 멈추었다.

"저것도 진작 정리했어야 했는데... 여기가 이래요. 미래가 없다고 생각하니 아무도 신경 쓰이 않거든요. 94년이라고 들었어요. 제가 입사하기 전의 일입니다. 근방을 지나던 배가 폭우로 파손되어 이곳에 오게 되었다고 했어요. 그리 크지 않은 고기잡이 배였다고 해요. 파손 정도가 심했고 그 해는 우기가 꽤 길었으니 기상도 좋지 않았겠죠. 선장은 당시 원장에게..."

도나가 말을 잇다 말고 마리를 쳐다보며 물었다.

"그때 원장 이름이...?"

"에텔라, 에텔라 원장 때였어요."

"아 그래요. 그 배의 선장이 에텔라 원장에게 배를 고칠동안 보로나에서 지낼 수 있게 허락해 달라고 했답니다. 당시 내부 직원회의 자료를 보면 그 선장의 청을 들어줄지 거절할지에 대해 찬반이 팽팽하게 갈렸다고 나와있어요. 배를 고치는데 걸리는 시간은 아무리 짧아도 몇 주는 될텐데 누군지도 모르는 뱃사람들과 같이 지내야 한다는 것이 그리 탐탁지는 않았겠죠. 하지만 거절하면 그들도 대책이 없을것 같았기에 연

19

구소 근처엔 얼씬도 하지 말고 부두 근처에서만 생활 하라는 것, 그리고 한달 내로 섬을 떠나야 한다는 조건을 달고 허락했답니다. 마침 부두 근처에 버려진 목재들이 있었기에 그것들로 거처할 장소를 마련하라고도 했다나봐요. 언제부터 거기에 그것들이 있었는지는 직원들 누구도 몰랐지만 그게 에텔라 원장이 그들의 요구를 들어주게 하는데 결정적인 역할을 했다고 들었어요. 마리가 그 상황을 저보다 잘 알 거예요. 그때 창고 일을 좀 도우면서 그들 중 한 명과 만난 적이 있었다고 했죠?"

도나가 다시 마리를 쳐다보며 자기가 한 이야기에 오류가 없는지 확인하려는 듯 한 눈짓을 했다. 마리는 조심스레 고개를 끄덕였다.

"그때 상황이 더 궁금하시면 창고 관리인 바티스와 이야기를 나누어 보셔도 됩니다. 청소팀의 누카스도 여기서 꽤 오래 일했으니 그분도 기억하실테구요."

이번엔 위나가 마리를 쳐다보자 마리는 도나한테 그랬던 것처럼 위나에게도 고개를 끄덕였다.

"가시지요, 원장님."

도나의 말에 다시 발을 떼려는데 자갈길 옆에 굴러다

니는 동그란 것들이 위나의 눈에 들어왔다.

"저건 새의 알들인거죠?"

"눈이 좋으시네요. 아니, 관찰력이 좋으신건가?"

"알이 그리 작지도 않은데요, 뭘."

"가끔 재단 사람들이 여기 오는데 아무도 원장님처럼 묻지 않았어요. 그냥 돌이려니 생각하고 관심을 두지 않았겠지요. 저것들은 아마 후투티나 쇠기러기의 알들일거예요. 직원들 중 몇몇은 고양이가 한 짓일 거라고 생각하더군요. 섬의 북쪽에 있는 둥지에서 알을 꺼내어 물고 다니다가 이곳에 떨어뜨린 것 같다구요. 아직 이 섬에서 고양이를 봤다는 사람은 없었지만요. 여긴 이렇게 모든 게 추측이에요."

위나가 도나와 이런저런 대화를 나누는 동안 마리는 대답대신 가끔 고개를 끄덕일 뿐 별말을 하지 않았다.

"창고 관리인 이안이 운전하는 트럭이 하나 있어요. 그것이면 평탄한 길로 섬을 한바퀴 둘러서 연구소 입구까지 편안하게 모실 수 있는데 무슨 일인지 경유를 실은 배가 지난달에 도착하지 않았어요. 다음주에 올테지만 비상시를 대비해 그때까지는 아껴야 해서..."

"괜찮아요. 이정도 걸을 힘은 있어요. 바람도 좋네요."

얼마 후 입구 아치가 보였다. 높이가 4미터쯤 되어 보이는 콘크리트 아치는 연구소의 건물 외벽과 자연스레 연결되어 있었다. 아치의 중앙엔 녹색페인트가 칠해진 나무간판에 <아드아브 조류연구소>이라고 쓰여 있었다. 비와 볕과 세월을 고스란히 머금은 간판이었다. 아치를 통과하자 유리문으로 된 연구소의 입구가 보였다. 셋은 문을 열고 중앙홀로 들어갔다.

"어서오세요 위나 원장님!"

안내데스크에 있던 두 명의 여직원이 오래 기다렸다는 듯 반갑게 인사했다. 그 중 한 명이 손에 들고 있던 꽃목걸이를 위나에게 걸어주었다. 플루메리아와 아이리스 꽃으로 만든 것이었다.

"감사합니다. 정말 예쁜 꽃목걸이네요."

위나는 반갑게 인사하며 그들의 명찰을 쳐다보았다.

"아만다예요."

"전 실반입니다."

맞은편의 큰 창 밖으로 연구소 건물이 에워싸고 있는 중정이 한눈에 보였다. 그곳은 위나의 지나온 삶과 유리된, 또다른 꿈속 공간 같았다. 현란한 빛깔의 적도 꽃들이 다채롭게 조성되어 있었고 중정 한가운데에는 동화에서나 나올 것 같은 작은 분수대가 있었다. 아만다가 입을 열었다.

"원장님, 먼 길 오시느라 힘드셨지요? 저녁 식사시간은 오후 여섯시부터 여덟시까지입니다. 식당은 오른쪽 복도 끝에 있습니다. 특별한 일이 없다면 보통 일곱시 삼십분까지는 저녁식사를 마칩니다. 아침 식사시간은 오전 여덟시부터 아홉시까지입니다. 아침 식사를 마치면 바로 일과 시작이구요. 내일 오전 열시에는 강당에서 원장님을 위한 환영식이 있을 예정입니다. 피곤하실텐데 여장을 푸시고 잠시 쉬세요. 저녁에 식당에서 뵙겠습니다. 주방장 요틀란이 원장님을 위한 특별요리를 만들겠다면서 아까부터 부산했습니다."

"뭘 그렇게까지... 나 뭐 그렇게 먹는 거 좋아하는 사람 아닙니다. 입이 짧아요."

위나의 말에 도나가 답했다.

"그래도 요틀란의 요리는 많이 드실 수 있을겁니다. 정성을 다하고 있거든요. 원래 요리를 잘하기도 하구요. 아만다, 원장님을 숙소로 모실까요?"

"제가 모셔도 될까요?"

말을 아끼던 마리가 아만다에게 눈짓을 하며 조용히

입을 열었다. 아까와는 달리 카랑카랑한 목소리였다. 경쾌한 허스키로 들렸지만 긴장으로 인한 떨림 때문이었는지도 모를 일이었다. 도나가 약간 당황한 기색으로 말했다.

"그래요, 그럼."

마리는 왼쪽 복도로 위나를 안내했다. 연구소 건물은 둥그런 중정을 둘러싼 형태로 입구를 기준으로 왼편의 방들은 숙소로, 오른편의 방들은 사무실 등으로 사용되고 있었다. 마리는 104호로 위나를 데려갔다. 아담한 가구들이 잘 정돈된 깨끗한 방이었다.

"원장님, 잠시 눈을 붙이시겠어요? 저녁식사 시간 전에 깨워드리겠습니다."

"아닙니다. 그럴 필요 없어요. 늦지않게 식당으로 갈게요. 고마워요 마리."

"혹시 그 책..."

"네?"

"손가방에 넣으신거요."

위나의 작은 손가방엔 접힌 양산과 함께 배에서 읽던 책이 삐죽 올라와 있었다. 위나가 책을 꺼내며 말했다.

"아, 이거요?"

"예, 혹시 다 읽으셨으면 좀 빌릴 수 있을까 해서요."
"난 이미 오래전에 다 읽었어요. 심심할때 또 읽어보려고 가져온 겁니다. 얼마든지 빌려가요. 마리가 다 읽으면 또 다른 분들한테 빌려줘도 됩니다."
"감사합니다. 꼭 다시 돌려드리겠습니다."
"그러려고 노력하지 않아도 돼요. 이제 그 내용이 더 궁금하지도 않아요. <가이사의 것은 가이사에게>, 내게 돌아올 운명이라면 자연스레 다시 오겠죠."

안내받은 방은 좁고 긴 형태로 폭은 3미터가 조금 넘어 보였다. 입구에서 보면 오른 편엔 원형 테이블과 의자, 콘솔이 있고 벽엔 시계가 달려있었다. 테이블 위엔 전기포트와 믹스커피, 각종 차가 있었고 콘솔 위엔 탁상시계와 작은 거울, 스탠드가 놓여있었다. 입구 맞은 편 벽엔 두꺼운 커튼으로 가려진 큰 창이 있었는데 침대가 그 벽을 따라 가로로 놓여있었다. 침대의 발 쪽엔 작은 소파가, 왼쪽 편엔 옷장과 세면대가 있었다. 소파 위 벽에 걸린 에어컨은 신경쓰이는 소리를 내며 힘겹게 돌아가고 있었다. 벽시계는 네시를 가리키고 있었다. 초침이 힘겹게 한바퀴를 돌고 긴 바늘이

한 칸 움직이는 것을 확인하고 나서야 위나는 손목시계를 그 시간에 맞추고 태엽을 감았다. 벽시계 옆에 걸려있는 달력엔 도요새가 무리지어 비행하는 사진이 있었다. 창의 모서리는 세월의 때로 둥그렇게 보였고 창문틀에는 언제 죽은건지 모를 곤충 껍데기들이 뒹굴고 있었다. 위나는 여행가방에서 편한 옷을 꺼내 입고 흙이 잔뜩 묻은 갈색 구두를 벗어 침대 밑에 있던 슬리퍼로 갈아신은 후 환기를 위해 커튼과 창을 조금 열어둔 다음 소파에 앉아 잠시 눈을 감았다.

위나가 다시 눈을 떴을 때 방 안은 어두웠으며 아까와는 달리 커튼과 창문은 닫혀 있었고 무릎엔 얇은 담요가 덮여있었다. 취침등으로 본 벽시계는 오전 세시 사십분을 가리키고 있었다. 위나가 깜짝 놀라 스탠드를 켜보니 테이블 위에는 얇게 썬 햄이 겹겹이 들어있는 샌드위치와 망고가 두개의 접시에 나뉘어 담겨 있었는데 그 옆에는 <원장님 피곤하셨군요, 내일 아침에 뵙겠습니다>라고 쓰여진 메모가 놓여 있었다. 위나는 다시 창문을 조금 열었다. 선선한 바람과 함께 낯선 벌레들의 합창소리가 칠흑같은 어둠을 뚫고 시

26

끄럽게 다가왔다. 위나는 간밤에 어떤 일이 벌어졌을
지 잠시 상상했다.

'너무 잤군.'

다시 잠이 올 것 같지는 않았다. 위나는 자리에서 일
어나 가디건을 두른 뒤 조용히 방문을 열고 복도로
나갔다. 전등 스위치를 찾지는 못했지만 달빛으로 주
변을 충분히 인식할 수 있었다. 입구의 반대쪽으로 조
금 걸어가자 중정으로 통하는 유리문이 나왔다. 하지
만 문은 자물쇠로 잠겨 있었다. 문 옆에는 음료 자판
기와 나무로 투박하게 만들어진 청소함이 있었다. 달
빛이 중정을 은은하게 밝혀주고 있었다. 복도의 끝까
지 가보니 거기에도 외부로 통하는 유리문이 있었지
만 그 역시 자물쇠로 굳게 잠겨 있었다. 위나는 자신
이 둥근 미로에 갇힌 것 같다는 생각이 들었다. 답답
했던 위나가 유리문 가까이 얼굴을 가져갔다. 입김 너
머로 칠흑같이 검은 바다가 거칠게 숨을 쉬고 있었다.
갑자기 한기가 밀려왔다. 위나는 조용히 방으로 돌아
와 탁상시계의 알람을 오전 일곱시로 맞추어 놓고 침
대에 누워 다시 잠을 청했다.

환영식

"어서오세요, 원장님!"

배식을 하던 직원이 위나를 먼저 보고 반갑게 인사했다. 그 소리를 듣고 식탁에 앉아있던 도나, 마리를 비롯한 직원들이 위나에게 고개를 돌려 가벼운 목례로 인사를 했다. 배식구 위에 걸린 벽시계의 바늘은 오전 여덟시 십오분을 가리키고 있었다. 위나는 한명 한명 눈을 맞추며 인사했다.

"모두들 편히 쉬셨지요?"

위나가 식판이 있는 쪽으로 가려하자 도나와 몇몇 직원이 자리에서 일어서서 위나를 막으며 말했다.

"그대로 앉아계세요, 원장님. 오늘은 저희가 가져다 드리겠습니다."

"아닙니다. 원장이라고 특별대접 받고 싶지 않아요."

"원장님이라서 그러는 것이 아닙니다. 여기에 처음 오신 누구에게라도 똑같이 합니다. 우리 전통이거든요. 그 대신 다 드셔야 합니다!"

굳게 다문 몇몇 직원들의 입가에선 웃음이 새어나왔다. 잠시 후 위나의 식판 위엔 쌀밥과 닭고기, 여러

가지 샐러드와 생선요리들이 가득 올라와 있었다. 도나가 시계를 쳐다보며 말했다.

"식사들 맛있게 하시고 열시까지 강당에 모여 주시기 바랍니다. 새로운 원장님의 환영식이 있을 예정입니다. 오늘 근무는 행사 직후인 열한시 부터입니다."

아침 식사 후 방에서 쉬던 위나가 정확히 오전 열시에 강당 문을 열었을 때 거기엔 서른 개 정도의 의자가 놓여 있었는데 식당에서 보지 못했던 직원들까지 모두 나와 앉아 있었다. 강당은 더 많은 사람도 충분히 들어갈 만큼 넉넉한 크기였다. 계단 세 칸 높이의 크지 않은 단상엔, 낡았지만 고풍스런 강연대와 분위기에 걸맞는 나무 의자들이 몇 개 놓여있었다. 단상을 중심으로 좌우 벽엔 각각 열 개가 넘는 액자가 걸려 있었는데 왼쪽 액자에는 근접 촬영된 여러 종류의 새들 사진과 누가 그렸는지 모를 새들 그림이 있었고 오른쪽 액자에는 하나같이 중후한 표정을 한 얼굴 사진이 있었다. 위나는 그 얼굴들을 하나하나 유심히 바라보았다. 잠시 후 도나가 강연대 앞에 서서 위나를 단상 위 의자로 안내했다. 자리에 공손히 앉아있는 직원들의 손엔 하나같이 식순이 담겨있는 전단지가 들려 있었다. 마이크를 잡은 도나가 입을 열었다.

"오늘 1999년 8월 5일은 우리 아드아브 조류연구소에 새로 오신 원장님을 맞는, 참으로 경사스런 날입니다. 우리가 이렇게 한자리에 모인 것 또한 얼마만인가요? 지금 이 자리에는 재단본부에 파견된 유퍼스와 휴가 중인 란도, 크리셀라, 그리고 보일러실 베니와 급수실 조단을 제외한 전원이 모여 있습니다. 지금부터 아드아브 조류연구소 13대 원장 환영식을 시작하겠습니다. 원장님 소개에 앞서 전통대로 아드아브 조류연구소의 역사부터 돌아보는 시간을 갖겠습니다. 먼저 단가제창이 있겠습니다. 모두 자리에서 일어서 주시기 바랍니다."

자리에 있던 모두가 전단지를 펴 들고 자리에서 일어났다. 도나의 선창으로 위나를 제외한 모두가 단가를 따라 불렀다.

"불어오는 찬 바람 밀려드는 거센 파도
태평양 한가운데 구원의 섬 보로나
숭고한 그 이름 아드아브 아드아브

망고란 산 꼭대기 멜랍군락 향기 속에
모여드는 신의 선물, 새들의 천국
잊지 못할 그 이름 아드아브 아드아브"

모두들 꽤 오랜만에 부르는 모양이었다. 이건 엘리아
머 동물보호재단가의 가사를 변형한 것이라고 했다.
"자리에 앉아주세요."
모두가 자리에 앉자 도나가 다시 입을 열었다.
"일찍이 엘리 제약회사를 세워 스웨덴에서 큰 돈을 벌
었던 휴고 엘리의 장자 페르손은, 언론사를 운영하며
큰 성공을 거둔 데일리 아머의 둘째 딸 리아스와 결
혼 한 후 1959년에 전쟁으로 파괴된 전 세계의 자연
생태계를 복원하겠다는 일념으로 모국인 스웨덴 키루
나에 <엘리아머 동물보호재단>을 만들었습니다. 그리
고 설립 10주년이 되는 1969년에 그 연구소를 새들
의 천국이라 불리던 이곳 보로나 섬에 만들게 됩니다.
많이 들으셨겠지만 문명의 때가 묻지 않은 장소에 조
류연구소를 설립한다는 것은 재단의 숙원사업이었지
요. 연구소의 이름은 리아스가 어렸을 적 읽었던 동화
책 속의 나무 이름을 따서 <아드아브 조류연구소>라

고 직접 지었다고 하지요."

도나가 왼손을 들어 단상 우측의 액자들을 가리켰다.

"문과 가까운 쪽 사진 속 주인공이 창립자이자 초대 소장 페르손 엘리입니다. 왠지는 모르지만 노아 소장 이라고 불리기도 했다지요. <노아의 방주> 아시죠? 옆 사진은 2대 소장을 맡은 리암이구요. 페르손 엘리는 재단의 대표와 연구소의 소장을 겸직했지만 2대인 리 암 원장 때부터는 재단과 연구소 직제가 분리됩니다. 본부엔 대표 체제가 유지되고 이곳은 원장 체제로 굳 어집니다. 물론 아드아브 조류연구소는 엘리아머 동물 보호재단의 하위 조직이기에 여전히 중요한 사안들은 재단 본부 이사회 회의를 거쳐 결정됩니다. 그 옆은 3 대 원장인 유리입니다. 유리는 엘리 소장에게 총망 받 던 재단의 직원이었습니다. 존경하는 창립자의 뜻에 따라 본부에서 10년 넘게 일하다가 아드아브 조류연 구소의 3대 원장으로 부임했습니다. 이후 재단의 규모 가 커지면서 내 외부의 지원자 중 이사회의 결정으로 3년 임기의 원장을 선출하는 방식이 굳어졌습니다. 간 혹 개인적 이유로 임기를 채우지 못한 분도 있었습니 다만 길게 머무른 분도 있었지요. 7대 원장 모노쿠 같은 경우 이곳 주방에서 일하다가 원장이 된 경우이니 이곳에서 20년 가까이 보낸 셈이지요. 이 자리엔 없지만 보로나에 특별한 인연을 맺은 경우로 보자면 보일러실 베니 역시 빼 놓을 수 없습니다. 대를 이어 이곳에서 근무하고 있으니..."

위나는 주방 직원으로 근무했었다던 모노쿠 원장의 이야기를 듣는 순간, 잠자느라 놓쳤던 요틀란의 특별 요리가 생각났다. 도나가 잠시 말을 멈추고 직원들을 천천히 둘러보며 긴 숨을 쉰 후 입을 열었다.

"1992년, 그러니까 10대 원장 로타 때부터 재단의 경제사정이 어려워져서 연구소에 대한 지원을 줄이기 시작했습니다. 냉전이 종식되자 독지가들의 후원도 점차 끊기기 시작했구요. 때마침 3년 전에 유엔에서 있었던 <태평양 제도 무인도들의 원상회복을 위한 국제협약 : IRUP International Convention for the Restoration of Uninhabited Islands in the Pacific Islands>은 보로나의 모든 시설들을 철거할 것을 명령했습니다. 그러니 각국 시민단체들의 지원금으로 지금까지 어렵게 명맥을 이어오던 아드아브 조류연구소는 새 천년이 오기 전에 역사속으로 사라져야 합니다.

이곳에서 연구한 귀한 자료들은 현 상태 그대로 엘리아머 동물보호재단에 보내질 것입니다. 그간 이곳을 다녀간 직원들은 여러분들을 포함해서 141명입니다. 여러 연구원들의 노력으로 보로나를 거쳐가는 21종의 멸종위기동물 보전에 성공했다는 것은 우리 아드아브 조류연구소의 큰 자랑입니다. 역사에 남을 일이지요. 하지만 예전의 가치들은 새로운 물결에 밀려나게 됩니다. 긴 이야기 않겠습니다. 그런 면에서 새로운 원장님의 역할은 이전 분들의 일들과는 완전히 다른 것일 테지요. 우리 연구소의 마지막 얼굴이 되실 한 위나 원장님을 큰 박수로 맞아주시기 바랍니다."

준비한 말들을 어떻게 풀어내야 할 지 긴장 속에 고민하던 위나의 귀에 박수소리 따위는 들리지 않았다. 분주하게 움직이던 직원들의 손이 식탁 아래로 내려가고 주위가 차분해지자 비로소 위나가 입을 열었다.

"아무것도 아닌 저를 반갑게 맞아주셔서 감사합니다. 여러분도 지난 73년에 채택 된 <워싱턴 조약>에 관해 들어보신 적이 있는지 모르겠습니다."

위나가 안주머니에서 여러번 접힌 종이를 꺼내어 살펴보며 말을 이어갔다.

"그건 <멸종위기에 처한 야생동식물종의 국제거래에 관한 협약(CITES ; Convention on International Trade in Endangered Species of Wild Flora and Fauna>으로 멸종위기 야생동식물들의 국제적 거래를 일부 규제하는 내용을 담고 있지요. 이 협약을 이뤄내기까지 <엘리아머 동물보호재단>의 역할이 얼마나 중요했는지는 모두들 잘 아시리라 믿습니다. 그러기에 여러분들은 큰 자부심을 가지실만 합니다."

위나가 그 종이를 접어 다시 안주머니에 집어넣었다.

"저는 언젠가부터 인간이 해야 할 가장 중요한 일은 인간이 자연에 꽂아둔 말뚝을 하나씩 제거하는 일이라고 생각하게 되었습니다. 그건 제가 이 자리에 지원하게 된 가장 큰 이유이기도 합니다. 자연 원상회복의 중요성을 인간이 깊이 인식하기 시작했던 <워싱턴 조약>의 시대를 이제 넘어서야죠. 결국 그 발걸음은 우리가 자연에 무분별하게 남겨놓은 인간의 그림자를 최소화하는 것에까지 이르러야 한다고 생각합니다."

직원들의 표정들을 보니 위나는 자신의 첫 마디가 분위기를 너무 무겁게 만든 것 같다고 생각했다. 그래서 애써 입꼬리를 올리며 다시 입을 열었다.

"사실 여기 상황을 대략 알고 온지라 전체적인 분위기가 그리 좋지는 않을 것이라고 상상했었는데 여러분들의 밝은 모습을 보니 기분이 좋아졌습니다. 제가 기억력이 좋지 않아요. 종이 꺼내어 읽는 거 보셨죠?"

그러자 몇몇 직원들이 웃는 것처럼 보였다.

"다행인지 불행인지 모르겠지만 제 임기는 앞으로 오 개월도 채 남지 않았습니다. 평범한 생각을 하시는 분이라면 인생 황혼기에 이 낯선 곳에 오려고 하지는 않으시겠죠. 그 점이 별 재능도, 경쟁력도, 전문지식도 부족한 제가 선택되어 지금 여기에 있을 수 있는 이유일지도 모릅니다. 여하간 재임 기간이 이렇게 짧음에도 불구하고 의미있는 마무리를 하기 위해 새로운 원장을 뽑겠다고 결정한 재단의 뜻을 존중합니다."

대부분의 직원들은 위나의 입을 응시하고 있었지만 몇몇은 고개를 떨구고 있었다. 슬픔이나 아쉬움은 분명히 거기에 있었다. 위나가 다시 입을 열었다.

"본부에서 새로운 원장에게 제시한 과제는 그간의 연구 성과를 가감없이 재단에 보내는 것, 직원들의 정확한 업무파악 후 안정적 사회 복귀를 위해 노력할 것, 그리고 내년 초에 재단 본부에서 열릴 <아드아브 조

류연구소 30년의 발자취>라는 이름의 부담스런 발표회 장에서 각종 단체 참여자들의 질의에 책임감을 가지고 대답하는 것이었습니다. 말이 발표회지 이건 사실 청문회나 마찬가지인 걸 모두 아실 겁니다. 그간 꾸준히 우리 연구소의 업무를 지원해 온 국제사회와 각국 시민단체들은 지원금이 적절하고 투명하게 사용되었는지 당연히 확인해 볼 권리가 있지요."

모두들 묵묵히 위나의 이야기를 듣고 있었다. 분위기는 조금 전 보다 더 무겁게 내려앉은 듯했다.

"평범한 저같은 사람이 선정된 까닭은 지원자가 많지 않았다는 이야기겠지요?"

위나는 아까처럼 약간의 웃음을 기대했으나 분위기는 달라지지 않았다.

"여러분의 하루 일과를 진솔하게 듣는 것이야말로 저의 가장 중요한 당면 과제입니다. 한분 한분과 마음을 터놓고 이야기 나눌 수 있는 관계가 되기를 진심으로 바랍니다. 저와 여러분 모두에게 의미있는 마무리가 되도록 최선을 다하겠습니다."

위나가 각오를 담은 이야기를 마치고 자리에 앉자 도나가 다시 마이크를 잡았다.

"위나 원장님의 뜻깊은 취임사 잘 들었습니다. 그러고 보니 원장님은 몹시 특별한 생각을 가진 분 같습니다. 나중에라도 이야기 할 기회가 많겠지만 혹시 지금 원장님한테 질문하실 분 있습니까?"

한두 명이 손을 들었고 위나는 몇 가지 간단한 질문에 웃으며 대답했다. 시간은 열시 오십분을 넘기고 있었다. 도나가 다시 마이크를 잡고 행사의 마무리 발언을 하려는 데 마리가 손을 들었다.

"새로운 원장이 필요하다는 재단의 취지는 잘 알겠습니다. 그런데 누군가가 이 자리에 오겠다는 생각을 하는 건 정말 특이한 일이라고 생각합니다. 조금 전 말씀하신 내용만으로는 뭔가 이해되지 않는 부분이 있는 것 같은데 혹시 다른 이유도 있는지요?"

이미 반쯤은 자리에서 일어났고 주변은 어수선했다. 위나가 벽시계를 한번 보고 잠시 마리를 응시하고는 도나에게서 마이크를 넘겨 받아 담담히 대답했다.

"그 부분에 대해서는 언젠가 들려드릴 기회가 있을 것 같습니다. 여러분의 귀한 일과시간에 지장을 초래하고 싶지는 않으니 오늘 환영식은 여기서 마무리 해야 할 것 같습니다. 감사합니다."

도나가 마이크를 이어 받았다.

"자 이제 각자의 자리로 돌아가서 어제와 같은 하루를 시작합시다. 모두들 수고 많았습니다!"

점심식사 후에 위나가 부원장실 문을 두드렸다. 둘은 진한 색의 원목 책상을 사이에 두고 마주 앉았다. 도나가 차를 대접하며 입을 열었다.

"여기 음식은 입에 맞으시는지요?"

"전 음식 안 가려요. 맛도 물론 좋았어요."

"다행이네요. 입맛 예민하신 분은 적응하는데 시간이 좀 걸려요. 저도 그랬구요."

"그렇군요. 연구소 직원들이 구체적으로 어떤 일들을 하는 건지 듣고 싶어서 왔어요. 제가 오기 전 부원장님이 해오던 일도 함께요."

"먼 길 오시느라 많이 피곤하실텐데 하루 이틀 더 쉬시면서 천천히 보셔도 될 텐데요."

"아닙니다. 어제 잘 잤습니다. 이제 피로는 충분히 회복된 것 같아요."

도나는 책상 옆 책꽂이에서 파일을 하나 꺼내어 펴보이며 말했다.

"여기 일은 부서별로 크게 다섯가지 업무로 나뉘어져 있습니다. 연구소의 핵심이 되는 조류 연구인력은 파타, 유퍼스, 바이네, 실반, 마리 이렇게 다섯 명입니다. 유퍼스는 현재 재단 본부에 파견되어 있어요. 의료지원 인력으로는 에플린과 티에나, 아만다, 란도가 있습니다. 에플린은 의사 면허가 있습니다. 모두 의약실에서 근무해요. 란도는 지난 3년 동안 휴가를 못 갔습니다. 그래서 지금 마지막 휴가 중이에요. 10월에 올 겁니다. 안 와도 된다고 했는데 꼭 다시 오겠답니다."

"돌아와도 곧바로 퇴사해야 하는 거죠?"

"맞습니다. 그래도 꼭 다시 와서 모든 직원들과 하나하나 작별인사를 하고 싶답니다."

"그렇게 말했다니, 어떤 분일지 궁금하네요."

"주방과 주방 보조인력은 요틀란, 페로니, 로쉬, 라일라 이렇게 네 명입니다. 라일라도 마지막 휴가 중이에요. 퇴사 절차를 밟은 것은 아니지만 아마 다시 안 올 겁니다. 고향에서 일을 구하면 오지 않아도 된다고 제가 말했거든요. 며칠 전에 연락을 받았는데 취직할 곳이 생겼다고 하네요. 관리부에 속한 인력은 열 세명입니다. 관리부엔 시설 관리, 식자재 관리, 물품 및 창고

관리, 초소 관리, 청소, 급수 관리가 있습니다. 시설 관리팀엔 베니와 크리셀라, 식자재 관리팀엔 안젤로와 두낭, 물품 및 창고 관리팀엔 바티스, 이안, 초소 관리팀엔 에시런, 맥, 크로이, 청소팀엔 누카스와 라티모, 드록이 있습니다. 급수실엔 조단이 있구요. 참, 크리셀라도 휴가 중입니다. 10월에 란도와 함께 복귀할 겁니다. 마지막으로 기록팀이 있는데 여기서 일어나는 모든 일들을 기록합니다. 비상 상황이 발생하면 외부에 알리는 일도 기록팀 업무입니다. 저와 이타냐가 속해 있습니다. 우리도 원래 정원이 세 명이었지만 지금은 한 명이 퇴사했습니다."

"기록하시는 일도 양이 많을텐데 부원장 일까지... 그동안 많이 힘드셨겠어요."

이 말에 도나가 책상 위로 손을 뻗어 위나의 손을 잡잡으며 말했다.

"제가 부원장 일을 겸하다 보니 이타냐가 고생이 많았죠. 그 사람이나 저나 새 원장님이 오실거라는 소식에 버틸 수 있었어요. 제 마음 아시겠죠?"

위나는 말없이 고개를 끄덕였다.

"사실 작년에 바이마 원장이 그렇게 되고 나서 여기가

참 많이 흔들렸습니다. 어짜피 여긴 미래가 없는 곳이 잖아요. 내부 회의도 많이 했었습니다. 여기 부원장이란 직함은 원래 없어요. 저는 원래 재단 본부에서 근무했었는데 1996년에 여기로 발령이 났어요. 재단 일을 잘 안다는 이유로 어쩌다 원장 권한대행을 맡았던 것이고 그래서 부원장이라고 불렸던 거예요. 원장 선출이 올해 1월에 있었죠? 본부로부터 새로운 원장을 뽑겠다는 연락을 들었을때도 전 솔직히 아무도 지원하지 않을 것이라고 생각했어요. 득보다 실이 많은 곳에 누가 오겠냐구요. 지원자가 없었다면 아마 우리 연구소는 그때 이미 문을 닫았을 겁니다. 여기 남은 직원들도 마음 많이 졸였어요. 몇 사람 떠나긴 했지만 새로운 원장 선출 소식을 듣고 올해 말까지 여기 있을 수 있다는 생각에 많이들 기뻐했습니다."

그 이야기를 들으니 오전 행사에서 보았던 모든 얼굴들이 자신만 바라보는 것 같은 마음이 들어 위나는 마음이 무거워졌다.

"이 자료는 원장님을 위해 따로 복사해 둔 것입니다. 자료실에 한 부 더 있으니 이것은 가져가셔도 됩니다. 맨 뒤쪽을 펴 보시면 지금 근무 중인 직원들의 신상

정보를 보실 수 있어요."

위나는 도나로부터 건네받은 복사본 서류파일을 처음부터 천천히 훑터보았다. 맨 뒤쪽엔 도나의 이야기대로 모든 직원들의 출신국가와 이름, 생년월일 등이 자세히 표기되어 있었다.

"처음 보는 이름들이 있군요. 조금 전에 보직별 인원을 이야기하실 때 이 이름은 못 들은 것 같은데..."

"아, 말씀 못 드린 것이 있네요. 거기 적혀있는 이름들과 조금 전에 말씀드렸던 이름들이 일치하지 않을 수도 있습니다. 연구소 설립 초기에 입사한 사람들 중 동료들에게 본명을 노출하고 싶어하지 않는 사람들이 있었습니다. 큰 전쟁 이후 냉전 시기가 이어지던 터라 자신의 출신국이 드러나는 것을 원치 않았던 사람들이 있던 게지요. 연구소에서는 그들의 의견을 존중하여 이곳에서 불리고 싶은 이름을 스스로 지어도 된다고 허락했습니다. 재단 본부에선 탐탁지 않게 생각했지만 연구소에서 밀고 나갔어요. 어짜피 최종 결정권자는 엘리 소장이었으니까요. 그건 지금까지도 전통처럼 유지되고 있어요. 명부와 다른 이름을 쓰는 사람들을 체크해서 알려드릴게요. 편안하게 직원들을 직접 만나보시고 그들이 불리고 싶어하는 이름대로 기억해 주시는 것이 좋을 듯 하네요."

위나는 이해하겠다는 듯 고개를 끄덕였다.

"여하간 그 부분에 관해서는 이타냐와 이야기 나누시면 더 자세한 이야기를 들으실 수 있을 거예요. 저는 말씀드린대로 부원장이라 불린 이후엔 기록에 관한 일에 집중할 수가 없었어요. 이해하시죠?"

"그럼요. 이곳에 오겠다고 생각한 사람들, 참 대단한 것 같아요. 모두들 여기 오게 된 남다른 사연들 하나씩은 가지고 있겠죠?".

"아무래도 그렇겠지요. 기억 하실테지만 환영식 때 언급했던 유리 원장, 모노쿠 원장도 특별한 경우지요. 아버지의 근무지에서 근무하고 싶다고 찾아온 베니의 사연도 그렇고, 진실을 알고 싶어서 여기에 왔다는 마리의 이야기도 그렇구요."

"진실을 알고 싶어서 여기에 왔다구요?"

"아, 마리가 자기소개서에 써 놓은 것을 본 거예요. 제가 언젠가 그 내용을 물었는데 그냥 웃더군요."

"아 네, 부원장님은 그 일들을 제게 인수인계 한 후엔 다시 기록 관련 일을 하시는 건가요?"

"그래야지요. 하지만 원장님이 여기 일에 익숙해 지실 때까지 최선을 다해 도와드릴겁니다."

위나는 도나의 눈빛과 움직임, 태도에서 깊은 호의와 신뢰를 느꼈다. 위나가 자리에서 일어서려고 하자 도나가 다시 입을 열었다.

"잠깐만요, 원장님. 지금 이곳 분위기를 말씀 드려야 할 것 같아요. 이곳의 중요한 업무들은 사실 거의 마무리 되었다고 봐도 됩니다. 이미 숙원사업인 멸종위기동물에 관한 사례와 사진들, 보존 방법에 관한 연구 자료를 생각보다 많이 축적했으니 재단 측에선 더 바랄 것도 없을 겁니다. 이제 남은 일은 추가로 찍은 사진들과 보고서를 정리하는 일, 건축 폐자재 등을 효과적으로 수거하는 방법 등을 모색하는 것 정도입니다."

"그렇군요."

"3년 전 유엔의 발표가 난 직후부터는 사실 사람들이 열심히 일하려 하지 않았어요. 부원장이라 불리지 않았으면 저도 그렇게 행동했을 겁니다. 이 상황에서 누가 누구에게 뭐라고 할 수 있겠어요."

"그러게요."

위나가 약간 쓴 미소를 지어보이며 말했다.

"재단에서는 올해 초부터 계약기간과 상관없이 원하는 달에 퇴사를 하는 것이 가능하다는 지침을 보내왔습니다. 퇴직금과 함께 급료도 그달까지 충실히 지급될 것이구요. 몇 명은 나갔다고 말씀드렸지요? 우수한 인력들이니 새로운 일자리를 구해서 가기는 그리 어렵지 않을 겁니다. 남은 직원 중에도 몇 몇은 끝까지 함께 있지 못하고 12월 전에 여기를 떠날 겁니다."

도나가 돋보기를 쓰고 복사본 한 켠을 보며 말했다.

"10월 말엔 조류 연구팀의 바이네와 마리, 간호사 티에나, 11월 말엔 창고관리 이안, 청소팀의 드록이 차례로 나가게 되네요."

"그리고 12월 말에는 모두 나가겠군요."

"네, 그 사람들 한 두달 먼저 나가야 할 이유들이 있겠지요. 여하간 분위기가 전체적으로 그러하니 먼저 떠나는 이들을 위한 송별회 같은 건 생각하지 않으셔도 될 겁니다."

위나가 허탈한 표정을 지어 보이며 말했다.

"시작하자마자 끝이군요. 다 알고 왔지만... 여기 직원들이 어떤 일들을 하는지 근무지에서 자세히 듣고 싶은데 점심식사 직후인 오후 시간이 편할까요?"

"바쁜 시간들이 서로 다를 겁니다. 그리고 말씀드린대로 지금 업무가 많지도 않구요. 원장님이 편하신 시간에 찾아가서 이야기 꺼내시면 될 것 같습니다."

"많은 말씀 감사해요. 큰 도움이 되었어요. 그런데 이름을 스스로 짓게 하는 것에 관한 거요."

"더 궁금한 게 있으세요?"

"초기엔 그런 규정이 중요했는지 몰라도 지금은 냉전시대가 아니니 그럴 필요가 없어진 거 아닌가요?"

"그런데도 자기가 불리고 싶은 이름들을 지어서 불러달라는 사람들이 있더라구요. 여기서는 다른 사람인 것처럼 살고들 싶은가봐요. 원장님 그런데요, 아까 마리가 한 질문이요."

"예? 어떤...?"

"원장님은 여기 오시기 전엔 무슨 일을 하셨는지 궁금해서요. 이력서에도 나와있지 않고..."

"환영식때 이야기 했었잖아요. 재능도, 경쟁력도, 전문지식도 없다구요. 허송세월로 산 사람이 이력서에 뭘 넣을 것이 있겠어요?"

그들의 이야기
/ 누카스의 이야기

알람을 맞추지는 않았지만 다음날도 위나는 다섯시가
조금 넘은 새벽 시간에 잠에서 깼다. 커튼을 열고 전
기포트에 물을 끓여 홍차를 마시며 소파에 앉아 창밖
을 응시했다. 태평양의 수평선이 서서히 횡경막에 와
닿는 것 같았다. 위나는 가디건을 걸치고 복도로 나왔
다. 중정 쪽 유리문을 통해 초로의 남자가 여명을 맞
으며 분수대 앞 벤치에 앉아있는 모습이 보였다. 그는
허리를 앞으로 어정쩡하게 숙인 채 차를 마시고 있었
다. 아무렇게나 넘어져 있는 빗자루엔 무언가가 간간
이 끼어 있었으며 쓰레받기엔 꽃잎과 나뭇가지가 잔
뜩 담겨 있었다. 그는 방금 청소를 마친 모양이었다.
위나가 조심스레 유리문을 열었다.
"끼익."
그 소리에 그 사람이 서둘러 벤치에서 일어나려 했다.
"앉아계세요. 저도 앉을게요."
위나가 다가가자 그가 옆자리에 놓아두었던 붉은 손
잡이의 정원가위를 바닥으로 내려놓으며 말했다.

"어서오세요 원장님. 간밤에 잘 주무셨나요?"

"충분히 잘 잤어요."

위나가 앉으려는데 그가 약간 움직이며 말했다.

"좀 떨어져 앉으세요. 제게서 땀냄새가 많이 날 거예요. 등이 흥건한 거 보이시죠?"

"괜찮습니다. 저 냄새 잘 못 맡아요."

"매일 쓸어도 이렇게 밤새 떨어지는 것이 엄청 많습니다. 나뭇잎들이 아름다운 새벽에 "가지야, 나 이제 갈게" 하며 툭 손을 놓는게지요."

"그래도 많이들 같이 떨어지니 외롭지는 않겠네요."

"원장님, 커피 한잔 뽑아다 드릴까요?"

그가 복도 안 자판기 쪽으로 고개를 돌리며 물었다.

"아, 괜찮아요. 깨자마자 홍차 한 잔 마셨습니다. 매일 이 시간에 청소하시나봐요?"

그는 가슴에 <누카스>이라고 써 있는 명찰을 달고 있었다. 해뜨기 전이라 주변은 아직 어두웠고 정체모를 벌레소리가 정원을 지배하고 있었다.

"멜랍 향기가 정말 좋지요?"

위나가 주변을 둘러보니 키작은 멜랍꽃들이 화사하게 피어 있었다.

"그렇네요. 무슨 냄새가 이렇게 향긋한가 했더니..."

"이슬 맺히는 아침엔 멜랍 향기가 특히 강하죠. 부슬부슬 비가 오는 날도 그렇구요. 참 특이한 꽃이죠?"

멜랍은 군락을 이루어 무릎 높이만큼 자라나 있었고, 다섯개의 새하얀 꽃잎 가운데엔 가느다란 보라색 줄이 있었는데 얼핏 보면 보라색 몸에 하얀 날개가 달린 나비들이 옹기종기 모여있는 모습처럼 보였다.

"멜랍이 이렇게 강한 향기를 품은 꽃인지 정말 몰랐어요. 고향에 돌아가서도 잊혀지지 않겠어요. 원래 이 섬에 있던 꽃이었겠죠?"

"그건 아닌데 모노쿠 원장이 이 꽃을 그렇게 좋아했다네요. 그래서 고향에서 가져와 심었답니다. 그래서 지금은 이렇게 많아졌습니다. 직원일 때는 못 이룬 꿈을 원장이 된 후에 이룬 것이지요."

"어떤 분은 여기에서도 꿈을 이루는군요. 부럽네요."

"저는 꿈 같은거 없어요. 그냥 여기서 매일 새벽공기를 마시며 청소하는 것이 좋습니다."

누카스가 미소를 띠며 말했다.

"웃으시니 저도 좋네요. 일하실 땐 항상 명찰을 부착하시나요?"

이 말에 누카스가 조금 겸연쩍은 표정으로 말했다.

"아, 뭐 꼭 그런건 아니에요. 원장님도 새로 오시고 또 부원장님이 이번 주엔 가급적 명찰을 달고 일 하는 것이 어떻냐고 했던 것 같기도 해서... "

"건물 청소는 세 분이 하시는 거죠?"

"부원장님한테 듣고 오신 모양이네요."

"예, 어제 오후에 만났습니다. 여기 계시는 분들이 어떤 분들인지 미리 알고 싶어서요."

"청소는 저와 라티모, 드록이 맡아서 하고 있습니다. 저는 정원 담당이에요. 몇년 전에 셋이서 청소구역에 대해 이야기 나누었는데 그 둘이 제게 중정을 맡으라고 하더군요. 나이 들었다고 배려해 주는 거지요. 보통 해뜨기 전에 정원 청소를 마무리 합니다. 아침 식사를 마친 분들이 차 한잔씩 들고 여기에 나오는데 그 전에 깨끗이 해 놓고 싶어서요. 곧 사라질 별들을 보며 한 번씩 고향생각에 잠기는 것도 좋구요. 여기 온 이후로 새벽잠이 없어졌거든요. 나이들면 누구나 그럴 수 있겠지만요. 몇년 전만 해도 저녁먹기 전에 한번 청소를 더 했는데 이제는 그러지 않아요. 이렇게 새벽에 한번 청소하고 말아요. 놀고 먹는 거지요."

"듣기만 해도 행복한 거 같으셔서 좋네요. 근데 어제 얼핏 보니 낮에도 청소 하시던데요?"

"빗자루만 들고 다니는 겁니다. 시원한 분수 좀 맞으려구요. 여기에 분수를 만든 사람 참 고마워요. 덕분에 모기는 좀 많아졌겠지만요."

"다른 분들은 어디를 청소하나요?"

"라티모는 건물 내부를 청소합니다. 각 방들이야 주인들이 청소합니다만 사무실들과 복도를 라티모가 책임지거든요. 드록은 외부를 맡았어요. 축사나 초소, 진입로 같은 곳을 청소합니다. 조만간 담당구역 위치를 바꾸어야 젊은이들에게 공평하단 소릴 듣겠죠."

누카스는 일어나 빗자루와 쓰레받기를 분수대에 기대어 놓은 후 다시 벤치에 앉았다. 위나가 물었다.

"여기 오신 지는 얼마나 되셨어요?"

"올해로 16년 되었습니다. 모든 곳에 세월의 때가 두껍게 묻어있으니 제가 청소했다고 해도 그리 깨끗하게 보이지는 않을 겁니다. 참, 밤새 각 방들의 외부 창들에 생긴 거미줄 떼는 일도 제 몫이에요."

"정원 청소 일이 생각보다 많네요. 아침에 보통 몇시에 나오세요? 아니 새벽이라고 해야하나..."

"보통 네시 반쯤 일어나 다섯시 전에 여기에 나옵니다. 하룻 동안 자란 풀들을 조금 잘라주고 보도블록에 있는 꽃잎, 나뭇잎 청소하고 죽은 벌레들을 걷어내요. 몸 상태가 좋은 날엔 늦은 오후에 뒷문으로 나가서 외부 창고와 축사에 가서 드록을 도와줍니다. 바퀴 두 개 달린 수레에 물을 떠서 거기에 가야 하는데 그 친구가 그런걸 안 해 본지라 많이 서툴러요. 가다말고 중간에 쏟기 일쑤지요. 제가 가끔 다른 수레로 물을 싣고 그리로 가다가 중간에 만나기라도 하면 구세주라도 만난 양 얼마나 고마워 하는지요."

위나는 그 말에 드록의 난감한 표정이 그려지는 듯하여 미소가 지어졌다.

"서쪽 벤치 주변도 드록이 매일 청소하는 곳이구요."

"거기에도 청소할 거리가 있는 모양이죠?"

여명이 밝아오자 정원이 많이 환해졌다.

"벤치 주변에 새똥들이 있어요. 가끔 저녁 먹고 거기에서 석양을 보며 차 한잔 하는 직원들이 있거든요. 그 사람들 그게 낙인데 깨끗이 청소해 줘야죠."

"사실 그제 새벽에 거기로 가 보려고 했었어요."

"예? 그제요?"

"예, 제가 여기 오던날요. 새벽에 잠이 깨서 세시 반쯤 복도로 나왔거든요. 밤바다를 보고 싶어서요."

"그래서 바다를 보셨나요?"

"자물쇠로 문이 잠겨 있어서 나가지 못했어요."

"그러셨군요. 조금만 더 늦게 나오셨어도 제가 열어드렸을텐데요."

"그날은 바다를 못 볼 운명이었던 게지요."

"외부로 통하는 문은 제가 관리합니다. 보통 밤 아홉시 전후에 자물쇠로 잠궈요. 혹시 자판기 옆에 있는 청소함 보셨나요?"

누카스가 손가락으로 문 방향을 가리키며 물었다.

"나무로 된 거요? 봤습니다."

"그걸 열어보시면 빗자루 걸린 위쪽에 못이 하나 박혀 있을 겁니다. 제가 열쇠와 손전등을 항상 거기에 걸어둡니다. 이제 누구나 다 알죠."

"그걸 몰랐군요. 감사합니다. 그런데 제가 마음대로 열어도 되나요?"

"그럼요. 원장님이 여기 최종 책임자신데요."

위나도 그 말에 잠시 하늘을 올려다보았다.

"근데 여기 오시기 전엔 무슨 일 하셨어요?"

"평생 뱃사람으로 살았어요. 보로나 근처에도 몇 번 지나갔었는데 이렇게 여기에 눌러앉아 이러고 있을 줄 누가 알았겠어요?"

"아..."

잠시 어색한 침묵이 흐른 뒤 위나가 입을 열었다.

"마시던 거 어서 드세요. 차가 다 식었겠어요."

"이 커피요? 이미 다 식은 겁니다. 저는 커피맛 잘 몰라요. 근데 두낭이 항상 좋은 원두로 만든 거라며 저녁 설거지 마치고 제게 한 잔씩 따라줍니다. 그 친구는 젊어서 그 시간에 마셔도 괜찮은지 모르지만 저는 그때 먹으면 잠을 못자요. 그래서 새벽에 정원 청소 끝내고 마시는 겁니다."

"그러시군요. 저 근데..."

"무슨 말씀이든 편하게 물어보세요."

"바이마 원장님은 어떤 분이셨나요?"

"아, 그냥 뭐, 좋은 분이셨습니다. 여기에 일년 반 정도 있다가 가신 걸로 알고 있는데 사실 계시는 동안 뭘 하셨는지도 잘 몰라요. 개인적인 이야기를 나눈 기억도 없구요. 벌침 알레르기가 심해서 벌에 쏘이는 걸 무서워하셨다는 건 알지요. 참 힘들게 버티셨어요. 가시기 전엔 모기에 물려 댕기열도 심하게 앓으셨습니다. 원장님도 연세가 있으시니 가능하면 지금처럼 긴 팔 옷을 입고 다니세요."

"그렇군요. 그러잖아도 모기에 물린 것처럼 여기 저기가 가려웠는데 더 조심해야겠어요."

그렇게 보로나에서의 세번째 날이 시작되고 있었다. 위나가 누카스의 달콤한 휴식 시간을 너무 많이 빼앗은 것이 아닌가 생각하며 자리에서 일어나려다가 갑자기 생각난 것이 있는 듯 물었다.

"저 창고요."

"예? 북쪽의 곡식창고 말하시는 건가요?"

"아니 아니, 선착장에 근처에 있던 거, 다 부서진 헛간 같은 거 말예요."

"아, 그게 왜요?"

위나는 생각이 바뀌었는 듯 벤치에서 일어났다.

"아닙니다. 다음에 여쭈어볼게요."

/ 요틀란의 이야기

"원장님 편히 주무셨어요?"
위나가 식당에 도착하자마자 입구에 있던 마리가 반
갑게 웃으며 물었다.
"덕분에요."
뒤이어 식탁에 앉아있던 직원들도 차례로 위나에게
같은 말로 인사했다. 위나가 답했다.
"편안히 잘 잤어요. 잘들 쉬셨죠?"
아침식사 메뉴는 식단표에 적혀있는대로 으깬 감자와
아스파라거스, 닭 가슴살 구이가 나왔다. 식사를 마친
위나는 식당 한 켠 의자에 앉아 모든 직원들이 식사
를 마치고 설겆이가 마무리 될때까지 기다렸다.
"원장님 뭐 더 필요한 것이 있으신가요? 혹시 식사가
부족하셨어요?"
주방장 요틀란이 땀이 흥건한 얼굴로 배식구에서 얼
굴을 내밀고 물었다.
"그런게 아니구요. 얼굴 익히고 하시는 일 알아두려고
어제부터 직원분들 만나서 이야기 나누고 있어요. 주
방장님 잠시 후 시간 괜찮으세요?"

"그럼요. 거의 다 끝났습니다. 잠시만 기다리세요."

5분 후에 요틀란이 남은 일을 페로니와 로쉬에게 맡기고 고무장갑을 벗은 후 주방에서 나와 위나의 옆에 앉았다. 그의 팔에도 땀이 흥건했다. 요틀란은 입사한지 11년 된 40대 중반의 남자였다.

"매끼니마다 직원들 식사 챙기시느라 수고 많으세요."

위나가 먼저 입을 열었다.

"모두 맛있게 먹어주니 그것을 보람으로 삼고 있습니다. 만드는 사람에게 그것 이상 있을까요?"

"하긴."

이번엔 위나의 손에 들려 있던 작은 노트와 볼펜을 보고 요틀란이 물었다.

"제 이야기를 받아적으셔야 하나요?"

"아, 꼭 그런 건 아니에요. 그냥 들고 있는 것이 편해서요. 버릇이죠 뭐."

"그러시군요. 뭐든 물어보세요, 원장님."

페로니와 로쉬도 식기들을 정리하다 말고 배식구로 고개를 내밀고 위나와 요틀란을 쳐다보고 있었다. 위나가 목례를 하자 둘도 인사를 하곤 다시 일을 시작했다. 주방에선 라디오 소리가 들렸다.

"음식재료들은 어떤 방식으로 조달받고 있나요? 어제 건물 뒷편 축사 근처를 멀찍이서 둘러보았는데 닭장 이외엔 대부분 비어 있는 것 같더군요."

"거기도 둘러 보신 모양이군요. 황량하죠 거기."

"처음엔 가축들이 모두 도망갔나 싶었습니다."

위나가 웃으며 말했다.

"잠시만요."

요틀란이 주방쪽을 돌아보며 크게 말했다.

"로쉬, 라디오 볼륨 좀 줄여줄래요?"

이번엔 요틀란이 위나를 보며 말했다.

"아 죄송합니다. 저희가 설것이할 때는 항상 라디오를 크게 틀어놓고 하던 버릇이 있어서요. 어느나라 방송인지도 몰라요. 전파도 잡혔다 안 잡혔다 하고."

"나도 라디오 듣는 거 좋아해요."

"그러시군요. 얼마 전부터 축사쪽엔 신경을 잘 못쓰고 살아요. 1, 2년 사이에 인원이 썰물 빠지듯 줄면서 예전처럼 구석구석 정리하지 못하거든요."

"인원이 모자라니 당연히 그리 되겠네요."

"이런 얘기까지 들으셨나 모르겠지만 최근 2년 사이에 열 명 가까이 퇴사했습니다."

"아, 그랬군요."

"여기에 더 있어서 뭐하겠어요. 미래가 없는데..."

그 말에 위나가 무엇에라도 얻어맞은 듯 잠시 멍하니 있다가 입을 열었다.

"제가 어떤 위로도 해 드릴 수 없어서 안타깝네요."

"아, 위로 받으려고 드린 말씀이 아니었습니다. 요즘엔 누구나 아무렇지않게 하는 이야기라 제가 그냥 내뱉었네요. 원장님 오신지 며칠 되지도 않았는데 그런 느낌 갖게 해 드려서 죄송해요."

"아닙니다. 아니에요. 저도 그냥, 그냥 꺼낸 말이에요. 하던 이야기 계속 하죠."

"주로 괌에서 필리핀으로 가는 배편을 통해서 냉동된 소고기, 돼지고기, 양고기, 닭고기, 토끼고기를 한 달에 한 번씩 받습니다. 생선들도 마찬가지구요. 공산품들도 그렇게 받아 사용합니다."

"예전엔 축사에서 다른 가축들도 키웠던거죠?"

"그럼요, 닭뿐 아니라 돼지와 칠면조, 양, 토끼들도 키웠지요. 3,4년쯤 전부터는 닭을 제외한 가축은 키우지 않아요. 배에 설치되는 냉장고가 발달해서 냉동육을 신선하게 받을 수 있거든요. 여기에 있는 닭들은 대부

분 산란계들입니다. 축사 근처의 텃밭도 보셨나 모르
겠네요. 가지, 여주, 콩 등과 몇 가지 과일들은 우리가
직접 재배합니다. 더 채소가 필요하면 그것들 역시 배
편으로 조달받습니다."

위나는 알겠다는 듯 고개를 끄덕였다.

"페로니, 로쉬와도 말씀 나누어 보시겠어요?"

요틀란이 주방 쪽을 바라보며 물었다.

"오늘은 주방장님과 이야기 나눈 것으로 충분합니다.
이야기 잘 들었어요."

"참, 강당에서 취임식 하실 때 강당 벽에 걸린 새 그
림들 보셨나요? 새 사진들 옆에 있던건데."

"아... 아! 기억나요. 기억납니다. 색연필 그림이었죠."

"그거 로쉬가 그린 겁니다. 저 친구 꿈이 화가였답니
다. 그림을 꽤 잘 그려요."

"아 그렇군요."

위나가 주방으로 고개를 돌려 페로니와 로쉬에게도
눈인사를 하고 식당을 나왔다.

/ 바티스의 이야기

지하창고로 내려가는 계단은 연구소의 왼쪽 복도 끝
에 있었는데 창고의 천장은 사람 키의 두 배는 될 정
도로 높았다. 거기엔 몇 개의 작은 창들이 손에 닿지
않을 정도로 높게 달려있었다. 문 옆에는 한 사람이
들기엔 벅찬 크기의 나무 상자들 수십 개가 쌓여있었
고 창고 중앙엔 길이가 3미터쯤 되는 4단 철재선반이
6열로 제작되어 있었는데 대부분 상태가 좋았으나 일
부 녹이 슬은 것도 있었다. 그 위엔 세월의 먼지가 뽀
얗게 앉은 여행용 가방이 어림 잡아도 50개가 넘게
놓여있었다. 또한 양옆 벽 전체엔 긴 세월동안 거의
열어본 적 없었을 것 같은 철재 캐비닛들이 다닥다닥
붙어 있었다. 바티스는 인상좋은 초로의 남자였다. 위
나가 열린 창을 올려다보며 말했다.
"창문이 높아서 열고 닫기 힘드시겠어요."
"그래도 창문이 있는 것만으로도 다행입니다. 가끔 들
어오는 햇살이 얼마나 고마운지요."
"창문을 거의 열어놓고 계시는 건가요?"
"꼭 그런건 아니에요. 열어놓으면 뭔가 일이 생기거든

요. 오늘은 원장님 오신다기에 열어놓은 겁니다."

"그러시군요. 근데 무슨 일이 생겨요?"

"뭐, 폭우가 내려 빗물이 들어온다든지..."

"그렇겠군요. 여기서 이안과 함께 일하시는 거죠?"

"맞습니다, 근데 이안은 낮에 주로 초소 관리팀 맥과 함께 섬의 여기저기를 돌아다닙니다."

"이안은 창고관리만 맡은 게 아니었군요?"

"원래는 창고관리만 하면 됩니다. 그런데 심심하니까 맥과 함께 시간을 보내는 거예요. 아무래도 대부분의 시간을 나이 차이가 있는 나와 함께 보내는 것보다는 동년배와 있는 것이 편하겠지요. 어짜피 창고 관리 일이라는 것이 그리 많지도 않구요."

"여기 있는 짐들은 오래된 것처럼 보이는데요? 지금 이곳에 있는 직원들의 것인가요?"

"아니요. 이것들은 모르긴 몰라도 대부분 10년 이상은 되었을 겁니다. 지금 근무하는 직원들의 짐은 여기에 하나도 없는 것으로 알고 있어요. 이제 각 방마다 큰 수납장이 있거든요. 저는 6년 전 선임 노이드로부터 창고의 열쇠를 넘겨 받았습니다. 노이드는 여기 남아 있는 짐들은 모두 주인없는 것이라고 했습니다."

"가방에 이름이 적혀있지 않은 모양이지요?"

"있는 것도 있고 없는 것도 있어요. 아마 노이드나 그 이전 사람들이 직원명부를 확인했을 겁니다. 그래도 여기에 남은 걸 보면 주인을 찾을 도리가 없었거나 그럴 필요가 없다고 판단된 것일 겁니다. 귀국 후에 짐을 여기에 두고 온 것을 알게 된 사람이 있다고 해도 찾으러 오지 않았다면 그리 중요한 건 아니란 얘기겠지요. 또 이름을 확인해서 어렵게 주인한테 연락한다 한들 여기까지 다시와서 가져갈 사람은 아마 없을 거예요. 한 마디로 버리지 못해 두는 겁니다."

"지키는 것도 의미없는 일 같은데 그렇다고 버릴 수도 없으니 신경이 많이 쓰이시겠어요."

"안타깝죠. 여기를 다녀간 수많은 사람의 귀중한 사연들이 이 짐들 속에 고스란히 담겨있을텐데 서로 영영 만나지 못하는 것 아닙니까? 하지만 긴 기다림도 이제 끝나는걸요. 올 말엔 이것들도 모두 재단으로 보내질 겁니다. 거기서 알아서들 하겠죠. 아마 속이 빈 가방도 많을 거예요."

"그럼 지금 하시는 일은..."

"일주일에 두 번 정도 문과 창을 열고 환기를 시킵니

다. 물론 우기엔 바닥에 물이 차 있지는 않은지 매일 확인하구요."

"찾아가지 않은 개인물품의 처리에 관한 규정 같은 것도 있나요?"

"보관 책임기간을 3년으로 두고 있어요. 그러니 3년이 지나면 재단에서 임의로 처리해도 할 말이 없는 겁니다. 이런 내용들은 직원 입사교육 프로그램에 모두 포함되어 있습니다."

"진작 처리했어도 할 말이 없던 거네요."

"그렇긴 하죠. 그런데 이렇게 외딴 섬에서는 짐을 버리기가 오히려 더 힘들죠. 그러려면 육지로 가져가야 하잖아요."

"그렇겠네요. 힘들게 여기까지 가져온 짐을 왜 찾아가지 않는 걸까요?"

"글쎄요. 머나먼 섬으로 와서 오랜 기간 지내다가 가방에 담아온 것들을 모두 소진하게 되면 빈 가방은 오히려 짐이 되겠죠, 가방 두개를 들고 와서 하나만 가지고 나가는 분도 계셨어요. 어쩌면 가방을 두고 간 분들 중에는 이곳에서의 기억을 모두 지워버리고 싶어했던 사람도 있었겠죠."

바티스의 이야기를 듣다 보니, 작은 창을 통해 들어온 오후의 햇살이 사연을 품고있는 여행가방에 내려앉은 모습은, 흡사 수천 년의 이야기를 담고 있는 숲속 바위들 모습처럼 신비롭게 보였다.

"섬에 쥐가 돌아다닌다는 말을 들었는데 창고에 들어온 적은 없나요?"

"여기엔 먹을 것이 없어서 그런지 쥐는 못 봤습니다."

"그렇군요. 뭐 다른 특별한 일은 없었나요?"

"다른 특별한 일이라... 어떤거 말씀이신지...? 별로 기억나는 건 없어요."

"그러시군요."

"아, 잠시만요. 몇 년 전에 창고 바닥에서 새의 사체가 발견된 적이 있어요. 그게 뭐 별일은 아니지만... 그런 거 말씀인가요?"

"새가 어디로 들어왔을까요?"

"모르죠, 그런 거 다 기억 못해요."

위나가 고개를 돌려 창고 내부를 마저 둘러본 후 잠시 생각에 잠기더니 조용히 입을 열었다.

"혹시 5년 전쯤 폭우가 심할때 이 근처를 지나던 배가 난파된 일이 있었다던데 그 사건 기억하시나요?"

"아, 그거요! 당연히 기억하지요. 당시 근무했던 사람들은 모두 생생히 기억할 겁니다. 그러고 보니 그거야말로 특별한 사건이네요."

위나가 조금 더 눈을 크게 뜨고 말했다.

"당시 이야기 좀 들려주시겠어요? 그 배에 타고 있던 사람 이야기라던가..."

"글쎄요. 제가 뭐 아는게 있어야지요."

"기억하고 계신다면서요?"

"그 일이 있었다는 건 기억하는데 그 사람들은 본 적도 없습니다. 그땐 정말 정신없었죠. 아마 7~8월이었을 겁니다. 여기서 지내는 동안 그런 폭우를 본 건 그때가 처음이자 마지막이었어요. 제 기억으론 비가 일주일 내내 온 것 같아요. 창고와 보일러실에도 물이 차서 난리가 났어요. 여길 수습하고 정리해야 할 사람이 더 필요했어요. 모든 걸 저 혼자 해야 했으니까요. 그래서 로타 원장님이 신입사원 마리를 이리로 보내줬어요. 노이드가 퇴사하고 이안이 입사하기 전이라 저와 마리 둘이서 이곳을 수습하느라 진땀 뺐어요."

"그 사람들 배를 수리하는 동안 부두 근처에 막사를 짓고 생활했던 거죠?"

"맞아요. 처음 오실때 그 헛간 보셨죠? 원장님이 부두 근처에 있는 목재를 사용해도 좋다고 했다나봐요."

"그 얘기는 들었어요. 근데 부두 근처에 왜 목재가 있었는지는 혹시 알고 계신가요?"

"그거 제대로 아는 사람은 아마 없을 겁니다. 아마 요양병원을 조류연구소로 개조하는 과정에서 생긴 목재 쓰레기였을 겁니다. 다들 그렇게 추측하고 있어요."

"그럴 수 있겠군요. 근데 혹시..."

위나가 잠시 말꼬리를 흐렸다.

"예?"

"혹시 뱃사람을 본 적은 정말 한번도 없나요? 만나지 않았더라도 먼 발치에서라도 보셨다거나..."

바티스가 고개를 갸우뚱하더니 대답했다.

"아, 기억이 없어요. 못 봤을 겁니다."

"한 사람도요?"

"네, 아무리 생각해도 그들과 만날 까닭이 없었어요. 그 사람들은 부두 근처에만 있었을테고 창고지기인 제가 그리로 갈 일도 없었으니까요."

"부원장님 말을 들어보니 마리는 그때 뱃사람을 만난 적이 있는 모양이던데요."

"마리가 뱃사람을 만났다구요?"

"마리도 맞다고 고개를 끄덕였던 것 같은데... 어쩌면 제가 잘못 알고있거나 착각한걸수도 있구요."

바티스는 그 때 기억을 억지로라도 떠올리려는 듯 미간을 찌푸리고 있었다.

"신경쓰지 마세요. 그게 뭐 중요하겠어요?"

"아 그러고 보니..."

"기억나시는 게 있나요?"

"그때 뱃사람 하나가 우릴 도왔어요. 맞아요. 가뜩이나 일손이 모자랐는데 어찌나 고마웠던지, 그런데 그 사람이 창을 깼고, 그래서 거기로 새가 들어와서 나가지 못해 죽었고... 이제야 기억이 나네."

"뱃사람이 왜 창고 일을 도운 거예요?"

"우리에게 신세졌다고 생각한 그 배의 선장이 우리를 도우라고 한 명 보낸거 아니겠어요?"

"그런데 창은 왜 깬 거예요?"

바티스는 여전히 떠올리기 힘든 듯 머뭇대며 말했다.

"모르죠. 가지고 있던 위스키라도 먹고 취해서 그랬겠지요. 아니면 원래 이상한 놈이었거나."

"그게 다인가요?"

"저도 술을 좋아해서 기억력이 좋지 못해요. 거기까지만 기억나네요. 다 지난 일이고 지금 생각하면 그리 큰 일도 아니에요. 여하간 그 일은 창을 새것으로 갈아끼우는 선에서 조용히 마무리도 된 걸로 알고 있어요. 더 궁금하신게 있으면 마리한테 물어보세요. 그 친구 똘똘하고 기억력 좋아요."

위나가 이번엔 벽의 캐비닛을 보고 물었다.

"저 안에도 물건들이 있나요?"

"있었어요."

"그것들도 다른 것들과 마찬가지로 대부분 주인이 없는 것들이었겠죠?"

"제가 노이드의 말을 못 믿은 것은 아니지만 노이드가 퇴사한 직후에 직원들에게 하나하나 물어봤는데 역시나 모두들 자기들 것이 아니라고 하더군요. 그 후론 몇 년째 열어보지도 않았습니다. 대부분 비어있고 한두개 잠겨있는 것도 있었습니다만 안에 뭐가 들었는지 궁금하지도 않았어요. 재단 관계자들의 것들일 수도 있으니 제가 임의로 처리할 수도 없었구요. 하지만 어짜피 이번에 다 정리해야 해요."

"어떤 식으로 정리하라고 하던가요?"

"저기 박스들 보이시죠?"

바티스가 턱으로 입구 근처에 쌓여있는 나무 박스들을 가리키며 물었다.

"아까부터 뭔가 했어요, 저것들은 뭔가요?"

"이곳의 중요한 자료들을 모은 겁니다. 원래 원장 임기 말이 되면 3년치의 새 기록들을 저렇게 포장해서 재단에 보냅니다. 그런데 바이마 원장이 임기를 채우지 못하고 떠나게 되면서 제대로 인수인계를 받지 못한 도나가 그 일을 맡아 하게 된 거죠. 아시다시피 여기 문을 닫을 날이 다가오니 예전 물건들까지 모아서 이번에 포장한 겁니다. 저 캐비닛 안에 들어있던 정체 모를 짐들까지 말이지요. 보시다피시 다시 열지 못하게 박스 하나하나에 못을 치느라 고생 좀 했습니다. 이제 박스에 번호 붙이는 일만 남았네요. 사실 이 박스들 원장님 오시기 전에 본부에 보내졌어야 했어요."

"그런데 왜 아직 여기에 있어요?"

"골칫거립니다. 재단에서 보내달라고 한 지가 한 달이 넘었는데 계약한 배송회사와 마찰을 겪다 보니 저렇게 발이 묶여있는 거예요."

"왜 그런 일이...?"

"한마디로 돈 문제입니다. 배송회사는 특별 수당을 주지 않는다면 따로 움직이지 않고 다른 물건들 이송할 때 함께 싣고 가겠다는 거예요. 재단에선 약속이 틀리다고 했지만 계약서조차 찾지 못하고 있으니 울며 겨자먹기로 기다릴 수 밖에요. 더 줄 돈도 없구요."

"선반 위의 짐들은 언제 보내는 건가요?"

"이것들도 이제 곧 보내야지요. 내일 아침부터 포장할 생각입니다."

"여러가지로 복잡하군요. 근데 창고에서 죽은 새는 어떻게 하셨어요?"

"아, 그 새요? 조류연구팀에 알렸어요. 새에 관한 일들은 모두 보고하게 되어 있거든요. 현장 사진을 찍고 의료 지원팀에 사채를 넘겼을 겁니다. 죽은 새에 대한 처리규정이 그렇게 복잡한 줄은 그때 처음 알았어요."

"그런 것들도 정해 놓았군요."

"여기에서 일어나는 일에 대한 처리의 기준은 거의 모두 문서화되어 있다고 보셔도 됩니다."

"모든 팀들의 일이 연결되어 있군요."

"맞아요. 그것이 아드아브 조류연구소의 운영 철학이라고 들었어요."

작은 창으로 들어오는 빛이 미미해지고 어둠이 창고에 내려앉기 시작했다.

"원장님, 이제 어두워지네요. 더 궁금하신 내용 있으시면 내일 이야기 나누시는게 어때요?"

"이 정도면 충분히 말씀 나눈 것 같아요."

"재미없는 얘기 들으시느라 고생하셨어요, 원장님."

"아녜요. 재미있었어요."

위나가 그렇게 대답하고 일어나려다 잠시 멈칫하더니 돌아서서 조용히 물었다.

"그러니까 여기에 들어왔던 가방들이 다시 나갈 일은 거의 없었겠네요?"

"아마도 그랬을겁니다."

"그럼 혹시 끈이 달린 초록색 가방은 못 보셨나요?"

위나의 질문에 바티스가 몇 초 곰곰이 생각해 보더니 입을 열었다.

"글쎄요. 그런 비슷한 뭔가를 본 것 같기도 하고 잘 모르겠기도 하고... 중요한 건가요?"

"아녜요. 아닙니다. 알겠습니다. 신경쓰지 마세요."

/ 파타의 이야기

다음날 아침 위나는 조류 연구팀의 사무실을 찾았다. 연구실의 왼쪽 벽엔 많은 사진들이 종이테잎으로 정갈하게 붙어있었다. 맨 위의 사진들엔 둥지에 담긴 알들이, 그 바로 아래엔 갓 깨어난 새끼새들의 사진이 있었고 그 밑엔 조금 큰 모습이, 맨 아랫 열엔 다 자란 성체의 사진들이 있었다.

"보로나를 찾는 새들의 종류는 대략 30종 내외 정도로 파악됩니다. 그 중 둥지를 트는 놈들도 있고 빈 둥지에서 하루 이틀 머물다 떠나는 놈들도 있어요. 이것들은 최근 세 달간 찍은 사진들입니다. 몇년 치를 한꺼번에 관리하다 보니 아직 제대로 정리를 못했네요." 중년의 남자 파타는 이번엔 책상에 놓여있는 많은 사진들을 보며 말했다. 책상 위엔 어림잡아도 200장이 넘는 컬러 사진들이 있었다. 하늘을 나는 새의 사진, 알을 품는 어미새의 사진, 알이 가득한 둥지의 사진, 다른 종의 새들이 서로 싸우는 사진 등 다양한 사진들이었다. 어떤 것들은 저런 사진을 어떻게 찍었을까 싶게 위험한 장소에서 찍은 듯한 사진들도 있었다.

"바다 위에서 수천 킬로미터 이동해야 하는 철새들에 겐 보로나 같은 섬은 천국과 다름없습니다. 쉬어야 하고 배도 채워야 하고 목도 축여야 하니까요. 이곳이 마리아나 해구와 멀지 않다는 거 알고 계시죠? 세상 에서 가장 깊다는 곳 말예요."

"아, 그 얘기 들은 적 있어요. 거긴 수심이 10,000미 터가 넘는다고, 근데 조류 연구팀엔 총 다섯 명이 속 해 있는 거지요?"

"예, 저와 유퍼스, 바이네, 실반, 마리가 있습니다. 유 퍼스는 재단에 파견 가 있다는 이야기는 들으셨죠?"

"부원장님께 들었습니다. 여기서 네 분이 하는 일들은 모두 다른가요?"

"저는 주로 사무실에서 일합니다. 사진들 현상, 인화 하고 자료들 정리하는 거예요. 바이네와 실반, 마리는 얼마 전까지만 해도 매일 사진 찍으러 섬을 돌아다녔 어요. 새들도 삶이 정말 복잡합니다. 둥지가 많은 섬 북쪽 경사지에 가 보면 하루가 다르다는 걸 알 수 있 어요. 어제 있던 알과 새끼가 사라지기도 하고 며칠 전까지 못 보았던 둥지를 발견하기도 합니다."

"그렇군요."

"근데 얼마 전부터는 모두 쉬고 있어요. 다 끝나가는데 이제 뭘 또 새로운 사진들을 찍겠어요. 모두들 대기자의 삶과 다르지 않아요. 그러니 실반과 마리는 부원장을 도와서 잡일 하는 거죠. 요즘 젊은 사람들 똑똑하니 어디에서 뭔들 못해내겠어요."

"그렇군요. 이 섬의 모든 새들을 다 조사한 건가요?"

"초기엔 도요새, 군함조, 물떼새 등 여기에서 번식을 하는 새들 위주로 기록을 했습니다. 하지만 차츰 개체수가 적은 것들도 기록하기 시작했어요. 이제는 이곳에서 발견된 모든 새들의 자료를 가지고 있다고 봐도 될 겁니다. 지속적인지는 모르겠지만 얼마 전부터는 넓적부리 도요, 검은머리 갈매기, 뿔종다리, 새호리기, 알락꼬리 마도요 등도 번식하는 사례를 보았습니다."

"새들 둥지는 주로 북쪽 경사지에 모여있는 거지요? 예전과 비교할 때 세월이 흐르면서 이곳에 머무는 새들의 종류도 많이 바뀌었나요?"

"제가 10년쯤 전에 입사해서 과거 자료를 보았을 때 1970년대엔 분명히 군함조 둥지를 흔히 볼 수 있었다고 기록되어 있었어요. 저는 입사 당시 못 보았거든요. 10년 전에는 있었던 새들 중 지금 사라진 새들도 있어요. 아마도 사람들을 피하려고 근처 다른 섬으로 갔거나 했을지도 모르지요."

"둥지가 많은 경사지를 피해 평평한 곳에 연구소를 세워서 그나마 새들에겐 피해가 덜 갔겠군요."

"모르시고 하시는 말씀입니다. 새들도 평지를 좋아합니다. 섬을 둘러보면 아시겠지만 보로나는 크기에 비해 경사지와 가파른 곳이 많은 섬입니다. 여기서 그나마 평평한 곳이라곤 재단 건물이 들어선 이 장소 주변이 전부입니다. 사실 이곳이야말로 큰 새들이 둥지를 틀기는 최적의 장소였을 겁니다. 그래서 요양시설이 생기기 전엔 이곳에 가장 많은 새들의 둥지가 있었을 것이라고 추정하고 있어요. 태평양 전쟁 이전의 사진을 구할 수 있다면 증명이 되겠지만..."

"인간이 모든 걸 바꾸어 놓은 거군요."

"맞는 말씀입니다. 저곳이 암실로 사용되었던 곳입니다. 지금은 그냥 짐들을 쌓아놓고 있지만요. 제가 여기 올 때만 해도 선배들이 전부 저곳에서 수작업으로 인화했습니다. 그런데 6년 전에 인화기를 들여왔어요. 그래서 요즘엔 편하게 작업하고 있습니다."

"사진들은 어떤 기준으로 정리하시나요?"

"이미 정해놓은 카테고리가 있어요. 둥지와 알의 모양, 성체의 모양을 먼저 파악하고 같은 종의 사진들은 모아놓습니다. 벽에 붙은 사진들 보이죠? 저 순서대로 정리합니다. 오래전에 기준을 잡아놓고 그대로 따르는 거지요. 이제는 안 봐도 척이지만요."

"이런 것까지 물어보면 우습게 생각하실텐데... 그럼 구체적으로 뭘 기록하는 거예요?"

"우습게 생각하다뇨? 궁금한 건 다 물어보세요. 각 종들은 언제 알을 낳는지, 부화되기까지 기간은 얼마나 되고 부화 성공률을 얼마나 되는지 기록합니다. 새똥 사진이라도 좀 특이하다면 무엇을 먹었을지 상상해보기도 합니다. 모두들 즐겁게 일하고 있어요."

"같은 새들의 생활 주기는 한 번만 조사하면 되는 거 아닌가요? 매년 비슷할 것 같은데."

"별 차이는 없지만 그래도 매년 다시 기록합니다. 가끔 특이점이 나오거든요. 어미새가 아기새 입에 먹을 것을 넣어주는 장면이 찍힌 사진에서 먹이의 종류를 알아볼 수 있는 걸 발견한다면 우리는 정말 행복해해요. 놀라시겠지만 새들은 종종 동족을 잡아먹기도 합니다. 그런 모습 보시면 아마 기겁을 하실걸요? 새들 사진을 귀엽게 바라보다가도 그 장면을 보고나면 참 동물은 동물이다 싶지요. 그런 사진들은 기본적으로 네장 이상 인화를 해 놓아야 합니다."

"필름들도 여기에 보관되어 있나요?"

"아닙니다. 여기서 기본 두 장씩 인화하고 필름들은 전부 재단으로 보냅니다. 한 장은 파일에 넣어두고 한 장은 벽에 붙여 연구원들 눈에 익게 합니다. 그간의 시기별 자료들을 분석해 보면 보로나를 찾는 새들의 종류는 줄어들고 있고 군집의 덩치는 점점 작아지고 있다는 것을 알 수 있어요."

오른쪽 벽엔 아직 정리하지 않은 듯한 사진들이 덕지덕지 붙어있었다. 위나가 그중 하나를 보며 물었다.

"여기 검은 깃털의 새는 이름이 뭔가요?"

"<매그니피>라는 새예요. 이쪽 사진속 보랏빛 깃털의 새는 <로니로>라는 새구요. 세계적으로 개채수가 많지 않은 희귀종으로 알려져 있는데 최근에 이곳에서 종종 보입니다. 여하간 매그니피와 로니로가 한 섬에 둥지를 틀었다는 건 학계에서도 큰 뉴스였지요."

"둥지를 만들지 않고 잠시 쉬어가는 새들이 머무는 기간은 예전이나 지금이나 비슷한가요?"

"원장님 질문이 무척 전문적이네요. 새들에 대해 많이 알아보신 모양이에요."

"그럴리가요. 그냥 즉흥적으로 생각난 거예요."

"그러시군요. 그 기간은 점점 짧아지는 걸로 조사되고 있어요. 바다에 부유물들이 많아지고 있잖습니까? 섬이 아니라도 지친 새가 쉴 곳이 있는 모양이지요."

"그럼 아예 섬에 올 이유가 없는 거겠네요?"

"그건 아니죠 섬에 와야 물을 먹을 수 있으니까요."

"아, 맞아요, 그렇다고 했죠. 또 다른 변화는요?"

"섬에 쥐가 많아지고 있는 것 같아요. 아무래도 닭들이 있고 인간이 버린 음식들이 있으니 당연하겠지요."

다른쪽 벽에는 야간 보안 카메라에 찍힌 사진들도 붙어 있었는데 흐릿하게 찍힌 사진들 중에는 고양이만큼 커 보이는 놈도 있었다.

"쥐보다 큰 놈도 있는 모양이네요?"

"우리도 그 사진을 보며 고민 많이 했습니다. 고양이라고 보기엔 다리가 짧은 것 같고, 오소리나 너구리도 아닌 것 같고. 뉴트리아인가 싶기도 하고... 여하간 제대로 확인되진 않았습니다. 새들이 아닌 사진들은 모두 바이네가 취합하고 있습니다."

그 사진들 밑에는 예전에 인화된 듯한 열 몇 장의 흑백사진들이 핀으로 박혀 있었다. 그것들도 주로 새들을 찍은 것이었는데 그 중엔 어두운 하늘에 떠 있는 두 물체가 흐릿하게 찍힌 것도 있었다. 그 사진 아래에는 새 이름대신 <굿바이>라는 글귀가 적혀있었다.

"이 사진들은 뭔가요?"

"아, 그것들... 혹시 보일러실 베니를 만나보셨나요?"

"취임식 때는 못 봤어요. 그제 식당에서 잠깐 보고 인사만 나누었습니다."

"그 사람 보일러실을 자주 비울 수 없어서 하루에 한두번씩 식당에 들러 두끼 정도 먹을 일정량의 음식을 가져갑니다. 그래서 저희도 자주 못 봅니다 "

"기계들이 정신없이 돌아가는 모양이죠?"

"보일러실이 뭐 그렇게 한시라도 비우면 안되는 공간이겠습니까. 그냥 그 친구가 거기가 편하니 잘 나오지 않는 것으로들 생각하고 있어요."

"그렇군요."

"그것들은 베니의 아버지가 가지고 있었다는 필름에 들어있던 사진들입니다. 환영식때 부원장님이 했던 얘기 기억나세요? 베니가 대를 이어 근무하고 있다는..."

"아, 기억나요. 베니의 아버지가 여기서 새들 사진을 찍었던 거예요? 혹시 그분 이름이..."

"아리조드, 아리조드입니다."

위나가 그 이름을 듣고 잠시 되뇌었다.

"아리조드, 아리조드, 아리, 아리..."

"그 이름 어디서 들어보셨나 하신 거죠? 취임식 때 부원장님이 그 이름을 말했을 겁니다."

"아, 네. 어쩐지..."

"연구소 초창기의 새들 사진은 모두 그분이 찍었다고 들었습니다. 그러니 그분의 사진이 보로나 조류연구의 초석이 된 거죠. 이거 보시겠어요?"

파타가 책장에서 묵직한 사진집을 하나 꺼내 보여주며 말했다. 거기엔 1969년부터 1991년 일라델 원장 임기까지의 새들 사진이 들어있었는데 앞 부분 서른 장 정도의 사진에 그의 이름이 있었다. 파타가 벽에 박힌 사진 한장을 뽑아서 보여주며 말했다.

"원장님 이 새 자세히 보세요. 아마 <툴란>이라는 새일 겁니다. 그 새는 현재 세계 어느 곳에서도 거의 보이지 않고 있어요. 사진으로 알순 없지만 요 머리깃이 노란색일 겁니다. 당시에는 여기에서 인화할 수 없어서 찍은 필름을 바로 재단에 보냈어야 했다고 들었는데 왜 이 사진들이 들어있던 필름은 보내지 않았는지 궁금했습니다. 사진집에 들어갔다면 툴란이 공식적으로 보로나에서 발견되었다는 매우 중요한 자료가 되었을텐데 말이지요. 베니가 아리조드의 아들이라는 이야기를 처음 들었을 때 모든 직원들이 전설의 주인공을 직접 보는 양 신기해 했어요. 얼굴은 몰라도 모두들 아리조드의 이름을 들어봤고 직원교육 때마다 그가 찍은 사진들을 수도 없이 보았거든요."

잠시 생각에 잠겼던 위나가 벽으로 고개를 돌려 <굿바이>라고 적힌 사진을 가리키며 물었다.

"혹시 이 사진 잠시 빌려가도 될까요?"

"그 사진에 관심이 있으신가 보네요? 가지셔도 돼요. 이것들 모두 베니가 제게 준 거예요. 더이상 자신한테는 의미가 없다면서요. 저희도 그 사진은 대체 뭘 찍은 건지 궁금해서 한참을 들여다봤어요. 새라고 하는 사람도 있고 렌즈에 낀 먼지라고 하는 사람도 있고. 마리는 사람처럼 보인다고도 했고... 원장님도 느끼셨을지 모르지만 마리는 가끔 엉뚱한 소릴 해요."

/ 에시런의 이야기

"올라올 수 있으시겠어요?"

에시런이 섬의 북쪽 초소 위에서 위나를 내려다보며 말했다. 가까이 다가가서 보니 그건 정말 높아 보였다.

"그럼요, 올라갈게요."

위나는 사다리를 타고 조심스레 3층 높이의 초소에 올라갔다. 다행히 사다리 외부를 철제 펜스가 둘러싸고 있었기에 그리 위험하게 느껴지지는 않았다.

"이 정도만 올라와도 시야가 탁 트이는군요!"

"바다 조심하세요 원장님!"

에시런은 눈망울이 큰 40대 중반의 남자였다. 초소는 한 변이 3미터가 채 되지 않을 정도의 작은 크기였는데 지붕엔 슬레이트가 얹혀있었고 바닥은 타공 철판 위에 널판지를 올려놓은 것으로, 밟는 곳마다 삐그덕 소리가 났다. 초소엔 무릎 높이의 크지 않은 선반이 있었는데 거기엔 몇 권의 책과 전기포트가 놓여 있었고 바닥엔 선풍기와 모기약도 있었다.

"여기 생각보다 덥지 않죠?"

에시런이 전기포트의 스위치를 누르며 말했다.

"낮에 여기 계시려면 얼마나 더울까 걱정했어요. 근데 아래보다 시원하네요."

"이 정도만 올라와도 바람을 느낄 수 있습니다."

위나는 잠시 바다를 바라보며 땀을 식혔다.

"그렇네요. 바람이 부네요."

"선풍기를 틀어드릴까요?"

"아닙니다. 바다 바람이 이렇게 좋은데요 뭘."

"저희도 이거 갖다놓긴 했습니다만 잘 틀지 않습니다. 바람만으로도 충분하더라구요. 차 한잔 하시죠."

늦은 오후의 바다에서 불어오는 은근한 바람이 둘을 평화롭게 감싸고 있었다. 에시런이 찻잔에 따끈한 물을 붓고 티백을 넣은 후 위나에게 주며 말했다.

"조심하세요. 뜨거워요."

"좋네요, 여기."

"원장님께서는 고향생각 안 나세요?"

그 말에 위나가 피식 웃었다.

"에시런이 여기에 더 오래 있었잖아요."

"그렇네요. 여기 있으면 별생각 다 나죠. 저도 초소엔 너무 오래 머물지 않으려 해요. 바다만 쳐다보고 있으면 외로워 집니다. 이렇게 날씨가 좋아도 주변에 작은

85

섬 하나 보이지 않으니 여기가 얼마나 세상과 동떨어진 곳인지 피부로 느끼게 되잖아요."

그 말을 꺼내는 에시런의 표정엔 왠지모를 허전함이 묻어있었다. 위나가 말했다.

"아름답지만, 아름답기만 한 건 아니네요, 여기..."

에시런이 분위기를 바꾸려는 듯 서둘러 입을 열었다.

"일 얘기 하셔야죠?"

그 말에 위나가 답했다.

"지금 하셔도 좋고 다음에 하셔도 좋아요."

"조금 있으면 모기녀석들이 올라올 거예요. 섬을 제대로 둘러보셨나 모르겠네요. 동남쪽은 완만하고 북서쪽은 가파릅니다. 여기 초소가 새들과 가장 가까운 곳이에요. 저기 새 둥지들 보이죠?"

에시런이 손으로 북쪽 경사로를 가리켰다.

"여기서 100미터가 채 안될 겁니다. 저기가 보로나에서 새들이 가장 많은 곳으로 알려진 곳이에요. 여기서 보이는 둥지만 세어 봐도 수백 개가 넘습니다."

에시런의 손끝을 따라 그곳을 유심히 바라보니 비로소 새들의 분주한 움직임이 눈앞에 다가왔다. 그리고 새들의 소리가 시끄럽게 느껴졌다. 위나가 물었다.

"그러니까 보로나에서 새둥지를 가장 많이 볼 수 있는 곳이 바로 저기라는 거지요?"

"그렇습니다. 제 생각에 철새들은 여기에 둥지를 지어야 대륙으로 가기에 편하다고 생각하는 모양입니다. 여하튼 보로나 새 둥지의 대부분은 여기 북쪽 경사로에 모여 있습니다."

"파타 말로는 예전엔 그렇지 않았을 거라고 하던데요. 새들이 사람을 피해 북쪽으로 이동해서 둥지를 지었을지도 모른다구요."

"그래요? 그럼 그 말이 맞을 겁니다. 제가 새들에 대해 뭐 알겠습니까. 전문가 말이 맞겠지요. 전 그냥 여기서 보고 느끼는대로 말하는 겁니다."

"그래도 에시런만의 시각이 있겠지요."

"그건 그렇죠. 어떤 종들은 천적관계이면서도 서로 가까이 둥지를 짓는 것을 보면 이해가 안가기도 하면서 신기하기도 하고, 뭐 그렇습니다."

"새들 말고 다른 동물들도 있다던데요?"

"아마 있을 겁니다. 쥐나 뭐 그런 것들이겠지요. 우리가 키우는 닭들도 습격을 당한 적이 있거든요."

"그렇군요."

"서쪽 초소 근처 절벽에도 둥지가 좀 있습니다. 하지만 거긴 북쪽보다 경사가 더 심해서 가까이 가서 보시기는 더 힘들겁니다. 위험하거든요. 북쪽 경사로는 둥지를 만들기 쉽고 새끼가 안정적으로 돌아다닐 순 있겠죠. 하지만 여러 종류의 새들이 모여있으니 공격 받기도 쉬울 겁니다. 반면 서쪽 절벽은 둥지를 틀기 어렵고 깨어난 새끼새들은 추락하기도 쉽지만 상대적으로 천적으로부터 공격받을 일은 적겠죠."

"<시골쥐와 도시쥐> 이야기가 생각나는군요."

"시골쥐와 도시쥐? 그게 뭡니까?"

"아닙니다. 아니에요."

그렇게 대답하고 먼 바다를 쳐다보던 위나가 에시런에게 고개를 돌리며 물었다.

"여기엔 언제 오셨어요?"

"7년 하고도 204일 되었습니다."

그가 먼 바다를 보며 말했다.

"여기선 책 읽기 좋겠어요."

위나가 선반 위 책을 보며 말했다. 책의 중간 페이지 쯤엔 연필이 끼워져 있었다.

"예전에 리아스가 읽었다던 책입니다. 마리가 제게 읽

어보라며 건네주더군요. 참, 이 책 원장님이 가져오신 거 맞죠? 마리한테 그렇게 들었어요. 그런데 저거 어떻게 구하셨어요? 절판된 것으로 알고 있는데..."

"예전에 사서 가지고 있던 거예요. 그런데 여기 오시기 전엔 뭘 하셨어요?"

"건물관리 같은거 했었습니다. 원래 건축가가 되어 건물 설계하며 사는 것이 꿈이었는데..."

"그런데요?"

"건물이 무너져서 사람이 많이 죽는 거 뉴스로 봤어요. 충격이 너무 컸어요. 그 이후론 건물 짓는 것에 관심이 없어지더군요. 사람 살리는 일 같지 않아서요."

"그러셨군요."

"그런데 건물관리 일이라는 것도 많이 답답했어요. 이러고 사는게 맞나 싶었습니다. 그런 일 하며 10년 넘게 살다보니 바다가 보고 싶더라구요."

"바다가 보고 싶다. 참 공감가는 표현이네요. 여기는 하루에 몇 번 정도 올라오세요?"

"올라올 일이 점점 줄어요. 보세요. 여기 무인 카메라도 달아놨잖아요. 여기에 올라오지 않아도 봐야 할 것 있으면 사무실에서 다 볼 수 있습니다."

"섬에 초소는 총 세 개지요?"

"맞습니다. 여기 오실때 보셨겠습니다만 동쪽 초소가 부두 근처에 있고 아까 말씀드렸다시피 서쪽에 하나가 더 있습니다."

"보로나 정도 크기면 초소 세 개로 충분한가요?"

"그럴 것 같아요. 부두 쪽 동쪽 초소는 그야말로 등대 역할을 한다고 보시면 됩니다. 전쟁이 끝나기 전부터 있었다고 들었어요. 누구라도 근처에서 표류하면 이곳을 찾아오라구요. 아무래도 태평양에서 가장 잘 보이는 방향이니까요."

"서쪽 초소도 등대 역할을 하는 거죠?"

"그렇긴 하죠. 아무래도 필리핀이나 중국 쪽에서 오는 배들이 없다고 할 순 없으니까요. 얼마 전에 세 개의 초소에 모두 무인 카메라를 달았어요. 이제 상황실에 편히 앉아서도 인근 바다를 훤히 볼 수 있습니다. 얼마나 세상 편하던지."

"맥과 크로이도 같은 일을 하는 거죠?"

"잘 아시네요. 맥이 동쪽 초소 담당이고 크로이가 서쪽 초소 담당입니다."

"그게 언제인가요?"

"예?"

"무인 카메라 단 거요."

"얼마 안 되었어요. 원장님도 아마 들으셨을지 모르겠는데 몇년 전에 큰 비가 왔었어요. 그 이후에 많은 것이 바뀌었어요. 이 카메라들도 그때 설치했어요."

"그렇군요. 이제 일 이야기 듣고 싶어요."

"저희 일 별거 없어요. 이 근처를 지나는 배나 새 떼들을 살펴보는 거예요. 배를 보면 상황실에 연락하고 새들을 보면 연구실에 연락합니다. 아침에 초소에 갈 땐 닭장의 닭들은 무사한지 밭의 농작물 등은 잘 자라고 있는지 둘러봅니다. 채소나 과일에 벌레 먹은 부분이나 쥐가 쏠은 것 같은 부분이라도 발견되면 식사 시간에 안젤로, 두낭한테 알려주고요."

"그렇군요, 상황실엔 아직 못 들어가 봤어요."

"아, 환영식이 있었던 강당 바로 옆에 있습니다. 그리 크지 않아요. 얼마 전까지 근무하던 채이가 퇴사해서 지금은 마리가 상황실 일도 보고 있어요. 상황실로 수렴된 정보들은 취합해서 원장님한테 보고하는 일도 마리 업무예요. 원장님 오시기 전까지는 부원장한테 보고했을 겁니다."

"마리가 하는 일이 참 많네요."

"워낙 똑똑해서 그래요. 어떤 일을 잘 해 내면 오히려 더 일을 많이 하게 되는 거 아시잖아요. 피곤하죠."

"그러게요. 피곤하죠."

"원장님도 다른 사람들처럼 바다가 좋아서 여기에 오신 건가요?"

위나가 못들은 척 살짝 미소를 띠며 되물었다.

"별들은 어느 초소에서 잘 보이나요?"

"별이요? 어디서나 별은 볼 수 있어요. 섬이잖아요."

"그럼 서쪽이 좋겠군요."

"석양도 함께 보시게요?"

"함께 보면 더 좋지요."

"원장님, 곧 저녁 시간이네요. 배고프실텐데 어서 가서 식사하세요."

"같이 가세요. 에시런."

"전 책 좀 더 읽고 가겠습니다."

위나는 대화 후 초소에서 내려와 식당으로 향하는 대신 서쪽 초소로 향했다.

/ 안젤로의 이야기

에시런의 말대로 북서쪽으로 난 연구소 건물 뒷문으로 나와 조금 걸으니 바로 빈 축사들과 닭장, 곡식창고, 소각장, 그리고 정체모를 벽돌 건물이 보였다. 축사는 멀리서 봤을 때는 제법 견고한 듯 보였으나 자세히 보니 이곳저곳 손볼 곳이 참 많았다. 얼핏 보아도 스무마리는 넘어 보이는 닭들이 축사 주변을 자유롭게 돌아다니고 있었다. 축사의 문짝들은 거의 다 떨어져 나갔고 여러 잡풀들로 가려져 입구는 거의 보이지도 않는 상태였다. 오후의 햇살에 눈을 찡그리며 근처를 둘러보던 위나가 물었다.

"관리하시는 면적은 얼마나 되는 건가요?"

"아마 모두 합치면 2,500제곱미터 정도 될 겁니다. 그리 넓은 것은 아니죠."

식자재 관리를 하는 안젤로가 말했다. 멋스럽게 콧수염을 기른 그는 50대 초반으로 보였다. 그가 위나의 신발을 보며 우려섞인 목소리로 말했다.

"흙이 많이 묻을텐데 괜찮으시겠어요? 장화를 드릴 걸 그랬네요."

"괜찮습니다. 이미 땅을 밟았는걸요. 요리에 들어가는 과일과 채소들은 모두 여기에서 재배하는 거지요?"

"맞습니다. 가지, 상추, 여주, 콩, 그리고 귤과 레몬, 칼라만시 등을 키우고요. 망고 나무도 몇 그루 있습니다. 또 주변에서 파인애플과 바나나도 얻을 수 있으니 그리 부족하진 않아요."

"그렇군요."

"혹시 더 필요한 것이 있다면 괌이나 필리핀에서 주문하기도 합니다."

"그래도 좁은 면적은 아니니 관리하시기 힘들겠어요."

"해와 비와 바람이 다 해 주는데요 뭘!"

"저 벽돌건물은 뭐죠?"

"급수실입니다. 조단도 만나보시게요?"

"아, 저기가 급수실이군요. 여기 이야기 더 해주세요."

"축사는 여기서 보이는 게 다입니다. 보시다시피 지금은 닭장 말고는 모두 텅 비어 있습니다. 예전엔 돼지와 칠면조, 양들을 가득 키웠지만요. 그때는 정말 사람 사는 거 같았죠. 우두커니 바라보고 있으면 가끔 그때가 생각나기도 합니다."

"지금은 사람 사는 거 같지 않구요?"

"아, 아니, 그런 말이 아니구요."

"저도 그냥 한 말이에요. 토끼도 키웠다고 하던데요."

"요틀란한테 들으신 모양이네요, 맞아요, 토끼도 있었어요. 많이 키울 땐 3~40마리 넘게 키웠습니다. 그 장면도 눈에 선하네요. 2년 전엔가 마지막 남은 돼지 세 마리를 곰으로 돌려보내고 나서는 가축은 더 들여오지 않습니다. 이제 냉동육으로 조달받아요. 지금은 얼마나 편한지... 이런 얘기도 다 들으셨겠죠?"

"그럼요, 오가는 배 편으로 주문한 것을 받아서 먹는는 이야기 들었어요."

"맞습니다. 예전엔 정말 일이 많았어요, 돼지, 칠면조, 양, 토끼들 끼니 챙겨야죠, 일주일에 한 번 축사 청소해야죠. 또 돼지를 잡는 날엔 양도 잡아야 했어요. 돼지를 안 먹는 사람도, 양을 안 먹는 사람도 있거든요. 그 때에 비하면 지금은 얼마나 편한지 몰라요."

"돼지 세 마리는 왜 돌려보낸 거예요?"

"냉동육을 주문해서 먹게 된 다음부터는 키우던 녀석들을 잡는 일이 더 쉽지 않게 느껴졌을 거예요. 여건이 바뀌고 있는데 힘들게 녀석들을 잡을 필요가 있느냐는 거죠. 육체적으로도 정신적으로도 말이에요. 그렇게 3개월 정도 지나고 나니 누군가 돼지 세 마리의 이름까지 지어주었더군요."

"돼지들한테 정이 많이 들었나 보네요. 닭은 몇 마리나 있는 거죠?"

"제대로 세어 보지는 못했는데 대략 스무마리 내외가 될 겁니다. 대부분 암컷이고 수컷은 두 마리로 알고 있어요. 요놈들이 암컷들을 곧잘 지킵니다."

"그렇군요. 근데 저렇게 풀어놓고 키워도 괜찮나요?"

"도망가지 않느냐는 말씀이지요?"

"네 맞아요."

"닭들도 예전에는 가두어 키웠어요. 근데 몇년 전부터는 그냥 풀어놓습니다. 아침 여섯 시경 닭장 문을 열어놓거든요. 그럼 나가서 자유롭게 배를 채웁니다. 벌레를 잡아먹든 풀들을 먹든 알아서 해요. 해질녘이 되면 신통하게도 두 마리 수놈이 암놈들을 몰아 우리에 데려갑니다. 무리를 지키는 거죠. 저는 해가 진 이후에 여기에 와서 밤사이 먹을 사료와 물을 보충해 주고 문을 닫아줍니다."

"아. 근데 여기에 쥐나 고양이도 돌아다닌다면서요? 닭들 안전한가요?"

"두낭이 고양이 비슷한 걸 봤답니다. 제 눈으로 본 건 아니니 확실히는 몰라요. 쥐는 많습니다. 요놈들은 낮에는 무서워서 닭들을 건들지도 못합니다. 밤에 우리에 들어가서 잘 때가 걱정이지요. 자는 동안 잡아먹히거든요. 그래서 수시로 닭장에 쥐들이 들어갈 만한 구멍이 있는지 확인합니다. 그래도 어떤 놈은 땅을 파고 들어가니 완벽히 막을 수는 없겠지만요."

"냉동육으로 바꾼게 정확히 언제인가요?"

"5년 전부터였어요. 1994년."

"요틀란은 3,4년 전으로 기억하던데요?"

"그 사람이 그렇게 얘기해요? 그 사람 그거 주방에 박혀서 가스를 많이 맡아서 기억력이 떨어졌을 겁니다. 젊은 사람이 쯧쯧쯧. 그게 얼마나 큰 사건이었는데."

"그 사건이요?"

"원장님도 들으셨을텐데... 엄청난 폭우로 근처를 지나던 배가 부서져 여기서 얼마간 지냈던 사건이요."

"아, 그 사건 알아요."

"그 비로 축사도 많이 부서졌거든요. 가축들도 많이 죽었어요. 그때 여럿이 모여 고민을 많이 했어요. 그 회의 끝에 더는 가축을 들이지 않기로 했구요."

"그 사건으로 많은 게 변했군요."

"그렇죠. 이제 다 옛날 이야기예요. 보시다시피 지금은 일이 별로 없어요. 아웃사이더끼리 그냥저냥 시간 보내고 있는 겁니다. 물론 청소도 돕고 다른 일들도 돕고 하지만요. 이러고 월급만 타가고 있으니 사실 다른 사람들한테 미안할 뿐이죠."

"해야 할 일들의 의미를 찾지 못하니 그러고 계신들 마음이 편안하시겠어요? 미안할 일이 아니죠."

안젤로가 머리를 떨구며 말했다.

"그냥 끝을 향해 가는 거죠."

"끝이요?"

"끝 아닌가요?"

안젤로의 이야기를 들으니 이곳의 사람들이 그동안 어떤 기분으로 지냈을지 대략 짐작할 수 있을 것 같았다. 그리고 여기에서 지내야 할 남은 기간 동안은 그냥 그렇게 사는 것이 맞는 것 같았다. 이름을 지어준 돼지를 어떻게 잡겠으며 자유를 맛본 닭들을 어찌 다시 가두어 키우겠는가?

/ 베니의 이야기

위나는 점심을 먹고 중정에서 따끈한 차를 한잔 마신 후 연구소 오른쪽 복도 끝의 계단을 통해 보일러실로 내려갔다. 창고와 대칭이 되는 위치인데 높은 천장에 중정으로 작은 창문이 난 모습조차 그곳과 유사했다. 가까이서 본 베니는 다부진 체격의 젊은 남자였다. 많은 사람들로부터 베니에 관한 이야기를 들었기에 묻고 싶은 것이 많았다.

"수염이 잘 어울리네요."

"아, 감사합니다. 수염이 없으면 어려보여요. 전 어릴 때 많이 무시를 당해서 어려보이는 거 싫거든요. 오시느라 더우셨죠? 들어오세요. 여긴 전기실입니다. 곧 시원해지실 거예요. 이 방에 건물을 관리하는 전기시설, 설비시설이 다 있습니다. 엄청 시끄럽죠. 가만히 들어보면 커다란 선풍기가 돌아가는 소리처럼 들려서 듣기만 해도 시원하다니까요!"

베니가 큰 소리로 말했다.

"그렇네요. 소리만 들어도 왠지 썰렁한 느낌이 들어요. 그나저나 기계들이 정말 엄청 크네요."

"하는 일이 많으니까요. 여기있는 기계들에 대해 하나하나 설명을 드려야지요?"

"아니에요. 내가 설명을 듣는다고 뭘 아나요? 머리만 복잡해지지요. 기계에 관해서는 대략적으로만 설명해주면 됩니다. 그보다 하시는 일에 대해 들어야지요."

위나도 베니만큼이나 큰 소리로 말했다.

"예전엔 전기실과 설비실이 분리되어 있었어요. 근데 몇년 전에 두 방 사이의 벽을 허물었습니다. 대신 기둥을 몇개 세웠지요. 대공사였습니다. 관리 인력도 점점 줄어드니 벽을 터서 한눈에 보는 것이 낫잖아요."

베니가 손으로 가리키는 곳에는 한쪽 벽을 다 차지할 만큼 큰 기계가 그에 걸맞는 큰 소리를 내고 있었다.

"이것으로 연구소 전체를 통제합니다. 작은 글씨 보이죠? 이곳 모든 실들의 이름을 적어놓은 것입니다."

옆 기계의 몇몇 부분에는 붉은 테잎이 붙어 있었다

"저건 왜 붙여놓은 건가요?"

"소방에 관련된 부분이라 눈에 잘 들어오라고 붙여놓은 거예요. 화재가 감지되면 저 기계가 알려줘요. 방 천장마다 스프링클러 달려 있는 것은 보셨죠? 그것들 최근에 공사한 거예요."

베니가 이번엔 옆방으로 위나를 안내했다. 이제는 위나도 소음에 익숙해진 느낌이 들었다. 두 사람은 마주보고 의자에 앉았다.

"여기는 보일러실입니다. 기름보일러를 사용하죠. 기름은 식재료와 함께 배편으로 조달받습니다. 저와 크리셀라는 매일 아침 일곱시에 여기에 와서 밤새 돌아갔던 전기, 설비기계들에 별 문제는 없는지 확인합니다. 그리곤 새로 돌릴 기계들 스위치 올려놓고 사무실로 오는 거예요. 저녁식사 이후엔 아침에 틀어놓았던 걸 꺼야하구요. 매일 반복이지요. 크리셀라도 얼마 후 휴가 복귀할테니 곧 만나시겠지요."

중정 쪽 창에서 들어온 늦은 오후의 햇살이 기계도시가 된 지하 공간을 은은하게 비춰주고 있었다.

"아버님도 이곳에서 일 하셨던 거지요?"

"맞습니다. 부원장님이 취임식 때 이야기하셨다죠?"

"파타한테도 들었어요."

"아버지는 여기에 조류연구소가 들어서기 전부터 일하셨다고 알고있어요."

"그럼 요양병원에서도 일하셨던 거네요. 근데 어떻게 조류연구소로 바뀐 후에도 계속 계시게 되었을까요?"

"아버지만 그런 건 아니었어요. 조류연구소 내규 중에는 과거 요양병원에서 근무했던 사람들 중 보로나를 떠나고 싶지 않은 사람은 누구라도 과거 보직과 상관없이 새 일거리를 주라는 지침이 있었다고 들었습니다. 당시엔 일할 사람이 부족했던 모양입니다."

"카메라는 원래 가지고 계셨던 건가요?"

"맞습니다. 아버지는 이곳에 오기 전부터 카메라를 가지고 계셨다고 들었어요. 어머니 말에 따르면 아버지는 도전정신이 강하고 새로운 환경에 적응도 잘 하시는 분이었다는데 무슨 일인지 연구소에서 일하게 된 후 1년을 못 채우고 짐을 싸서 고향으로 돌아오셨다는 거예요. 귀국 후에 어머니를 만나 바로 결혼하고 저를 낳으셨다고 했구요. 그런데 제가 자라는 동안 보로나에 관한 이야기는 별로 하지 않으셨습니다."

위나가 창 너머 먼 곳을 응시하곤 다시 입을 열었다.

"그 분은 베니에게 어떤 아버지였나요?"

베니가 붉은 테잎에 눈을 고정하고 조용히 말했다.

"조용한 분이셨죠. 제게 추억거리도 하나 만들어 주지 않으시고 열 살이 되기 전에 돌아가셨어요. 이후 여기에 오기 전까지 제 삶은 허송세월이었습니다."

위나가 <굿바이>라고 쓰여있는 사진을 꺼내며 말했다.

"참, 내가 연구실에서 사진을 하나 가져왔는데..."

"파타한테 이야기 그 들었습니다. 제가 그렇게 시간만 보내던 어느날 우연히 아버지 책상 서랍에서 흰 종이에 싸인 사진들을 발견했어요. 어머니는 그걸 보더니 아버지가 보로나에서 가져왔던 한 통의 필름을 인화한 것이라고 하더군요. 그 사진은 거기에 섞여있던 겁니다. 이곳에서 찍은 필름은 재단에 보내야 했는데 책임감 많던 분이 그걸 갖고 있었던 이유는 아무래도 그 한장 때문이었을 겁니다. 파타 사무실에서도 보셨겠지만 다른 사진들은 그냥 새 사진들이었으니까요."

"왜 이 사진에 <굿바이>라고 쓰신걸까요?"

"글쎄요. 그런데 재미난 건 그 <굿바이>라는 글이 제게는 <헬로>라고 보였다는 거예요. 그제서야 비로소 아빠의 젊음이 묻어있던 보로나가 궁금해지더군요. 그곳에서 무슨 일들이 있었는지도요. 그게 제가 세기말에 태평양 한가운데의 섬에 오게 된 이유가 된 거죠."

"그런데 왜 그 귀한 걸 파타한테 준 거예요?"

"제가 여기 온 걸로 그 사진의 역할은 다한 것 같다고 느꼈으니까요. 그건 이제 원장님께 안착한 겁니다."

/ 조단의 이야기

위나가 다음날 아침식사 후 조단을 따라 나선 곳은 축사와 텃밭을 지나 서쪽 초소 근처에 이르면 비로소 보이는 작은 콘트리트 건물이었다. 연구소 건물과는 100미터 정도 떨어져 있었다. 입구는 푸른 철문으로 되어 있었는데 그 문은 여섯계단 정도 내려가야 하는 반지하에 있었다. 조단은 하얀 수염이 덥수룩한, 노년의 남성이었다.

"더우시죠 원장님? 그러니까 그냥 식당에서 얘기하시자니까요! 여기 뭘 보실게 있다고..."

조단이 허리에 맨 가방에서 열쇠 꾸러미를 꺼내어 철문을 열며 말했다.

"아니에요. 일하시는 분의 일상 속 공간에서 이야기 나누는 것이 가장 편하고 좋아요. 그러면 자연스레 일하시는 모습이 상상되잖아요. 그리고 다른 분들과도 그렇게 해 왔구요."

철문이 열리자 공간을 가득 채울 만한 크기의 급수탱크가 보였다. 이 큰 것이 어떻게 저 작은 문으로 들어왔나 싶었다. 조단이 입을 열었다.

"제가 매일 여기에 있는 것은 아니에요."

급수탱크 옆에는 작은 목재 의자가 하나 있었다.

"앉으세요, 원장님."

"아닙니다. 의자가 하나밖에 없잖아요."

"전 서 있는 것이 더 편합니다. 앉으세요."

"저는 급수실이 저 위에 있는 건줄 알았어요."

"창고 옆에 있는 붉은 벽돌 건물 말씀인거죠? 거기도 급수실 맞습니다."

"그럼 여기는요?"

위나가 의자에 앉으며 물었다.

"여긴 제 2 급수실이라고 불러요. 요양병원에 관한 시설 공사를 할 때 이곳이 지하수를 끌어올리기에 가장 적합하다고 판단해서 여기에 급수탱크를 만들었다고 하더군요. 그런데 건물과 동떨어져 있어서 불편했었나 봐요. 그래서 조류연구소로 변경되고 얼마 후 건물 가까이에 급수실을 하나 더 짓고 큰 탱크를 하나 더 설치했습니다. 요즘은 여기보다는 거기에서 주로 시간을 보냅니다. 보일러실에서 그리로 통하는 길이 있거든요. 거기도 보셨는지는 모르겠지만. 저는 주로 거기에서 베니와 함께 근무합니다."

"거긴 못 봤어요. 다음에 가봐야겠어요. 그럼 여기엔 언제 오시는 거예요?"

"아침과 저녁식사 후 여기 와서 탱크가 잘 돌아가고 있는지 눈으로 확인하는 겁니다."

"혼자 근무하신 건 언제부터예요?"

"1년 전부터요. 원래 요빈이란 직원과 함께 했었는데 작년 말에 퇴사했어요."

"아, 그렇군요."

"그때부터 수염도 깎지 않고 있어요. 사람들은 베니를 따라하는 거냐고 놀리지만..."

"수염이 잘 어울리세요."

"참, 환영식 때 참석 못해서 죄송합니다."

"일이 있으셨겠지요. 괜찮습니다."

"그때 아무에게도 말 못했지만 제가 몸이 좋지 않았어요. 약간의 열이 있었습니다."

"그러셨군요, 그럼 당연히 쉬셔야지요."

"새로 오신 원장님께 병이라도 옮길까 걱정해서 가지 않았던 거였습니다. 이제야 편하게 말씀드리네요."

/ 에플린의 이야기

"티에나와 함께 일합니다. 티에나는 여기에 온지 3년 정도 되었어요. 제가 훨씬 먼저 입사했는데 그녀는 이미 제가 아는 것 이상으로 잘 알고 있습니다. 여기엔 해열제, 소화제, 진통제, 항생제, 말라리아 예방약 계열의 약들이 있습니다. 더 필요한 것이 있으면 재단에 수시로 전달하여 제공받습니다. 조금이라도 아픈 분이 있으면 제가 일일이 관찰하고 판단을 한 뒤 약을 조제합니다. 세계 보건기구의 기준에 맞추어서요."

"에, 엣취!"

"원장님 괜찮으세요? 감기 걸리신 것 아닌가요?"

"아니, 괜찮습니다. 어제 밤에 조금 추웠는데 지금은 괜찮아요. 이야기 계속해요."

의약실의 에플린은 50대의 여성으로 조단, 누카스와 함께 보로나에서 가장 길게 근무한 사람이었다. 그녀는 가벼운 뿔테 안경에 단발머리를 하고 있었으며 풀한번, 흙 한번 밟아보지 않은 것처럼 깨끗한 구두를 신고 있었다.

"보로나에 오래 계셨다고 들었어요."

"가만있자, 1980년대 초반에 왔으니 근 이십 년 가까이 된 셈이네요."

"의사 면허가 있으신 거죠?"

"그럼요. 제 분야는 가정 의학과예요. 몸에 이상이 있다고 생각하는 직원들은 일단 저를 찾아옵니다. 여기서 치료받기 어려우면 배를 타고 나가서 큰 병원에 가야죠. 직원들이 건강히 잘 지내고 있어서 다행히 그런 일은 거의 없었어요. 저기 있는 것이 초음파로 몸 내부를 볼 수 있는 기기입니다. 들여온 지 얼마 안되었어요. 처음엔 사용법을 익히느라 골치가 좀 아팠지만 지금은 저것이 있어서 얼마나 든든한지 몰라요. 여기는 사람이 살던 섬이 아니라서 혹여 새로운 바이러스라도 발견될까 봐 신경이 곤두설 때가 있습니다. 조류독감도 특히 조심해야 되구요."

"그럼 이곳에 있는 새들의 병에 관해서도 누군가 연구해야 할 것 같은데요?"

"사실 그런 인력이 있었는데 아시다시피 여기 상황이 이렇다보니 진작 떠났습니다. 그래서 재단 본부에선 저와 티에나에게 가급적 이곳 새들의 질병에 관한 연구에도 신경을 써 달라고 이야기 하더군요."

"사람과 새는 다르잖아요?"

"맞습니다. 한참 다르지요. 그런데 일이 그렇게 복잡한 건 아닙니다. 일단 병이 들었거나 죽은 새들이 왜 죽었는지 알아볼만큼 알아보고 필요하다 싶으면 냉동보관해서 재단으로 보내는 거예요. 그래서 파타와 마리한테도 알수 없는 이유로 죽었거나 아픈 새들을 발견하면 제게 알려달라고 부탁했어요."

"그러시군요. 에플린처럼 여기에 오래 근무하신 분들이 있어서 정말 다행이에요. 제가 궁금한 것들을 거의 다 대답해 주실 수 있잖아요."

"빈말이라도 그렇게 얘기해 주시니 듣기좋네요. 요즘엔 젊은이들한테 신세만 진다고 생각했었어요."

"빈말이라뇨, 진심이에요. 나이드신 그만큼의 소중한 경험과 기억을 가지고 계시잖아요."

"작은 섬이다보니 젊은이들은 얼마 못 버팁니다. 주로 5년이 되기 전에 대부분 다른 일을 찾아서 떠나가요. 처음엔 우리 나이의 사람들과 비교하며 참 끈기도 없다고 생각했었는데 몇년 지난 후 생각이 바뀌더군요. 젊은이들이 여기서 오래 있는 것은 오히려 별로 좋지 않다는 쪽으로요. 사람 많은 곳에 가서 연애도 하고 결혼도 하고 애도 낳아야지요."

"그도 그렇네요."

"저나 누카스, 조단은 이런 얘기 많이해요. 사실 우리는 진작 퇴사하려 했는데 유엔 회의 결과를 들은 이후에는 오히려 연구소와 함께 <운명의 마무리>를 하고 싶다는 생각이 들더군요."

"운명의 마무리... 묘한 말씀이네요. 책임감이 크셔서 그렇겠지요."

"책임감이요? 그거라기 보단 뭔가... "

에플린은 말을 끊고 잠시 창밖 하늘을 내다봤다.

"제가 먼저 외로운 섬 보로나에 이별을 고하고 싶지는 않더군요."

"아."

"근데 원장님께선 왜 여기에 오신 거예요? 환영식 때 하신 말씀이 다는 아닐테고..."

"제 얼굴이 사연 있어 보이나요?"

"그, 글쎄요."

위나는 멋적은 표정을 하고 있는 에플린을 뒤로 남기고 조용히 의약실을 나왔다.

/ 이타냐의 이야기

"원장님, 기다렸어요, 언제 오시나 했습니다."

기록실을 방문한 위나에게 이타냐가 반갑게 인사했다.

"너무 오래 기다리시게 했죠?"

위나가 말했다. 그녀는 복도에서 이타냐와 여러 번 마주친 데다가 오가며 종종 이야기를 나눈 적이 있기에 이미 그녀에게 친근감을 가지고 있었다. 그녀는 도나에게 들은대로 아드아브 조류연구소에서 벌어지는 모든 일들을 기록하는 역할을 하고 있다.

"여기 오기 전에는 일기도 안 쓰던 제가 이런 일을 하며 살게 되리라고는 꿈에도 생각하지 못했습니다."

이타냐가 위나를 자리로 안내하고 가벼운 웃음을 지으며 입을 열었다. 기록실은 천장까지 책꽂이로 빽빽이 둘러싸여 있었다. 그녀는 책꽂이 중간쯤에서 두꺼운 책자를 하나 꺼내어 보여주며 말했다.

"1969년부터의 자료들이 다 있어요. 직제가 조금 바뀌기는 했지만 전체 기록과 팀별 기록이 날짜별로 정리되어 있습니다. 중요한 일들은 연간 기록철에도 중복으로 보관되어 있구요. 보시는 것 말고도 한 부를 더 만들었어요. 그건 재단으로 보내놓았습니다."

"자료들 규모가 어마어마하군요. 다른 자료들도 보아도 되겠지요?"

"당연하죠, 원장님이신데요."

"원하면 누구나 볼 수 있어요?"

"직원이라면 대부분은 볼 수 있습니다. 물론 열람자들은 이름과 열람 일자를 명확히 작성해야 해요. 단, 직원들의 개인신상에 관한 내용들은 본인이거나 보안각서를 쓴 재단의 대표, 그리고 기록 담당관만 열람 가능합니다. 이건 초기에 만들어진 운영지침서에 나와있는 내용입니다."

이타냐는 이번엔 커다란 책상에 가려져서 잘 보이지 않던 책꽂이 아래쪽에서 <아드아브 조류연구소 운영지침서/초기자료>라고 쓰여있는 두툼한 책자를 꺼내어 보여주었다. 위나는 처음 부분의 몇 페이지를 유심히 훑어보았다.

"30년전 지침서네요. 그런데 이 내용들이 지금까지 유효한 모양이지요?"

"대부분 그렇긴 합니다. 그런데 시대가 변하고 생각도 변하잖아요. 여기를 다녀가는 새들의 종류도 변하구요.

그래서 어떤 지침들은 바뀌거나 삭제, 추가되기도 합니다. 그런 내용들은 각 원장 임기 말에 정리해서 책자로 만들고 있어요. 세부 정도 만들죠. 물론 한부는 무조건 재단으로 보내야 합니다."

"자기가 원하는 이름으로 불릴 권리에 대한 부분도 여기에 적혀있는 거죠?"

그 말에 이타냐가 운영지침서를 가져가서 뒤적거리며 대답했다.

"예 여기에 있습니다. 초기에 정립된 규정인데다가 삭제되었다는 이야긴 들어본 적 없으니 앞쪽에 있을 겁니다. 아, 여기 있네요. 이렇게 되어 있습니다. 본인의 이름이 특정국가에 속한 이름임을 확연히 연상케 하는 경우 해당 직원의 자율의지에 따라 다른 이름을 사용할 수 있다. 이는 출신국이 드러남으로 인해 생기게 될 특정인에 대한 선입견이나 그가 당할 불이익을 방지하기 위함이다. 재단의 대표, 혹은 기록담당관 등이 실명을 알게 되더라도 이를 발설해서는 안된다."

"그렇군요. 잘 들었습니다."

"지금도 그 지침은 변하지 않았지만 아마도 요즘엔 그런 이유로 예명을 쓰는 사람은 거의 없을 겁니다. "

"그렇겠네요. 부원장님도 그렇게 말씀하셨어요."

"그럴겁니다. 전쟁도, 냉전상황도 다 지났으니까요."

"근데 혹시 조류연구소가 생기기 전 기록들도 여기에 보관되어 있나요?"

"예?"

"요양병원 시기나 그 이전 기록들 같은거요."

"그 이전 기록이라 함은..."

"이를테면 전쟁 중 여기에 다친 군인들이 처음 들어오기 시작했던 시기의 기록이라던가... 없겠죠?"

이타냐가 지침서의 뒤쪽을 뒤적거리다 한 페이지를 펼쳤다. 거기엔 <아드아브 조류연구소 이전의 기록과 지침들에 관한 내용>이라고 적혀 있었다.

"여기 간략히 나와있네요. 여기에 도착한 모든 군인은 이 섬을 떠나기 전까지 무기를 한 곳에 모아서 보관하도록 되어있군요. 다치지 않은 병사는 이름표를 제거하고 의료행위를 돕거나 혹은 아무것도 하지 않아야 한답니다. 이 섬에서 누군가를 강제할 힘을 가졌을 리 없으니 아마도 자발적인 규정 같아요. 그래도 큰 사고는 없었던 것 같습니다."

바다가 보이는 언덕에서

"원장님 여기 계셨네요!"
서쪽 초소 옆 벤치에 앉아있던 위나가 그 소리에 뒤를 돌아다 보았다. 마리가 긴장된 얼굴로 서 있었다.
"마리, 여긴 어쩐 일로..."
"원장님이 식당에 안오셔서 부원장님이 걱정하셨어요. 방에도 안 계셔서 제가 여기 나와 본 거예요."
위나가 몸을 한쪽으로 움직여 앉았다.
"앉아요. 점심 먹은게 소화가 안되어서 걸렀어요."
마리가 위나의 옆에 앉았다.
"조용히 쉬시는데 제가 방해가 된 거 아닌가요?"
"그렇지 않아요. 마리가 와서 더 좋아요. 도나와 마리의 보살핌을 항상 고마워하고 있어요."
"보통 저녁들 드시면 중정에서 차 한잔들 하시는데 거기에도 안 계시고 방에도 안 계시고... "
"걱정했어요?"
"조금요, 사실 한참 찾았습니다."
"본의 아니게 미안하게 되었네요."
"아닙니다. 죄송하실 건 없습니다."

"그렇다면 다행이구요. 근데 내가 여기 있는 줄은 어떻게 안 거예요?"

"알고 온 건 아니예요. 저녁 식사 후, 이 사람 저 사람한테 원장님 어디에 계신지 아느냐고 물었더니 에시런이 여기로 가보라고 하더군요."

"그랬군요."

"사람들이 여기를 좋아하긴 해요. 특별한 장소잖아요. 그래서 입사 초기엔 이곳에 많이들 오는데 한 달쯤 지나면 사정이 달라져요. 모든 일을 연구소와 중정에서 해결하다 보니 이곳조차 멀게 느껴지는 거예요."

"그렇겠네요. 사람들 마음은 쉽게도 변하니까요."

"네. 맞아요."

"나도 곧 그렇게 될 텐데요 뭘."

위나가 건조하게 대답하자 마리가 물었다.

"여행가방에서 달그락 소리가 나던데요?"

"네?"

"원장님 도착하시던 날 제가 가방을 끌고 올라갔잖아요. 처음엔 바퀴가 자갈위를 구르는 소리인가 싶었는데 그건 아닌거 같아서요."

위나가 신기해하며 물었다.

"그걸 어떻게 들었어요? 조그만 상자에 돌맹이들을 넣어왔어요. 혹시 몇 개정도 들어있는 것 같았어요?"

마리가 잠시 고민하더니 답했다.

"다섯 개보다는 많을 것 같고 열 개보다는 적을 것 같았어요. 그거 무슨 용도가 있는 건가요?"

"어머, 정확해요. 뭐 딱히 용도랄 건 없어요. 그냥 어릴때 추억이 있는 물건이라 가져왔어요."

"곧 기온이 떨어질 것 같은데 들어가실까요?"

"난 조금 더 여기 있을게요. 추우면 먼저 들어가요."

"아네요. 저도 조금 더 있을게요."

곧 땅거미가 지고 주변에 어둠이 내려 앉을 기세였다.

"그러면 마리의 이야기를 들어볼까요?"

빠른 속도로 수평선 아래로 숨는 해에게서 눈을 떼지 못하던 마리가 입을 열었다.

"그러잖아도 요즘 업무파악 중이시죠? 그러세요. 들으셨겠지만 저도 조류연구팀으로 들어왔어요. 입사한 지 5년 되었구요. 주 업무는 새들 사진을..."

"잠깐만요."

위나가 마리의 말을 막았다.

"업무에 관한 이야기는 일과시간에 합시다."

"그럼 어떤 이야기를...?"

"여긴 어떻게 오게 된 거예요?"

"예?"

"여기 와서 원하는 것을 찾았나요?"

"무슨 말씀이신지..."

위나가 손사래를 치며 말했다.

"아닙니다. 아네요. 그냥 마리같이 젊고 예쁜 여인이 이 외진 곳에 왜 왔는지 궁금해서요."

그 말에 마리가 잠시 생각에 잠기는 듯 했다.

"너무 부담스런 질문인가요? 그럼 잊어요. 더 어두워지기 전에 들어갑시다."

"아, 부담되는 건 아니에요. 왜 그런 질문을 하셨는지 대충 알겠어요. 그거 별로 중요한 것은 아닌데... 어디서부터 이야기를 시작해야 될지 고민이 되네요."

"그럼 다음에 이야기 할까요?"

위나가 일어서려 할 때 마리가 조용히 입을 열었다.

"제 가족이라곤 할머니 밖에 없었습니다. 할머니는 절 무척 사랑하셨지만 돌아가시기 전까지 평생 미친사람이란 소릴 듣고 사셨어요."

"아, 네."

"그 분이 평생에 걸쳐 마음에서 놓지 못한 곳이 여기, 보로나 였습니다. 전 할머니의 삶과 죽음을 찾아 여기에 온 거예요."

그 말을 하는 마리의 묘한 감정이 위나에게 전해졌다.

"더 듣고 싶어요, 마리."

마리가 몇 번 한숨을 쉰 후에 입을 열었다.

"우리 엄마는 제가 열두살 때 돌아가셨어요. 외할아버지 돌아가시고 얼마 후였지요. 엄마의 부모님은 엄마가 아주 어릴때부터 떨어져서 사셨다고 들었어요. 그래서 엄마는 결혼하기 전까지 엄마의 아빠, 그러니까 외할아버지와 단 둘이 살았던 거예요. 엄마는 어릴적 기억 속 할머니 애기를 가끔 들려주긴 했지만 저와 만나게 한 적은 없어요. 제가 할머니를 만나고 싶다고 하면 엄마는 항상 "나중에" 라고 말씀하셨어요. 그 말씀 뒤엔 할머니는 머릿속이 너무 복잡해서 평범하게 사실 수 없으며 저같은 어린이의 눈에는 위험하게 보일거라고 했어요. 그런데 엄마가 돌아가신 후 아빠는 나를 그 할머니께 맡기고 어디론가 떠나셨어요. 전 어린 시절에도 아빠와는 별로 대화한 기억이 없어요. 그 뒤로도 아빠를 본 적이 없구요."

남다른 자신의 가정사를 꺼내는 마리의 모습이 무척 힘겨워 보였다.

"힘들면 다음에 이야기 할까요?"

"괜찮아요 원장님, 괜찮아요. 할머니는 제가 열아홉살 때 돌아가셨으니 할머니와 7년을 함께 산 거예요. 어린 제 눈에 할머니는 엄마한테 들었던 것처럼 이상하게 보이지는 않았어요. 단지 필요한 말만 하시는 무뚝뚝한 분이셨지요. 할머니는 몇 가지 규칙을 정해 놓고 제게 그것을 따르게 했어요. 그 중 하나는 잠겨 있는 방문을 열려고 하지 말라는 것이었어요."

"어쩌면 그런 행동들이 주변 사람들을 힘들게 했던 모양이네요."

"그랬을 수도 있어요. 제가 열여덟 살이 되는 생일, 그러니까 할머니가 돌아가시기 1년 전에 할머니가 자물쇠를 따고 제게 그 방을 보여주셨어요. 어찌나 제 가슴이 콩닥거렸는지, 아직도 그 순간이 생생하게 기억나요. 그 방엔 <섬나라 사람들>이라는 제목의 잡지가 벽 한쪽의 책꽂이에 빼곡히 꽂혀 있었어요. 그건 섬나라를 포함한 태평양 인근의 여러 국가들에서 일어난 사건들을 잡다하게 수록해 놓은 계간지였어요.

1943년 창간된 유서깊은 잡지지만 보는 사람이 적어서 발행부수는 그리 많지 않았던 모양이에요. 할머니는 1950년대 초반부터 그 잡지를 모으셨다고 했어요. 먼지가 자욱한 그 방에 들어가 몇 권을 대충 훑어보니 사건 사고 소식들, 취업정보, 물가정보, 그리고 태평양에서 활동하는 각종 고기잡이 배들을 위한 정보까지 없는 게 없었어요. 할머니께 왜 이 잡지들을 모아놓으셨냐고 물어보니 혹시 보로나에 대한 소식을 들을 수 있을지 몰라서 그랬다고 하셨어요. 전 그때 보로나가 어디에 있는 섬인지도 몰랐어요."

"보로나의 소식이 왜 궁금하셨을까요?"

"그 섬에서 찾고 싶은 사람이 있었나봐요. 1968년 3호를 꺼내 보여주셨는데 잡지 뒤쪽엔 보로나의 요양병원 입원환자들 사진이 실려있더군요. 그 호부터 할머니는 어떤 희망을 품고 있었던 것 같아요. 그 환자들 중 그 사람이 있을지도 모른다고 기대하시면서요."

"결국 그 사람을 찾으셨나요?"

"할머니가 그 옆에 있던 잡지를 꺼내서 어떤 부분을 펼쳐 보여주셨어요. 책이 쉽게 갈라지는 걸 보니 얼마나 많이 그 부분을 펼쳐 보셨을지 금방 알겠더라구요.

그건 1970년 1호였는데 할머니는 이후로 더 이상 그 잡지를 모으지 않으셨다고 했어요. 펼쳐진 곳은 <이달의 미스터리>라는 세 쪽짜리 코너였어요. 거기엔 젊은 남녀의 옆모습이 담긴 흑백사진과 함께 1년 전에 보로나에서 발견된 남자에 관한 내용이 실려 있었어요."

마리가 이야기하며 위나의 눈치를 살폈다. 위나의 눈이 조금 충혈된 것처럼 보였다..

"죄송해요 원장님, 공연히 복잡한 이야기를 꺼냈네요. 추워지고 있어요. 그만 일어나세요."

그러고 보니 어느새 쌀쌀한 바람이 불고 있었다.

"아니, 아니에요 마리! 괜찮아요, 계속 해봐요!"

"뭐가 불...편하신가요?"

위나의 격앙된 반응에 마리가 당황해 하며 말했다.

"소리쳐서 미, 미안해요. 난 괜찮으니 할머니 이야기를 더 듣고 싶어요."

위나는 호흡을 조절하며 말했지만 오한이 나는 듯 떨고 있었다. 때마침 싸이렌 소리와 함께 스피커에서 크로이의 다급한 소리가 들렸다. 주변은 이미 어두웠다.

"폭우 경보가 있습니다. 외부에 계신 분은 서둘러 입실하기시 바랍니다."

고열

커튼 사이로 9월의 아침 햇살이 위나의 방을 비추었다. 머리가 빠개질 것 같은 통증과 고열은 어느 정도 잦아든 것 같았다. 걱정스런 표정으로 수액을 교체하던 아만다가 입을 열었다.

"좀 어떠세요, 원장님?"

"어, 어제보다 낫군요. 고마워요."

"오늘은 뭐 좀 드실 수 있겠죠? 부드러운 것으로 아침식사 준비할게요."

"오늘 며칠이죠?"

위나가 벽시계 옆 달력을 쳐다보며 물었다.

"9월 8일이에요."

"그럼 내가 사흘이나 누워있던 거예요?"

"여기 오면 한번씩들 그러세요."

"내가 뎅기열에 걸렸던 건가요?"

"증세로 봐서 그렇게 보였어요. 그게 아니더라도 휴식이 꼭 필요했습니다."

위나는 입이 바짝 바짝 말라왔다.

"아만다, 미지근한 물 좀 있을까요?"

아만다가 테이블 위의 빈 물병을 들고 서둘러 식당으로 향하며 말했다.

"잠시만 기다려주세요, 원장님."

다음날 마리가 아침식사를 가지고 들어올 때 위나는 조심스레 일어나 창문을 열고 있었다.

"원장님, 아침기온이 아직 쌀쌀할텐데요."

"이 정도는 견딜수 있어요. 멜랍 향기를 맡으면 좀 더 식욕이 돌 것 같아서요."

"그러시군요. 오늘은 좀 어떠세요?"

"이제 일어나서 걸어다닐 수도 있을 것 같아요."

"아직은 무리세요. 이제 창문 닫아드릴까요?"

"아니에요. 오랜만에 아침공기를 쐬었더니 정신이 맑아지는 느낌이 들어요. 조금 이따가 내가 닫을께요. 모노쿠 원장의 마음을 알겠어요."

"네?"

"아 아니에요. 신경쓰지 마요."

마리가 테이블에 음식이 담긴 쟁반을 놓으며 말했다.

"아직 다 나으신 것 아니에요. 무리하지는 마시구요."

"그럴게요. 그날 일은..."

"중요한 건 아니니 다음에 얘기하시죠."

마리는 정중하게 말했지만 대화 중에도 그녀의 시선은 줄곧 창문과 테이블에 머물렀을 뿐 한 번도 위나의 얼굴을 똑바로 쳐다보지 않았다. 그녀의 태도는 그날 저녁엔 물과 같았지만 지금은 얼음과 같았다. 위나는 그 이유가 궁금했지만 묻지는 않았다. 그녀는 왠지 마리의 감정을 존중하고 싶었다. 원장이 어느정도 회복되었다는 소식을 들은 직원들이 삼삼오오 안도하는 표정으로 찾아왔다. 위나는 다음날 점심식사를 침대에 앉아서 할 수 있었고 그 다음날 저녁 무렵엔 산책도 할 수 있을만큼 회복되었다.

"고마워요."

저녁식사를 마친 위나가 빈 식기를 가지러 온 아만다에게 말했다.

"다행입니다, 원장님. 보통 일주일 안에 회복되긴 하지만 원장님은 나이가 있으셔서 걱정되긴 했거든요."

다음날 늦은 오후 몸을 거의 회복한 위나에게 도나가 찾아왔다.

"원장님, 좀 어떠세요? 많이 좋아 보이세요."

위나가 침대에서 상체를 일으키며 말했다.

"이제 거의 다 나았어요. 염려해 주신 덕분이에요. 그 동안 여기로 식사를 가져다 주시느라 여러분들이 수고많으셨지요. 내일쯤이면 다시 식당에서 식사할 수 있을 것 같아요."

"원장님뿐 아니라 누구든 오시면 고생들 하세요. 이런 곳 처음이시잖아요."

위나가 창 밖을 바라보며 입을 열었다.

"아프고 나니 주변이 더 아름다워 보이네요."

며칠 전과 달리 정말 햇빛이 중정의 작은 잎 하나하나, 작은 돌 하나하나를 정성스레 비추어 주는 것 같다는 느낌이 들었다. 도나가 말했다.

"저도 처음 왔을 때 무척 힘들었습니다. 왜 이 먼곳까지 와서 이 고생인가 싶기도 했어요. 위로해주는 동료들와 저 꽃나무들이 없었다면 저도 지금껏 버티지 못했을지도 몰라요. 지금은 이렇게 웃으며 이야기 할 수 있지만요."

"여러 가지로 감사합니다."

"저녁으로 뭐 드시고 싶으세요? 말씀만 하세요. 요틀란한테 부탁해 놓을게요."

"여기 온 첫날에 제게 만들어 주시려던 그 음식. 그게 뭐든 그것을 먹고 싶어요."

"아, 주방장의 특별요리! 그거 드셔야죠. 오랜만에 밝게 웃으시는 모습 보니 기분 좋네요."

위나가 며칠만에 콘솔 위의 거울을 보았다. 그 속엔 너무나 낯선 표정을 한 한없이 친근한 얼굴이 있었다. 그때 방문을 두드리는 소리가 들렸다. 위나가 말했다.

"들어와요."

창고를 담당하는 바티스였다.

"말씀 중에 죄송합니다. 부원장님이 여기 계시다고 해서요. 곧 선착장에 자료 박스들을 실을 배가 도착한답니다. 지금 싣고 나가야겠습니다."

"이번주에 온다더니 드디어 오는군요. 저도 곧 가볼게요. 원장님은 신경쓰지 마세요. 진작 처리했어야 하는 것이었는데 오늘에서야 보내게 되네요."

도나가 바티스와 위나를 번갈아 쳐다보며 말하고는 서둘러 자리에서 일어났다.

"근데, 저..."

바티스의 잦아드는 말에 도나가 물었다.

"왜, 무슨 일 있나요?"

"분명히 모든 박스를 테잎으로 밀봉한 후 펜으로 마킹을 했던 것으로 기억하는데 박스 하나에 개봉한 것 같은 흔적이 있어서요."

"그래요? 몇 번 박스죠?"

"28번 박스입니다."

"내용물이 리스트와 일치하는지 확인해 보셨어요?"

"그, 그걸 지금 발견해서요... 일단 배를 잡아 두고 확인해 봐야겠습니다."

"확실히 누군가 개봉한 흔적이 맞나요?"

"그게 잘... 제가 착각하는 걸 수도 있고..."

"리스트는 마리가 가지고 있지요?"

"그럴 겁니다."

"그럼 제가 마리를 찾아서 확인해볼게요. 일단 배가 오고 있다니 다른 박스들 먼저 선착장으로 가져가시는 것이 좋겠어요."

"알겠습니다."

"원장님, 잘 추스르세요."

도나가 위나에게 인사를 하고 일어났고 잠시 후 다시 와서는 마리로부터 그 상자에 아무런 문제가 없음을 확인했다는 이야기를 전했다.

다음날 저녁 위나가 식사시간에 맞추어 식당에 도착했을때, 요틀란을 제외한 거의 모든 직원들이 식탁에 나란히 앉아 있었다. 환영식 이후 이렇게 많은 직원들이 모여있는 모습을 보는 건 처음이었다. 그 중엔 새로운 얼굴도 있었다. 재단에 파견을 나갔던 유퍼스가 8개월 만에 복귀한 것이었다. 콧수염을 멋지게 기른 건장한 남자였다. 유퍼스가 일어서서 위나에게 정중히 인사하자 위나가 미소로 답하고 자리에 앉아 옆자리에 있던 실반에게 물었다.

"오늘이 무슨 특별한 날인가요?"

"글쎄요."

맞은 편에 앉아있던 도나가 일어나서 말했다.

"원장님, 잠시 눈을 감아 보시겠습니까? 제가 입을 열 때까지 눈을 떠서는 안됩니다!"

위나는 이 상황이 어리둥절 했지만 도나가 시키는대로 하기로 하고 눈을 감았다. 잠시 후 커튼을 닫는 소리와 누군가 속삭이는 소리, 몇명의 분주한 발걸음 소리, 식탁에 무언가를 가져다 놓는 소리, 초를 켜는 소리, 전등을 끄는 소리가 들렸다. 유황 타는 냄새가 갑자기 코를 찔렀다.

"자, 눈 떠 보세요!"

눈을 뜨자 위나의 앞엔 여러 개의 초가 켜져있는 커다란 케익이 놓여있었다. 각 식탁엔 팔뚝만한 길이의 타원형 접시에 오리고기로 만든 요리가 담뿍 담겨있었다. 익숙한 건 아니었지만 맛있는 냄새가 코를 찔렀다. 도나가 다시 입을 열었다.

"원장님, 오늘이 제 2의 생일이라고 생각하세요. 다시 태어나신 겁니다. 큰 진통을 한차례 치른 직원들에게 생일파티 해 주는 것도 여기 전통이에요."

"정, 정말 고맙습니다. 여러분."

"이제 소원을 빌고 초를 끄셔야죠!"

위나는 직원들의 박수 속에 일어나 초를 불어 끄고 다시 앉았다. 누군가는 커튼을 다시 열었고 누군가는 전등을 다시 켰다. 어느새 요틀란도 한 자리를 차지하고 앉았다. 위나의 앞엔 그녀가 그토록 기다렸던 요틀란의 특별요리가 있었다.

"이거 무슨 요리예요? 냄새가 정말 좋아요."

요틀란이 말했다.

"<오시로포>라는 요리예요!"

"오시로포? 처음 듣는 이름이네요!"

"지금은 퇴사했습니다만 제가 여기에 처음 왔을 때 한 직원이 고향에서 즐겼던 요리를 간절히 먹고 싶다고 했어요. 그는 요리에 문외한이었지만 어렴풋한 그의 기억을 따라가며 요리를 만들어 보았습니다. 다 만든 후 그에게 주었는데 먹는 동안 눈물을 흘리더군요. 제가 기억 속의 그 맛과 같은지 물었는데 그는 그 맛이 기억나지는 않지만 앞으로 자기에게 오시로포는 오로지 이 맛으로 기억될 거라고 하더군요. 요리시간이 무척이나 긴 음식이지만 그 이후로 새 직원이 올 때마다 이 요리를 만들고 있습니다. 워낙 정성이 많이 들어가는 요리라서 아무때나 만들 수 없다는 걸 모두 알기에 은근히 새 직원이 오기를 바라는 사람들이 많다는 것도 저는 알지요!"

그 말에 모두들 웃었다. 오시로포는 특별한 소스를 넣은 물로 오랜시간 삶은 오리요리였다. 소스를 만드는 법은 아직 페로니와 로쉬에게도 알려주지 않았다고 했다. 위나는 그것을 식초 간장에 찍어 먹었다. 직원들은 마리가 돌린 롤링 페이퍼에 축하의 글을 적어 주었고 작은 선물들도 준비했다. 티백과 비누, 핸드크림 같은 것들이었다. 9시쯤 행복한 행사가 마무리 되었다. 몇 사람이 식당에 남아 차를 마시며 뒷정리를 하는 동안 위나는 요틀란과 오시로포에 관한 이야기를 나누었다. 어떤 이들은 차가 담긴 컵을 들고 중정의 벤치로 향했다. 위나는 방으로 가서 받은 선물들을 내려놓고 소파에 앉았다. 창밖은 마치 거인이 이불을 덮고있는 양 빠른 속도로 어두워지고 있었다.

위나는 이후에도 얼마동안 섬의 구석구석에서 일어나는 일을 파악하기 위해 노력했다. 페로니, 로쉬와 함께 식단도 짜 보았고, 재단 본부에서 돌아온 유퍼스와 섬의 북서쪽 절벽 근처에 있다는 새들의 서식지도 가보았으며 비가 오던 날 베니와 함께 마음 졸이며 보일러실에서 밤을 지내보기도 했다. 또한 이안이 운전하는 트럭을 타고 섬의 이곳저곳을 둘러보기도 했고 가끔은 선착장 쪽으로 내려가서 뱃사람들이 잠시 머물렀다던 그 헛간을 먼 발치에서 바라보기도 했다. 그중에도 섬의 서쪽 초소 근처의 바다가 보이는 절벽은 위나가 가장 좋아하는 곳이었다.

마리의 이야기

10월은 위나의 나라에선 가을이 본격적으로 깊어가는 풍요로운 달이다. 의약실 란도가 3년만에 다녀오는 휴가에서 복귀했고 같은 날 시설관리팀 크리셀라도 들어왔다. 직원들 모두 그들에게 세기 말을 맞이하는 세상의 분위기를 꼬치꼬치 물어보았다. 그렇게 새 천년의 바람은 이곳 태평양의 작은 섬에도 불어오고 있었다. 란도는 홀어머니를 모시고 조용한 시골로 여행을 다녀오느라 그것에 대해 특별한 것을 느끼지 못했다고 했다. 크리셀라는 이번 휴가에서 평생을 함께 하고픈 남자를 만났기에 퇴사한 후 곧 결혼할 예정이라고 했다. 그리고 세상 사람들은 새천년이 되는 순간 모든 전자기기가 멈추지는 않을까 하는 두려움을 가지고 있다는 이야기를 전했다. 많은 사람들이 그때가 오면 모든 통신이 끊기고 운행 중인 차가 갑자기 도로 위에서 멈춰서는 일이 벌어질지도 모른다고 생각한다는 것이다. 어떤 직원은 우려했지만 또다른 직원들은 오히려 이곳 보로나가 세상에서 가장 안전할 것이라는 이야기를 하기도 했다.

그 다음주 수요일에 부두에 도착한 배에서 내린 조경업자 네 명은 위나에게 미리 계획된 일이라고 통보하고 큰 삽으로 중정에 가득했던 멜랍꽃들 대부분을 뿌리째 파내서 배에 싣고 떠나버렸다.

"이렇게까지 해야 하는 모양이죠?"

위나가 도나에게 물었다.

"애초에 여기에 있던 꽃들이 아니니 이것들도 파내야한다는 걸 알고는 있었습니다. 이것들이 생태계 교란을 일으킬지 모른다면서요."

"저 꽃들 모노쿠 원장때 가져온 것들이잖아요. 그럼 여기에 정착한 지도 10년이 훨씬 넘은 건데요."

위나의 푸념섞인 말에 도나가 답했다.

"뭐든지 남기지 말라니까 그랬겠지요. 그런데 저 꽃이름이 뭐였더라?"

이번엔 위나가 답했다.

"멜랍이요!"

몸이 회복된 위나는 아직 이야기 나누지 않았던 직원들을 차례차례 만나보았다. 바이네와 실반으로부터는 새끼 새가 카메라를 쪼아서 렌즈가 깨졌던 이야기, 매일 새똥 묻은 신발을 빨아야 한다는 이야기를 들었고 티에나와 아만다에게는 사람들이 몸상태가 좋지 않아도 서로에게 부담을 줄까 우려하여 아프다는 이야기를 잘 안 한다는 이야기도 들었다. 페로니와 로쉬에게는 직원들이 모두 잠든 새벽에 가끔 요리를 만들어서 먹었다는 이야기를 들었으며, 이안에게는 창고에서 나갈 땐 반드시 썬글래스를 써야 눈이 편하다는 이야기를 들었다. 맥과 크로이는 초소에서 고향을 생각하며 눈물을 많이 흘렸다는 이야기와 가끔 돌고래 무리를 본다는 이야기, 라티모와 드록에게는 청소가 일이 되고보니 자신들의 방은 거의 청소를 하지 않는다는 이야기와 종종 소각장에서 밤을 새운다는 이야기, 두냥에게는 가끔 식당에 가지 않고 채소를 뜯어먹으며 연명했다는 이야기, 그리고 이타냐로부터는 세상 모든 일을 분석하는 버릇이 생겼다는 이야기도 들었다. 그렇게 위나가 들었던 모든 이야기에는 미래에 대한 두려움과 세기 말의 불안, 어딘지 모를 쓸쓸함이 담겨 있었다. 10월 중순에는 여러날 추적추적 비가 내렸다. 재작년부터는 재단에서 새 장화를 보내주지 않았기에 직원들은 상태가 좋은 장화들을 돌려쓰고 있었다. 고

향에서 매년 장마를 겪어 온 위나에게 이 정도의 비
는 정말 아무것도 아니었다. 어떤 날은 점심시간에도
날이 어둑어둑 했다. 그날도 그랬다. 위나는 점심식사
후 조류연구팀 사무실 앞에서 잠시 숨을 고르고 문을
두드렸다. 잠시 후 안에서 누군가의 소리가 들렸다.

"네. 들어오세요."

사무실 안에는 실반과 바이네가 차를 마시고 있었다.

"원장님 어서 들어오세요. 차 한잔 하세요."

"아, 이미 정원에서 한잔 했습니다."

"비가 이렇게 오는데 정원에서 차를 드셨다구요?"

"거기 앉아있다가 비가 내려서 바로 일어났어요."

"부서 직원들과는 거의 다 이야기 나누어 보신거죠?"

바이네가 물었다.

"그렇긴 해요. 근데... 마리는 여기 없나요?"

"식당에서 못 보셨어요?"

이번엔 실반이 대답했다.

"못 봤어요."

"마리가 원장님 염려 많이 한 거 아시죠? 지난 번에
원장님과 이야기 나눈 다음날부터 원장님께서 아프셨
다고 어찌나 걱정을 하던지..."

위나는 마리 할머니의 이야기를 마저 듣고 싶었지만 자신이 아팠을때 보였던 마리의 태도가 내내 마음에 걸려 선뜻 그녀에게 다가서지 못했다. 위나는 자신이 오해를 하고 있는 것인지 확인하고 싶었다.

"실반, 혹시 마리가 요즘... 힘든 일이 있나요?"

"힘든 일이요? 아무래도 퇴사가 며칠 남지 않았으니 마음이 편하지는 않겠죠. 고향으로 돌아가더라도 아직까지는 뭘해야 할지 결정하지 못한 것 같기도 하고... 그런데 왜 물으시는 거예요?"

"그냥요. 마리는 언제쯤 올까요?"

"글쎄요. 오면 원장님 다녀가셨다고 전할까요?"

"아닙니다, 그럴필요 없어요."

위나가 두 사람에게 인사하고 자리에서 일어나는 동안에도 창밖에는 꽃잎과 나뭇잎이 비바람에 떨어지고 있었다. 오후 세시 경이었지만 마치 땅거미가 진 시간처럼 어두웠다. 위나는 자신의 방으로 돌아와서 정원의 잔디가 숨쉬는 모습을 지켜보다가 깜빡 잠이 들었다. 깨어보니 날은 개어 있었고 저녁 식사시간이 끝날 즈음이 되어 있었다. 식당에 가 보니 페로니와 드록이 식사를 하고 있었다. 위나는 서쪽 벤치로 향했다.

"마리."

벤치에 앉아있던 마리가 위나의 말에 돌아보았다.

"원, 원장님."

"옆에 앉아도 될까요?"

"벤치가 아직 마르지 않았을텐데요."

"마리도 앉아있잖아요. 이 정도는 괜찮아요."

비가 지나간 자리에 오후의 안개가 두 사람을 감싸고 있었다. 바람도 없었다.

"식사는 한 거죠? 요즘 저녁을 먹지 않는 직원들도 있는 것 같던데요."

"전 지금 먹고 왔습니다. 한끼라도 챙겨먹는 것을 중요하게 생각해서요. 사무실에 다녀가셨다는 이야기 실반에게 들었습니다. 일 이야기 하셔야죠?"

"그건 이미 들은거나 마찬가지예요. 파타와 바이네, 실반한테도 마리가 어떻게 지내고 있는지 충분히 들었으니까요. 이번달 말에 퇴사하는 거죠?"

마리가 고개를 끄덕이며 말했다.

"네, 어쩌면 다음달 초가 될 수도 있구요."

"아직 못다한 이야기가 있잖아요?"

마리가 잠시 한숨을 쉬더니 입을 열었다.

"어떤 이야기를 더 듣고 싶으신 건가요?"

"<더>라는 말에 위나는 마리도 자신처럼 뭔가 불편한 시간을 보냈을 것이라는 생각이 들었다."

"혹시... 나한테 섭섭한 거 있어요? 아니 그냥 그런 느낌이 들어서요. 우리 사이에 뭐 그렇게 많은 이야기를 나눈 것은 아니지만..."

"그럼 원장님께서 오해하신 거겠네요."

"나만 오해한 건가요?"

몇 분간의 불편한 침묵 후 마리가 무언가 결심한듯 조용히 입을 열었다.

"원장님 아프시기 전날 제가 꺼낸 이야기의 끝을 듣고 싶으신 거겠죠?"

위나가 조용히 고개를 끄덕였다.

"제 할머니의 이야기가 원장님한테는 무척 중요한 모양이네요."

위나가 말없이 마리를 응시하고 고개를 끄덕였다. 잠시 정적이 흘렀고 마리가 그날의 기억을 더듬으려는 왼손을 이마에 갖다 댔다. 저녁의 바람은 비교적 선선했고 하루 종일 하늘을 막았던 구름은 거의 개었다.

"어디까지 말씀드렸었는지..."

"할머니가 <섬나라 사람들> 1970년 1호 잡지 속에 있던 <이달의 미스터리>를 펼쳐 보여주셨다고 했죠."

"정확히 기억하시네요."

위나는 마리의 눈을 바라보며 말했다.

"그래서, 그 다음은요?"

또다시 약간의 침묵이 흐른 뒤 마리가 입을 열었다.

"햇빛처럼 강한 한 사람의 의지가 다른 이에게 전달되고, 그로 인해 더 많은 사람들의 삶이 바뀔 수 있다면, 그건 정말 신비로운 일이겠지요."

마리가 이번엔 끓어오르려는 주전자 속 물같은 눈동자를 하고 위나를 쳐다보았다. 위나에게 그건 분명 마리가 아직 마음 속에 간직하고 있는 할머니의 눈망울로 보였다. 위나는 대답 대신 고개를 끄덕였다.

"그 사진 속의 남자는 얼마 전, 그러니까 1969년 말에 보로나에서 이상한 모습으로 발견된 사람이고 같이 있던 여인은 그 남자를 간호했던 사람이었습니다. 기자가 여인과 나눈 내용이 기사화 된 것이었구요."

"그랬군요."

"그 사진 속의 남자는... 그 남자는 말을 잘 하지 못했다고 해요. 인터뷰가 불가능할 정도로요."

마리는 쉽게 말을 이어가지 못했다. 장애물을 만난 경주마처럼 거친 숨을 쉬며 다시 입을 열었다.

"제 눈에 그 남자는 삼십 대로 보였어요. 사진이 작아서 제대로 파악할 순 없었지만 적어도 제 눈엔 그렇게 보였습니다."

"기사의 내용은...?"

"그 여자의 이름은 수아라고 했습니다. 그녀는 그 해 여름에 입사했다고 했어요. 아시다시피 1969년은 보로나에 아드아브 조류연구소가 들어선 해잖아요. 그러니 이 여인은 연구소에 새로 입사한 직원이었을 거예요. 그녀는 인터뷰가 있던 며칠 전 보로나의 서쪽 해변에서 무의식 상태로 발견된 이 남자를 남달리 잘 보살펴 주었던 모양이에요. 다행히도 그는 며칠 후에 의식이 돌아왔다고 했습니다."

"무, 무척 다행이네요."

"하지만 그는 말을 할 수 있는 상황이 아니었나 봐요. 아니, 그걸 뭐라고 말해야 하나. 여하간 그 여자가 그 남자 대신 인터뷰를 했다고 합니다. 텔레파시인지 뭔지로 그 남자와 소통했다나봐요. 그러니 <이달의 사건 사고>가 아니라 <이달의 미스터리>에 나온 거 아니겠어요? 더 이상한 건 인터뷰가 있던 다음날 밤 그 남자는 또 다시 어디론가 사라져 버렸다고 했고 여자는 그 다음날 아침, 남자가 처음에 누워있던 그 해변에서 의식을 잃은 채 발견되었다는 내용도 전했습니다."

저녁을 달라고 외치는 새끼 새들의 소리가 북쪽 초소 근처에서 들렸다. 위나는 심각한 표정으로 듣고만 있다가 긴 한숨을 쉬고는 조심스레 입을 열었다.

"기사의 내용은 그게 다였던 건가요?"

"기사의 하단에 연구소 직원들의 추측성 말을 빌어 뒷이야기를 적어놓았습니다. 그 남자는 영문을 모르지만 바다로 투신했고 그 여자도 그를 따라 투신했을 거라더군요. 남자는 결국 바다 속에서 목숨을 잃었고 여자는 조류에 밀려 천신만고 끝에 해변에 다시 닿았을 것이 아니겠느냐고 했습니다. 여자는 다행히 그날 의식을 차렸다고 했지만 원장은 여자의 상태가 예전과 같지 않았고 패혈증이 의심된다는 의사의 소견을 받아들여 기자들이 타고 온 헬기로 그녀를 고향으로 돌려보냈다고 했어요. 분명 지속적인 치료가 필요할 테니까요. 제가 기억하는 건 그게 다입니다."

"상태가 예전과 같지 않았다는 것이 무슨 말일까요?"

"어쩌면 그 여자도 제 할머니처럼 되신걸지도요."

마리가 그 말을 하며 위나의 눈을 쳐다보았다.

"마리는 그 기사에 대해 어떻게 생각해요?"

"제 생각이 뭐가 중요하겠어요. 그리고 그 소설같은 이야기를 누가 믿겠어요?"

"그래서 어떻게 생각하냐구요?"

"전 잘 모르겠어요."

"그런데, 그런데 그 기사가 왜 할머니한테 그토록 중요했던 걸까요?"

"다 읽고 난 후에 할머니한테 왜 이 기사를 제게 보여 주었냐고 물었어요. 그러자 할머니는 이 기사가 자신이 미친사람이 아니라는 것을 증명해 줄 유일한 증거라고 하셨어요. 결국 돌아가실 때까지 저 말고는 아무에게도 보여주지 못하셨으면서도요."

"더 듣고 싶어요. 할머니가 어떤 삶을 사셨는지."

"할머니는 태평양 전쟁 때 이곳으로 지원해서 온 첫번째 의료봉사원 중 한명이었다고 했어요. 할머니가 스물 여섯살 때라고 했구요."

"아... 그 나이에 어떻게 그런 결정을 하셨을까요?"

"할머니에게는 남동생이 하나 있었답니다. 그런데 그

는 2차 대전 당시 연합군 소속으로 태평양 전쟁에 참전을 한 후 소식이 끊겼다고 했어요. 할머니는 전쟁 중 다친 병사들이 있다는 보로나에서 의료 봉사인원을 뽑는다는 광고를 보고 혹시 동생을 찾을 수 있지 않을까 하는 막연한 기대로 여기에 왔다는 거예요. 당시엔 지원자가 부족했을테니 누구라도 받아주었겠죠."

"그 광고가 나왔던 잡지가..."

"<섬나라 사람들>이었습니다. 동생이 참전한 후 할머니뿐 아니라 당시 사람들이 전쟁 관련한 소식을 들을 수 있었던 유일한 창구는 그 잡지뿐이었다고 했어요."

"그랬군요. 그래서요?"

"할머니는 열 두명의 동료와 함께 어느날 새벽, 이곳에 도착했고 바로 그날부터 다친 군인들을 정신없이 돌봐주셨다고 했어요. 그 말씀을 꺼낼 때 보였던 할머니의 촉촉했던 눈동자를 잊을 수 없어요. 그건 분명히 할머니가 기억 속에서 꺼낸 것이었어요. 상상이나 망상은 분명히 아니었다고 확신해요. 하지만 어릴 적 엄마로부터 들었던 할머니에 대한 이야기에는 좋은 것이 하나도 없었기에 저 역시 할머니의 이야기를 어디까지 믿어야 할지 몰랐어요."

밤 기온은 조금 더 차가워졌고 새 소리는 잦아들었으며 어느새 풀벌레 소리가 주변을 덮고 있었다.

"내 생각도 마리와 같았을거예요."

"할머니는 피를 흘리는 군인을 만나도 떨리지 않는다고 했어요. 붉은 것에 익숙해지면 다 괜찮다고요. 얼마 후엔 다친 군인들의 상처 부위를 아무렇지 않게 꿰맬 수 있게 되었다고도 했어요. 뼈가 부러져서 오거나 정신을 잃은 상태로 오면 손발이 부들부들 떨렸지만 호흡을 가다듬고 미리 준비해 둔 여러 길이의 부목을 골라서 부러진 부위에 대고 응급처치를 하셨다고 했어요. 할머니는 또렷하게 제 눈동자를 보고 이야기했어요. 흔들림 없이요. 그러니까 할머니는 진실을 말하는 거잖아요. 그렇지 않을까요 원장님?"

위나가 대답 대신 고개를 끄덕였다.

"할머니가 이곳에 온 지 3개월쯤 되었을 때 그 사람을 만났던 모양이에요."

"그 사람...?"

"그 잡지 속의 사람 말예요."

"그, 그렇군요."

"근데 그 사람과는 대화가 잘 되지 않았던 모양이에요.

처음엔 말을 못하는 사람인지 다른 언어를 쓰는 건지 아니면 입을 닫은 건지, 그것도 아니라면 머리 속이 복잡해서 어떤 대화도 할 수 없는 상황인지 누구도 알 수 없었나봐요."

"마리 할머니처럼요?"

"그 사람을 만나고 나서 할머니가 그렇게 된 것으로 알고 있어요."

"그 사람 혹시 머리를 크게 다친 걸까요?"

"그런 것일 수도 있겠죠. 하지만 얼마동안 그는 할머니의 지근거리에 머물면서 할머니가 다친 군인들을 치료하는 모습을 하염없이 바라보고 있었다고 했어요. 그러더니 다가와서 무척 어눌한 말투로 할머니에게 도움을 청했답니다."

"뭐라고 말했다는 거예요?"

"눈에 촛점이 맞지 않아 사물을 제대로 볼 수 없기 때문에 이제 곧 자신의 머리가 터지게 아플 것이 틀림없으니 자신을 도와 달라구요. 또 몸이 점점 공기처럼 가벼워지는 것 같다고도 했답니다."

"앞으로 머리가 터지게 아프게 될 이유가 지금 눈에 촛점이 맞지 않기 때문이라구요?"

"네, 그래서 눈에 그런 신호가 오면 공포에 떤다고 했답니다. 할머니는 생전 들도 보도 못한 증세를 호소하는 이 사람이 감당이 될 것 같지 않아 다른 간호사한테 도움을 청해보려 한 모양이에요. 이 사람이 그냥 헛소리를 하는 건 아닌지, 아니면 머리가 좀 이상한 사람인지 알 수도 없었으니 말이지요. 그런데 온 몸이 피투성이에 팔다리가 잘려서 온 위급한 군인들을 앞에 두고 그 사람의 이야기가 봉사자들 귀에나 들어오겠어요? 여하간 얼마 후엔 모두들 그 사람이 가까이 오는 것을 꺼려했대요. 당연하겠죠. 일을 방해만 하는 이상한 소리를 하는 사람으로 여겨졌을테니 말예요. 그 사람은 할머니가 다른 군인을 보살피는 와중에도 이틀이 넘도록 할머니 옆에서 고통을 호소했다고 했어요. 할머니는 할 수 없이 시간을 내어 그 사람의 이야기를 들어주셨다고 했구요."

"할머니가 그 사람에게 큰 위로가 되었겠어요."

"그랬겠죠. 할머니는 그 기간에 모기에 물린 후 크게 아프셨다고 했어요. 열이 40도 가까이 치솟았다고 하더군요. 규정상 나흘이 넘도록 열이 내려가지 않으면 강제 귀국조치가 된다고 했어요."

"나처럼 뎅기열을 앓으셨던 걸까요?"

"그럴지도요. 그 때 그 사람이 돌처럼 차가운 손을 할머니의 이마에 대고 열을 내려드렸다고 했어요."

"돌처럼 차가운 손?"

"할머니는 그때 그 사람의 몸이 너무 차가워서 그 사람이 보통 사람은 아닐 것이라고 생각했다고 했어요. 그 사람 덕분인지는 몰라도 다행히 사흘째 되던 날부터 열이 내려갔다고 했어요. 할머니는 그 때부터 그 사람이 특별한 사람이라고 생각하고 그가 겪고 있는 증상을 더 공감해 보려고 노력했다고도 했습니다."

"그런 다음엔요?"

"할머니는 자신이 가져온 공책과 연필이 든 가방을 그 사람에게 건네곤 머리 속을 짓누르고 있는 것들을 공책에 하나하나 적어보라고 했답니다. 그 사람은 그걸 건네받은 이후 마음을 안정시키고 이곳 규정대로 군복에 있는 이름과 계급장 등을 모두 떼어버렸답니다."

"선물이 그 증세 해결에 도움이 되었을까요?"

"그건 잘 모르겠지만 며칠 후 칠흑같은 밤에 그 사람은 할머니의 눈 앞에서 하늘로 올라갔다고 했어요."

그 말을 전하는 마리의 눈도 하늘로 향했다.

"어떻게 그런 일이..."

"할머니가 그날 밤에 본 것을 동료들에게 알렸는데 그 후로 사람들이 할머니를 이상한 눈초리로 보기 시작했답니다. 다친 군인들도 할머니에게 치료받기를 꺼려 했다고 하구요. 얼마 후 할머니는 어쩔 수 없이 그곳을 떠나게 되었다고 했어요. 할머니는 고향에 돌아온 후 평범한 남자를 만나 결혼했지만 그 생활은 얼마 못 갔나봐요. 그 사람 이야기를 자주 꺼낸 건 맞지만 이상한 행동을 하지는 않았는데 결국 할아버지가 어린 엄마를 데리고 어느날 밤 떠나셨다는 거예요."

마리는 위나의 눈치를 살폈다.

"하루 아침에 남편과 딸을 잃은 할머니는 그 후 사람과의 소통을 끊고 〈섬나라 사람들〉이란 잡지에 매여 살았다고 했어요. 그 기사가 나오기 전까지 발행된 모든 잡지를 모아서 살펴본 거예요. 혹시나 그 사람에 관한 내용을 발견할 수 있을까 해서요. 1970년에 그 기사를 찾으시고는 그 사진 속 남자가 그 사람이라고 확신하신 거예요. 불쌍하게도 저 말고는 아무한테도 말하지 못하셨지만요..."

"마리는 할머니의 생각이 맞다고 생각해요?"

"처음엔 말도 안된다고 생각했어요. 혹여 할머니 말씀에 신빙성이라도 있으려면 사진 속 남자도 할머니와 비슷한 나이로 보여야겠죠."

"사진 품질이 좋지 않았다면서요?"

"그걸 감안하더라도 그 남자는 너무 젊어보였어요. 그리고 시력도 그리 좋지 않은 분이 얼굴이 손톱만하게 나온 사진을 보고 어떻게 그 사람이라고 확신할 수 있겠어요? 전 할머니를 믿을 수 없었어요."

"그런데 마음이 달라졌어요?"

"그 기사 속의 사진에는 남자 옆 테이블에 놓인 크지 않은 가방이 하나 보였는데..."

"그런데요?"

"할머니는 그 가방이 자신이 그에게 주었던 그 가방이라고 했어요. 섬에 가기 직전에 시장에서 산 초록색 가방이었다고요."

"흑백사진이었다면서요?"

"저는 할머니의 그 말을 듣는 순간 그 가방을 정말 할머니가 준 것인지 여부를 떠나서 그것이 정말 초록색이었을지 궁금했어요. 가능하다면 확인하고 싶었을 만큼요. 그럴 방법이 있을리 없지만요."

"그래서요?"

위나가 이번엔 아까보더 더 낮은 소리로 물었다.

"할머니는 제게 유언처럼 이야기를 남기신 후 그 다음 달엔가부터 아프다며 병원을 가셨는데 결국 6개월을 못 넘기시고 돌아가셨어요. 돈이 없어 적절한 치료도 받지 않으셨던 거예요. 평생 그리던 동생도 찾지 못하고 사랑하는 가족과도 연이 끊긴채요. 우리 할머니 얼마나 불쌍해요?"

마리의 눈시울이 붉어졌다.

"마리가 할머니의 한을 풀어드렸군요. 돌아가시기 전에 가슴 속에 담아두신 이야기를 다 들어드렸으니..."

위나는 애써 편안한 표정으로 그렇게 말했지만 할머니만큼이나 마리가 불쌍했다.

"열 아홉에 혼자 된 제게 남은 건 할머니의 유일한 희망이었던 〈섬나라 사람들〉뿐이더군요. 그 후 저도 얼마 남지 않는 돈으로 그 잡지를 사서 보기 시작했어요. 그리고 거기에 나온 구직정보를 보고 여기에 오게된 거예요. 할머니의 기억이 멈추어 있던 장소에 가보고 싶었거든요. 할머니의 상상속 인물을 마주할지도 모른다는 막연한 기대 같은 것을 품은 채요."

마리가 거친 숨을 내쉬며 말을 마쳤다. 주변이 깊은 밤에 물들었다.

"구구절절한 할머님 이야기 잘 들었어요. 마리가 많이 힘들었겠어요."

마리가 지친 눈으로 위나를 쳐다보며 말했다.

"긴 이야기였어요. 매우 개인적인 이야기였구요. 그런데 원장님은 너무 길다거나 그만 하자거나 하시지 않고 잘 들어주셨어요."

"아, 네."

"그리고 끝까지 집중력을 잃지 않으셨어요. 전 진이 다 빠진 것처럼 축 늘어졌는데 원장님의 눈은 더 또렷해지셨구요."

그 말을 하며 위나를 쳐다보는 마리는 경계심 가득한 눈초리를 하고 있었다.

"그, 그말이 무슨 뜻인가요?"

"왜 오신거예요, 여기?"

위나가 잠시 머뭇거리더니 입을 열었다.

"추워지네요. 들어가죠 마리."

송별

어느덧 10월도 하순으로 치닫고 있었다. 이 곳엔 이 맘때 위나의 고향에서 들려올 법한 가슴 저릿한 노래 들도, 우수수 떨어져 거리를 가득 메울 낙엽들도 없었 다. 그러니까 위나는 굳이 아련한 추억을 떠올리며 감 정을 끌어올릴 필요가 없는 것이었다. 몇 개월간 정들 었던 얼굴들 중 일부는 이번 달 내로 보로나를 떠나 게 될 것이었다. 마지막 주 금요일 저녁에 부원장 도 나가 원장실을 찾았다.

"원장님, 세월이 정말 빠르게 가지요?"

"그렇게요. 3개월이 바람처럼 지나갔네요."

"직원들과는 다 만나서 이야기 나누어 보신거죠?"

"그런 것 같아요. 그렇게 자세한 이야기들을 나눈 것 은 아니었지만요. 모든 것들이 부원장님과 마리의 도 움 없이는 힘들었을 거예요."

"뭘요, 뭐든 우리 모두의 일인걸요. 당연히 도와드려 야지요. 바이네와 마리, 티에나가 이번달까지 근무라 고 말씀드린거 기억하고 계시죠? 이안과 드록은 다음 달 말에 나갈 예정이구요."

"그럼요. 기억하지요. 그 분들 떠나기 전에 식당에서 한번 모이면 어떨까요? 제가 왔을 때처럼요. 딱히 송별회는 아니더라두요."

"알겠습니다. 원장님 뜻대로 할게요. 주중엔 서로 시간 맞추기 쉽지 않을테니 이번주 일요일 저녁 식사시간으로 공지할까요?"

"좋습니다."

"공식적으로 그들의 업무는 30일, 그러니까 내일 오후 6시에 종료가 됩니다. 내일 오후에 바이네와 마리, 티에나가 원장님께 최종 업무보고를 할 겁니다. 통상적으로 그 자리에서 그간의 업무일지를 원장님께 제출하는 것으로 되어 있어요. 형식적인 자리입니다. 그냥 가볍게 들어주시면 됩니다."

"알겠습니다."

"혹시 지난달 원장님 아프셨을 때 본부로 보낼 박스들을 실을 배가 왔었던 날 기억하시는지요?"

"그럼요, 기억합니다. 기다리던 배가 조금 늦게 도착했었다고 했지요."

"맞습니다. 사실 그 배로 업무일지들과 대부분의 짐들이 이미 재단 본부로 보내졌어요. 그러니 업무보고라는 이름의 끝인사 자리인 거지요. 막바지다 보니 이렇게 타이밍들이 맞지 않네요."

"아무래도 그렇겠지요. 잘 알겠습니다. 그럼 그 분들은 월요일에 떠나는 건가요?"

"공식적 업무는 내일 마무리가 되지만 섬을 떠나는 날은 다음주 수요일 오후입니다. 그러니까 11월 3일이 되겠네요. 매주 수요일 필리핀에서 괌으로 가는 배가 있어요. 그걸 타야 하는 겁니다. 미리 연락을 해 놓으면 점심시간 전에 이곳을 경유하게 됩니다."

"그렇군요."

도나가 벽시계를 올려다 보며 말했다.

"어이쿠, 벌써 시간이 이렇게 되었네요. 저녁 드셔야지요. 저는 일어나겠습니다. 그럼 이만..."

잠시후 도나의 목소리가 방송으로 흘러나왔다.

"다음주에 우리의 동료 바이네와 마리, 티에나가 보로나를 떠나게 됩니다. 이번 주 일요일 저녁 식사를 같이 하는 것이 어떻겠냐는 원장님의 제안이 있었습니다. 특별한 업무가 없는 분은 그날 6시에 식당으로 모여주시기 바랍니다."

"똑똑."

"들어오세요."

다음날 오후 바이네와 티에나가 원장실로 들어왔다. 벽시계는 세시 오십분을 가리키고 있었다.

"원장님, 최종 업무보고 드리러 왔습니다. 안타깝게도 오시자마자 이별이네요."

위나가 커피를 대접했다. 바이네는 덩치가 좋은 삼십 대 후반의 남성으로 원래는 이곳에서 3년 근무할 요량으로 입사하였으나 6년을 근무하게 되었다. 퇴사 이후엔 그간 모은 자료들을 바탕으로 <보로나의 새들>이라는 제목으로 책을 쓸 예정이라고 했고 제작과 판매에 관해서는 재단과 면밀히 협의 할 것이라고 했다. 티에나는 내년 초에 바로 고향의 대학 병원에 출근할 예정이며 그곳에서 10년쯤 근무하고 은퇴한 후 의료 지원이 필요한 곳에 가서 봉사활동을 하고 싶다고 했다. 모두들 그렇게 아무렇지 않게 떠나고 또 그렇게 새로운 시작을 할 것이었다. 둘을 내보내고 위나는 커튼을 닫은 후 소파에 앉아 잠시 눈을 감았다. 모든 직원들이 마치 발레 <백조의 호수>의 한 장면처럼 팔이 날개로 변해서 낯선 곳으로 날아가는 것 같았다.

"똑똑똑."

소파에서 잠시 눈을 붙이던 위나가 그 소리에 잠에서 깼다. 벽시계는 오후 다섯시를 가리키고 있었다. 목소리를 가다듬고 입을 열었다.

"들어와요."

마리가 닫힌 커튼을 보며 말했다.

"안녕하세요, 원장님. 피곤하신 것 같은데 잠시 후에 다시 올까요?"

"아니에요. 잠깐 잠들었는데 이제 개운해요."

위나가 커튼을 열고 다시 자리에 앉았다.

"수고 많으셨어요."

"마리가 아니었으면 내가 이곳에 적응하는데 더 힘이 들었을 것 같아요. 고마웠어요."

"저는 조류 연구팀 일원으로서..."

그녀가 업무보고를 하려 하자 위나가 입을 열었다.

"일 얘긴 안해도 돼요. 마리가 여기에서 어떻게 지냈는지 누가 모르겠어요? 앉아요."

위나는 마리에게 생강차를 대접했다. 위나는 마리를 바라보다 창밖으로 고개를 돌렸고 마리 역시 위나의 시선을 따라 중정을 바라보았다.

"마리를 잊지 못할 것 같아요. 어딜 가서 무얼 하든지 응원할게요. 진심이에요."

"고맙습니다."

뭔가 복잡해진 마음의 어떤 것이 위나의 눈망울에 맺히고 있었고 마리도 그것을 느끼고 있었다.

"그날 내 얘기 못한 건..."

위나가 머뭇대자 마리가 나지막이 말했다.

"원장님, 준비가 안 되었으면 이야기 안 하셔도 돼요. 괜찮아요. 뭐든 괜찮아요."

마리는 고개숙여 인사를 하고 조용히 방을 나갔다. 갑자기 많은 생각들이 위나를 에워쌌다. 테이블 의자에서 일어나 다시 소파에 털썩 주저앉았다.

위나의 요청대로 다음날 저녁 식당에는 많은 직원이 함께 모여 식사를 하며 추억을 나누었다. 불과 한두달이 지나면 이 모든 관계들은 대부분 연기처럼 흩어져 사라질 것이었다. 그러니 먼저 떠나가는 직원들이 이렇게 남은 이들의 환송을 받는다는 건 큰 축복이고 무척 운이 좋은 일이었다. 그곳에서 위나는 자신의 이야기를 마리에게 들려줄까 생각도 해 보았지만 그 첫

마디를 어떻게 시작해야 할 지 엄두가 나지 않았다. 그리고 위나 자신도 아직 그 기억을 떠올릴 자신이 없었기에 그녀는 웃는 얼굴로 식사만 했다. 후회할 지도 모르지만, 그날 밤 위나는 그렇게 했다. 월요일과 화요일에도 위나는 식당에서 마리를 만났다. 마리가 위나에게 약간 입꼬리를 올려 보이며 목례를 했을 때도 위나는 아무말 하지 않았다. 위나의 마음은 끓어오르기 직전에 누군가 불을 꺼버린 주전자 속 물과 같았다. 그리고 목 안쪽은 무언가로 꽉 막힌 것 같았다.

수요일 오전 열한시, 보로나에 배가 도착했다. 위나를 비롯한 몇 명의 직원이 바이네와 티에나, 마리를 배웅하기 위해 선착장에 나왔다. 위나는 조용히 직원들과 섞여 그들을 포옹해 주었다. 며칠만 지나도 그들과 공유했던 이 시간의 기억들은 연기처럼 사라질테고 불과 한달 후에는 지금과 비슷한 감정으로 또 누군가를 보내야 할 것이었다. 이미 알고 온 것이지만 그런 이별의 반복을 견딘다는 건 생각보다 어려웠다. 이곳에 괜히 왔다고 생각했다. 또 다른 이별의 달도 아무렇지 않게 시작될 것이었다. 뱃고동이 울리자 마지막으로 남아있던 마리가 들고있던 서류봉투를 위나에게 건네고 서둘러 배에 올랐다. 위나와 직원들은 떠나는 배에 손을 흔들어 주었다. 배가 눈 앞에서 완전히 사라질 때까지 선착장에 그대로 남아있던 위나는 지친 몸으로 방에 들어와 힘없이 앉아 중정을 하염없이 바라보았다. 서류봉투 안에는 위나가 이곳에 오던 날 마리에게 빌려주었던 책과 함께 편지봉투가 들어있었다. 편지봉투엔 <가이사의 것은 가이사에게>라는 문구가 적혀 있었다. 그것을 들어 햇빛에 비추어보니 작은 열쇠가 보였다. 위나는 마리가 왜 열쇠를 주었을까 생각해보았지만 특별한 이유가 떠오르지 않았기에 대수롭지 않게 여기고 그것을 다시 서류봉투에 담은 후 장 속에서 여행가방을 꺼내어 그 속에 집어넣었다.

세월이 정말 칼제비처럼 빠르게 지나고 있었다. 눈 깜짝할사이 한달이 지나 이제 11월도 며칠 남지 않았다. 위나는 항상 고향을 그리워하고 있었으므로 언제나 두 개의 계절을 살고 있었다. 위나는 고향에서 11월을 가장 좋아했다. 기억속 11월은 황량했으며 외로웠다. 그래서 자신을 닮았다고 생각했다.

"똑똑똑."

누군가 문을 두드린 시간은 오후 여덟시경이었다.

"들어오세요."

창고 관리인 이안이었다.

"어서와요, 이안. 저녁은 드셨어요?"

"그럼요, 요즘엔 하는 일이 없으니 식사시간 시작하자
마자 바로 먹습니다. 원장님도 식사 하셨죠?"

"그럼요, 엊그제 만난 것 같은데 벌써 이별이네요. 정
리는 거의 다 하셨죠?"

"따로 정리할 것이 뭐 있나요, 시간만 때우고 있는 거
아시잖아요. 형식적 업무보고 드리러 온 거예요."

"수고하셨습니다. 바티스에 이어 이안까지, 이제 창고
가 허전하겠네요. 지난 번에 왔던 배에 짐들 모두 실
어 재단에 보냈다는 거죠?"

"맞습니다. 그 배편에 보냈어요. 창고 캐비넷 열쇠 꾸
러미도 그 짐 어딘가에 넣어 보냈습니다."

"캐비넷 열쇠들을 뭐하러 보내셨어요. 캐비넷들이 여
기 다 있는데."

"가구 빼고는 다 보내라기에 그냥 보냈어요. 이것저것
생각하기 귀찮아서요."

"여하간 고생 많으셨습니다. 어디 가시든 응원할게요."

"원장님, 그런데요."

"더 하실말씀 있어요?"

"모든 캐비넷을 다 열어놓았다고 생각했는데 말예요."

"그런데요?"

"하나가 잠겨있더군요."

"그게 무슨...?"

"참 이상하게도 캐비넷 하나가 잠겨있어요. 분명히 모두 다 열어서 안이 빈 것을 몇번이고 확인했던 기억이 나거든요?"

"그럼 어디서부터 착오가 있던 거예요?"

"글쎄 무슨 일이 벌어진 건지 저도 잘 모르겠습니다. 제가 착각한 건지 누가 손을 댄 건지... 어짜피 거기에 있던 모든 짐들도 의미없는 것이었으니 별 문제될 일은 아닐겁니다. 그럴리야 없겠지만 혹시 12월 말에 재단에서 확인하러 오면 그냥 창고지기 이안의 실수라고 말씀하시면 될 겁니다. 그것들이 다 사라진들 그들도 아무 상관 없을 겁니다."

"알겠습니다. 그간 수고 많으셨어요."

"원장님이 수고많으셨죠. 그럼 이만..."

이안이 나가고 잠시 후 청소팀의 드록이 들어왔다. 방금 청소를 마치고 온 것처럼 땀에 젖어 있었다.

"제게서 새똥냄새 엄청 나죠?"

"지금까지 열심히 일하고 오셨다는 증거지요. 누카스가 많이 고마워 하셨던 거 알고 있었죠?"

"도리어 제가 감사해야지요. 누카스 형님 아니었으면 제가 여기에서 5년이나 버티지 못했을 겁니다."

"몇 개월 동안 식당에서도 잘 못 보았네요. 주로 식사시간 끝날 때쯤 오셨던 모양이지요?"

"매일 청소 마치고 샤워장에서 씻고 오느라 남들보다 늦은 겁니다. 안 그랬다면 매일 식사시간마다 식당에 새똥냄새, 땀냄새가 지독했을 겁니다."

"그러셨군요."

"그래도 저는 원장님을 자주 보았어요."

"어디서요?"

"서쪽 초소 벤치에 자주 가셨잖아요. 혼자 계실 때도 있었고 마리와 함께 계실 때도 있었고."

"아 그때 보셨구나. 혼자 있었을 땐 와서 말이라도 걸어주시지 그랬어요? 반갑게 인사했을텐데."

"혼자서도 충분하셨어요."

12월 1일 수요일 볕이 따갑던 오전 열한시. 필리핀에서 출발한 배가 선착장에 도착하여 이안과 드록을 태우고 보로나를 떠났다. 위나는 그들을 떠나보낸 직후 식당에 가서 다른 직원들처럼 어제와 마찬가지로 꾸역꾸역 점심을 먹었다. 1999년 12월의 바다빛은 지난 달 만큼이나 푸르렀고 날씨는 1994년을 제외하곤 그 어느 때보다 더웠다.

다음날 오후, 위나는 이 맘때의 눈 내리던 고향을 생각하고 있었다. 누카스는 지난주부터 몸이 아파서 방에서 나오지 않았다. 의료팀이 대부분의 약들을 이미 재단으로 보내놓은 터라 헬기로 도움을 청하려고도 했지만 누카스는 며칠만 버티면 건강히 일어설거라며 한사코 만류했다. 그가 누워있는 동안 정원엔 거미줄과 죽은 벌레들이 가득했다. 요틀란은 가벼운 식사준비만 할 뿐 더이상 자신의 요리실력을 뽐내지 않았다. 이제 축사와 초소 주변엔 잡풀이 가득했고 진입로에 깔아놓은 자갈들은 제멋대로 흩어졌다. 로쉬는 주방과 복도 창문 여기저기에 유성 페인트로 크리스마스 트리와 여러 새들을 그려놓았다. 위나는 그런 태도들이 마음에 드는 것은 아니었지만 입을 열지는 않았다. 위나 뿐 아니라 지금 여기에 있는 직원들은 서로에게 하고싶은 말들을 참고 있었다. 둥지 근처에서 들리는 새소리 따위는 이제 소음도 아니었다. 라디오에서는 여느 해와 마찬가지로 어울리지도 않는 크리스마스 캐롤이 별처럼 쏟아지고 있었다. 그날 저녁 식당에서 위나는 도나와 마주앉았다.

"벌써 시간이 이렇게 지났네요, 원장님."

"그러게요."

"그간 고생 많으셨어요, 공연히 이런 곳에 오셔서...."

"네... 공연히 왔지요."

"아, 죄송해요. 그런 뜻으로 말씀드린 것이 아닌데..."

"괜찮아요. 공연히 온 것 맞아요. 부원장님도 정리 다 하신거죠? 이제 나가면 무슨 일 하며 사실 건가요?"

"얼마간 푹 쉴 계획입니다. 진이 다 빠져버렸어요. 언제라도 다시 힘이 나면 뭐라도 할 일을 찾아봐야지요. 원장님은요? "

"저도 별 계획 없어요. 부원장님 덕분에 그나마 모든 일이 차질없이 진행된 것 같아 그것에 대한 부담은 한결 줄었습니다. 감사드려요."

"내년에 있을 청문회에 대한 말씀인거죠? 아, 아니 발표회라고 하셨나요?"

"뭐라고 불리든 뭐가 중요하겠어요. 부원장님도 마음에 걸리시는 건 없으시죠?"

"없어요, 뭐가 있겠어요. 참, 이안한테 보고 받은 것이 있는데... 창고 열쇠 하나 잃어버린 것 정도요?"

아빠가 독일로 유학을 떠난 날 엄마는 아빠의 방문을 잠귀버리고 열쇠를 거실 장식장에 안에 던져두었다. 그날 밤 그녀는 그 꿈을 처음 꾸었다. 다음날 엄마가 나간 틈을 타서 열쇠를 꺼내어 아빠의 방문을 열고 들어갔다. 창문이 굳게 닫힌 덕에 아빠의 냄새가 아직 거기에 남아있었다. 벽시계의 바늘은 느릿느릿 움직이고 있었고 손때 묻은 나무 책상의 서랍은 아무렇게나 열려있었으며 바닥엔 몇 개의 담배꽁초가 뒹굴고 있었다. 세 개의 서랍은 비어 있었지만 맨 밑의 것엔 작은 돌맹이들이 들어있는 명함상자가 있었다. 그건 아빠와 산책할 때 주워온 것들이었다. "우리딸, 네 손톱만큼 작고 이쁜 돌들 일곱개를 주워 봐. 아빠가 재미있는 놀이를 가르쳐줄게."

그날 밤 잠자리에 누운 위나는 편안히 눈을 감고 상상 속에서 자신이 이곳에 오게 된 이야기의 첫 페이지를 펼쳤다. 눈부실 만큼 청명한 하늘에 떠있는 구름 한 점에서 커다란 물방울 하나가 산 꼭대기에 떨어진다. 그것으로 비롯된 작은 물줄기가 점점 커지고 세져서 개울로 바뀌고 산 중턱에 이르러서는 폭포가 되어 다시 아래로 떨어진다. 그리고 그렇게 모인 물들은 다시 줄기를 이루어 강이 되어 흐른다. 그런데 커다란 둑이 그 강줄기를 가로막고 있다. 답답했다. 다가가서 자세히 보니 둑에 쓰여있는 작은 글씨가 보였다.

<가이사의 것은 가이사에게>

위나는 갑자기 머리라도 크게 얻어맞은 듯 자리에서 벌떡 일어나 스탠드를 켜고 옷장 문을 열어 여행가방을 꺼냈다. 그리고 그 안에서 마리로부터 받은 편지봉투 속에 있던 열쇠를 꺼내어 책상 위에 올려놓은 뒤 잠시 생각에 잠겼다. 몇 차례 긴 한숨을 쉬고는 스탠드를 끄고 다시 누워 잠을 청했다. 하지만 마음처럼 쉽게 잠이 오지는 않았다. 바람이 창을 때리는 소리에 위나가 눈을 떴을 때 벽시계의 바늘은 새벽 세시를

가리키고 있었다. 잠시라도 잠이 들었던건지 아니면 그냥 눈만 감고 있던건지 알수 없었다. 하지만 첫날처럼 더 이상 잠이 올 것 같지는 않았기에 자리에서 일어나 가디건을 두르고 주머니에 그 열쇠를 넣었다. 그리고 방을 나가 자판기 옆 청소함에서 손전등을 꺼내어 켠 후 조용히 복도를 걸어 창고가 있는 지하로 내려갔다. 아직도 바티스와 이안이 지켜주는 것 같았기에 그리 무섭지는 않았다. 여명 직전의 깊은 어둠이 위나의 몸과 마음을 감쌌다. 창고의 문은 활짝 열려 있었는데 중앙에 있는 선반은 가시만 남은 생선처럼 보였고 문이 열린 캐비넷들은 평생 먹은 것을 다 토해내 버린 고래의 텅빈 입속처럼 보였다. 그런데 그 중 하나가 아직 귀한 것을 머금은 양 입을 다물고 있었다. 위나는 주머니에서 열쇠를 꺼내어 그 캐비넷 열쇠 구멍에 집어넣고 조심스레 돌려 열었다. "끼익" 하는 소리와 함께 문이 열렸다. 그 안에는 <원장님께> 라고 쓰여있는 편지봉투와 세월에 짓이겨진 짙은 색의 가방이 하나 있었다.

편지

원장님,

그래도 이 편지를 원장님께 남길 수 있어서 얼마나 다행인지 몰라요. 원장님이 읽게 될지는 모르겠지만요. 입사하고 이곳에 몇년 근무하는 동안 제겐 여러가지 일들이 생겼지만 그럭저럭 버틸 수 있는 것들이었어요. 그런데 원장님을 만나고 나서 뭔가 그 전과 달라졌어요. 머리 속이 복잡해졌어요. 홀가분한 마음으로 이곳에서 벗어날 줄 알았는데 말이에요. 내가 특별히 잘못한 것도 없는데 뭔가 단단히 꼬인 것 같은 느낌이 들었어요. 그리고 원장님과 이야기를 나누고 나서부터는 머리속에서 덜어내려 노력했던 그 모든 복잡한 것들이 절대 사라져선 안될 것처럼 더 무겁게 머릿속 깊숙이 둥지를 틀게 된 것 같아요. 더 생각해보니, 제 기억은 저보다는 원장님께 더 중요한 것 같고 제 삶보다는 원장님의 삶에 더 필요한 것 같아요. 그래서 원장님께 전달하고 싶어졌어요. 제겐 너무 무거우니 제 남은 삶에 더 가져가지는 않으려구요. 하지만 그 이야기를 어떻게 시작해야 할까요?

제가 연구소에 입사한 지 한달쯤 후, 그러니까 1994
년 늦여름 여기에 많은 비가 내렸어요. 에텔라 원장이
부임한 지 얼마 안된 터라 이곳이 더욱 정신없었습니
다. 저는 조류연구원으로 보직이 정해진 직후였지만
원장님이 제게 창고지기인 바티스를 도우라고 지시했
습니다. 바티스를 따라 지하로 내려가보니 계단과 창
틈을 통해 내려온 물이 창고에 가득했어요. 그래서 나
무로 제작한 선반들이 물에 불어 쓸모가 없게 될 것
같더라구요. 우리 둘은 창고의 모든 물건들을 들어내
고 물을 빼낸 뒤 제자리에 다시 집어넣는 일을 해야
했어요. 건물의 모든 창으로 많은 물이 새어들어왔기
때문에 직원 모두는 각자의 방과 사무실을 정리해야
했었구요. 모두들 일손이 하나라도 더 필요한 상황이
었지요. 들으셨겠지만 고기잡이 배가 부서져서 여기에
온 것도 그 때입니다. 그들은 원장님한테 허락을 받고
부두 근처의 목재를 이용해서 그곳에 비를 피할 은신
처를 마련했어요. 직원들은 직원들대로 선원들은 선원
들대로 정신이 없었습니다. 그렇게 비가 내리기 시작
한 지 사나흘 째 되던 날이었을 거예요. 낯선 사람 하
나가 우리 일을 돕고 있더라구요. 바티스에게 그가 누

구냐고 물어보니 난파된 배의 선원 중 한명일 거라고 하더군요. 우리가 보로나에 머물게 해 준 것에 대한 보답으로 우릴 돕는 것 아니겠느냐고요. 하지만 그건 그의 추측일 뿐이었죠. 사실 바티스는 그 사람에게 왜 우리를 돕느냐고 묻지도 않았습니다. 일손이 부족하니 누군가 우릴 돕는다면 고맙게만 생각했던거죠. 바티스가 그때 그랬어요. 그 사람의 팔이 불편해 보이니 큰 도움은 못 되겠다구요. 장대비가 계속 내리는데다가 일은 많고 바티스와도 그리 친해지기 전이었으니 하물며 제가 그 낯선 사람과 이야기를 나눌 일은 더욱 없었겠죠. 우리 셋은 이후 며칠간 거의 쉬지도 않고 창고의 모든 물건들을 1층 복도로 올려 놓았습니다. 며칠이 더 지난 후 비가 그치더군요. 마지막엔 펌프로 바닥의 물을 뺐습니다. 그 때쯤엔 그 사람도 보이지 않았기에 바티스와 저는 그가 선원들이 있는 곳으로 돌아갔다고 생각했습니다. 우리 둘은 쉴 새 없이 창고에 선반들을 다시 들여다놓고 짐들을 모두 옮겨넣었어요. 그리고 바티스가 자물쇠로 문을 잠그려는데 뭔가 빠진 것 같다는 생각이 들었습니다. 원장님도 창고에 가보셔서 아시겠지만 창고에 짐들이 얼마나 많아요? 그래서 바티스한테 이야기했더니 그럴리 없다더 군요. 자기가 보기엔 사라진 게 없다는 거예요. 그는 오래 전부터 창고를 봐왔던 사람이잖아요. 저는 그때 창고에 처음 온 거구요. 저는 제 착각이라고 생각했어 요. 바티스는 창고 문을 잠그며 제게 며칠 푹 쉬라고 하더군요. 선원들은 보름 정도 그곳에 더 머물렀던 것 으로 기억해요. 그들은 배를 다 고친 후 원장님에게만 조용히 인사하고 모두 보로나를 떠났습니다. 이상했던 건 그 배가 떠난 이후에도 저는 서쪽 초소 근처에서 며칠간 그 사람을 보았다는 거예요. 먼 발치에서였지 만 그 사람임을 알 수 있었어요. 팔이 불편해 보였거 든요. 당시 몇몇 동료에게 그 이야기를 했는데 아무도 저를 믿지 않았습니다. 바티스는 진심으로 걱정하며 제게 에플린에게 가서 정신감정을 받아보라고 하더군 요. 너무 외롭고 힘들었어요. 그래서 저는 제 기억에 서 그 사건을 지우려고 했습니다. 그런데 다음주에 바 티스가 직원회의에서 창고 유리가 깨져있었다는 소식 을 전하더군요. 저는 바로 창고로 달려갔어요. 그제서 야 제가 왜 창고정리 직후 뭔가 빠진 것 같다는 느낌 을 받았는지 알겠더라구요. 며칠간 안보이던 어떤 가방이 눈에 들어오는 거예요. 그러니까 그 사람은 무슨 이유에선지 그 가방을 찾기 위해 혼란한 틈을 타 우리를 돕는 척 했던 겁니다. 결국 가방을 찾아 가져갔구요. 그리고 그것을 다시 원래의 자리에 갖다놓았어야 했나봅니다. 그런데 문이 잠겨있으니 창문을 깨고 그걸 안으로 던졌겠죠. 바티스는 왜 유리창이 깨졌는지 전혀 감을 못잡고 있더군요. 여전히 그 가방은 보이지도 않는 모양이었어요. 저는 바티스 몰래 창고에 가서 그걸 제 방으로 가져왔어요. 때가 많이 묻고 색이 바랬지만 그 가방은 초록색을 띠고 있었어요. 가슴이 콩닥대고 온몸에 전율이 돋는 것 같았습니다. 순간 할머니가 주었다던 초록색 가방이 떠올랐으니까요. 그렇다면 제가 본 그 사람는 누구였을까요? 저는 그 가방 덮개를 열어 안을 보았어요. 그 속엔 곰팡이가 생길만큼 눅눅한 공책이 하나 들어있었어요. 공책은 누군가가 여섯 개의 페이지에 나누어 그린 그림들과 그 그림들을 설명하는 듯한 기호들로 가득했어요. 하지만 연필은 발견할 수 없더군요. 그림의 상태로 보아 앞의 세 개는 오래 전에 그려진 것 같았고 뒤의 세 개는 비교적 최근에 그려진 것 같았습니다. 그러니까 비로소 모든 정황이 이해되더군요. 그는 그 공책에 세 개의 그림을 더 그리기 위해 그 가방을 가져갔던 겁니다. 그러니까 그 가방은 오래전부터 그의 것이었겠죠. 할머니의 말이 다 맞았던 걸까요? 내용을 이해할 수는 없었지만 그 신비한 공책이 탐이 났어요. 만약 그 사람이 할머니의 기억 속 그 사람이 맞다면 그 엄청난 이야기의 주인공에게 아무도 관심갖지 않았던 거잖아요. 맨 뒤에는 제가 읽을 수 있는 분명한 글자로 <수아에게 1944, 1969, 1994> 라고 쓰여 있었어요. 그 사람은 이 공책을 수아라는 사람에게 전해주고 싶었나 봅니다. 그 뒤의 숫자는 아마도 연도를 적은 것 같았어요. 그 이름 기억하시겠죠? 1970년 <이달의 미스터리>에 등장했던 여자 말예요. 하지만 그녀가 지금 어디에 있는지 누가 알겠어요. 어디에서도 그녀를 찾을 수 없다면 그 사람의 물건을 가질 자격이 있는 사람은 우리 할머니뿐이라는 생각이 들었습니다. 그러니 할머니를 대신하여 제가 갖는 것에 누구도 이의를 제기할 수 없을 것이라고 생각했어요. 그 가방의 존재에 대해서는 저 이외엔 아무도 모를테니 굳이 누군가에게 말할 필요도 없었지요. 그래서 세 달 정도 제가 보관했어요. 하지만 곰곰이 생각해도 제가 그 가방과 그 안에 들어있던 공책의 내용을 감당할 수 있을 것 같지 않았어요. 그래서 다시 창고에 가져다 놓았고 원장님 오시기 얼마 전 바티스와 이안이 그 가방을 다른 가방들과 함께 포장해 버렸습니다. 두 달 전에 본부로 보내져야 했으니까요. 그런데 원장님이 처음 배에서 내리는 옆모습을 보고 어디선가 본적이 있는 얼굴이라고 생각했어요. 그리고 원장님이 취임식때 자신이 왜 여기에 오게 되었는지 말씀하셨는데 전 말이 안된다고 생각했구요. 이 낯설고 외딴 곳을 그런 이유로 지원해서 올 사람은 없을 거라고 판단했습니다. 이후 바티스로부터 원장님이 그 가방을 찾는다는 이야기를 전해들었습니다. 그러고 보니 왜 원장님의 얼굴이 낯익게 느껴졌는지 알 것 같았어요. 그리고 이야기를 나누면서 원장님이 바로 그 사람이 자신의 공책을 주려 했던 그녀, 수아라는 확신을 갖게 되었습니다. 저는 몰래 포장을 뜯고 가방을 꺼내어 다시 캐비넷에 넣어두고 열쇠로 잠근 겁니다. 그 사람과 수아라는 이름을 가졌던 여인을 위해서요. 원장님이 연구실에서 베니 아버지의 사진 중 하나를 가져가셨다는 말도 들었어요. 왜 가져가셨을지 궁금했지만 원장님과 다시 만나기는 어려울테니 그 이유를 알 수는 없겠지요. 원장님 뒤를 캔 건 아닙니다. 연구실 벽에 붙어있던 사진이 하나 보이지 않기에 파타한테 물어본 것뿐이에요. 만약 제 생각이 맞다면, 그래서 원장님이 정말 어떤 바람을 가지고 여기 오신거라면, 더 늦기 전에 실행에 옮기시기 바랍니다. 우리 삶은 짧잖아요. 혹시 제가 오해한 것이라면, 원장님이 그 가방과 아무런 연관이 없다면, 원장님을 동정어린 시선으로 바라보며 외딴 섬에서 세기말을 보냈던 저와, 결국 아무런 의미도 갖지 못한 그 가방을 지키고자 사투를 벌였던 어떤 사람의 특별한 마음을 기억해 주시기 바랍니다.

추신. 그 가방에 공책과 함께 들어있던 나무송곳이 하나 있었어요. 뭔가 중요한 물건 같았습니다. 이건 제가 가져갈게요. 원장님께 허락받아야 된다고 생각하진 않아요. 힘들게 사셨던 제 할머니와 원장님을 위해 마음 졸였던 제게도 보상은 있어야 되잖아요.

1999년 10월 30일 마리 올림

1969

새들의 섬

"똑똑똑."

"들어와요."

수아는 호흡을 가다듬고 천천히 <원장실>이란 폿말이 붙어있는 문을 열고 들어갔다. 그녀의 이마엔 땀방울이 송글송글 맺혀 있었다. 안에는 덥수룩한 수염의 중년 남자가 뿔테로 된 돋보기 안경을 쓰고 바퀴달린 의자에 앉아 있었다. 그는 흙이 잔뜩 묻어있는 그녀의 신발을 보며 입을 열었다.

"이름이 수아 맞아요?"

"네."

"배에서 지금 내린 거요?"

"네, 도착하자마자 원장실을 찾아가라는 이야기를 듣고 이렇게 온 거예요."

"누구한테 들었소?"

"일주일 전에 엘리아머 재단으로부터 전화를 받았어요. 서류심사를 통과했으니 보로나로 출발하라구요. 여기 오는데 삼일이나 걸렸어요. 저 합격된 거 맞죠?"

"내가 지금 하려는 것이 최종 면접이니 아직은 합격되었다고 말할 수 없지."

"무슨... 여기까지 와서 최종 면접을 해요? 전 합격된 걸로 알고 왔는데..."

그는 별 대답없이 책상 위에 있던 서류파일을 천천히 펴 보고는 입을 열었다.

"한 수아, 27살 미혼. 낮에는 동물 보는 것을 좋아하고 밤에는 별을 보는 것을 좋아한다? 형제, 자매 없는 외동 딸에... 그러면 고집이 셀테지..."

수아는 어디에 눈을 맞추어야 할지 몰라서 차라리 창밖을 쳐다보고 있었다.

"아버지는 천문학자시고..."

"맞습니다."

"원하는 부서는 조류 연구팀이고..."

"네...."

"그리고 하고 싶은 일은 새들 촬영..."

"네..."

"전에 사진 좀 찍어 봤어요?"

"아, 그건 아닙니다. 일하면서 배우려구요."

"카메라는 가지고 왔소?"

"아니요."

"카메라도 없이 어떻게 사진을 찍나?"

"카... 카메라는 여기서 주는 거 아네요?"

그가 거친 손으로 서류파일을 덮고 수아의 눈을 유심히 쳐다보며 말했다.

"별을 보러 여기 온 거구만!"

"아, 예?..."

"여긴 별이 잘 보이는 곳이잖소. 아버지가 천문학자라면 모를 리 없을텐데... 내 말이 맞죠?"

"예, 뭐... 별 보는 거 좋아합니다."

"하나밖에 없는 자식이 품을 떠나 이 먼곳까지 왔으니 아버지께서 딸을 얼마나 그리워하실까?"

그가 한숨을 크게 쉬며 말했다.

"작년에 돌아가셨어요."

그는 이 말에 잠시 머뭇거리더니 헛기침을 몇번 하고 다시 말을 꺼냈다.

"그럼 아빠 별을 찾으러 여기 온 것이구만!"

이번엔 수아가 잠시 숨을 고르고 입을 열었다.

"저, 아까 농담하신거죠? 저 합격한 거 맞죠?"

알수 없는 그의 표정에서 수아는 약간의 미소를 읽었다. 그래서 긴장이 좀 풀렸다.

"그래도 존경하는 엘리 원장님을 이렇게 직접 뵙게 되어 무척 기분이 좋습니다. 영광이에요."

"원장? 나 원장 아니오."

"엘리 원장님 아니세요?"

"엘리 원장은 아직 여기 안오셨소."

"그럼 누구세요?"

"나, 나요?"

"예, 누군데 여기서 원장님인 척을 하시냐구요?"

"아니, 원장님인 척을 한 것이 아니라..."

"그런데 왜 여기에서 이러고 계세요?"

"내가 질문하는 것이 기분 나빴소?"

"그, 그건 아니구요."

"난 여기 건축공정을 총괄 관리하는 현장 소장 티토요. 보다시피 요양병원으로 사용하던 건물이라 이곳저곳 고칠 곳이 많아요. 그래서 내가 몇 달 전부터 인부들 데리고 와서 작업하고 있어요. 곧 여기 진입로에 나무

계단도 깔 계획이고."

수아가 흙묻은 자신의 신발을 내려다보며 말했다.

"여기 도착하자마자 원장님을 찾아가라고 들었다구요. 그럼 원장님은 언제오시는 거예요? 그리고 소장님이 왜 원장실에 계신 거냐구요?"

"얘길 못 들으셨구만. 원장님이 원래 지난 주에 오셨어야 했던 건 맞지. 그런데 재단 쪽 인수인계가 아직 끝나지 않아서 출발하지 못한 거고. 그래서 내가 원장 대신 여기 있는 거요. 그 분 지금 정신없는 상황이오. 이제 내가 왜 원장실에 있는 지 아셨겠지?"

"난감하네요. 원장님도 아닌 분과..."

"걱정 마요. 날 믿어도 됩니다. 아니, 여기 사정은 내가 그 분보다 더 잘 알지. 공사 전에 그 분도 여기 왔었어요. 나와 이야기를 나누더니 믿을만 했던지 재단 내부사정도 털어놓더군. 대부분 돈과 일정에 관한 이야기들이었소. 여하간 자기가 오기 전까지 여길 좀 맡아 달라더군. 신입사원 맞이까지도 말이오."

수아는 이 사람의 말을 어디까지 믿어야 할지 몰랐지만 <원장실>에서 거리낌없는 편안한 태도로 대화를 이어가는 모습을 보고 그의 말을 믿어보기로 했다.

"저는 어떤 일을 하면 되죠?"

"다음 주에 원장님이 도착하면 다시 자세히 말할테지만 일단 섬을 돌아다니며 지형을 익히고 어느 곳에 새 둥지들이 많은지 체크해 놓으라더군. 가만있자. 여기 어디 꽂아 두었을텐데..."

티토 소장은 일어서서 책꽂이를 둘러보더니 서툴게 제본 된 책 하나를 꺼냈다. 표지엔 제목도 없었다.

"여기 보면 보로나 지도가 있소. 축척이 1/20,000이구만. 여기 등고선 보이죠? 높이도 나와 있고... 이런 도면 볼 줄 아오?"

수아가 일어나서 티토 소장 옆으로 가서 책의 내용을 자세히 보며 말했다.

"이해하기 어렵지는 않네요."

"똑똑한 아가씨네. 뒤에는 새들 사진이 있소."

책의 뒤쪽에는 여러 종류의 새들이 찍힌 사진들이 있었고 그 하나하나의 사진 옆에는 새의 이름들이 깨알같이 적혀 있었다.

"그것들은 보통 섬에 둥지를 짓는 일반적인 철새들 사진이니 그것과 비교하여 여기에는 어떤 새가 둥지를 틀고 사는지 확인하면 되는 거요."

"원장님 오시면 카메라를 받을 수 있겠죠?"

"그건 나도 모르지."

"알겠습니다. 이제 일어나도 되죠?"

"음..."

"또 뭐가 있나요?"

"뭐가 있긴 한데 가녀린 여자분이고 아직 시차도 적응하지 못했을텐데 이런 일까지 하라고 하긴 좀..."

"뭔데요?"

"그게 좀..."

"얘기 안하실거면 일어날게요."

"올라올 때 요양병원 시설 철거팀도 봤죠?"

"글쎄요?"

"노란 조끼 입은 사람들 말이오."

"아, 그 분들이 요양병원 시설 철거팀이에요?"

"그 사람들이 말야. 다음 주면 나갈 사람들인데 우리 자재를 조금씩 훔쳐간다는 이야기가 들려서 말이오."

"이런 섬에서 어떻게 훔치겠어요. 사방이 바다인데..."

"그렇긴 해도 자기들이 가져온 트럭에 조금씩 넣고 배에 싣는다는 소식도 들리고 해서,,,"

"그래서요?"

"우리 건축 자재들은 공사가 없는 날엔 보통 파란 천으로 덮어놓거든. 타일이나 목재 같은거요."

"아, 그거 올라오다 봤어요. 뭔가 했는데, 그런데요?"

"불침번을 설 수 있겠소? 한 두번이면 될 거요. 할 수 있다고 하면 내가 다른 직원들한테도 말해 놓을테니."

"만약에 누가 몰래 천을 열고 자재들 훔쳐가는 거 발견하면 어떻게 할까요? 돌이라도 던질까요?"

수아는 먼 이국 땅에 와서 서로 의심하며 지내는 것이 안타까웠지만 그렇다고 여자라는 이유로 특별대접을 받고 싶지는 않았기에 하겠다고 했다.

"똑똑똑."

그때 누군가 문을 두드리고는 티토 소장의 대답도 듣지않고 문을 열고 들어와 말했다.

"티토, 또 원장놀이인가?"

"아니 이 사람이, 원장놀이라니! 이거 원장이 부탁한 거라니까!"

수아가 조금 당황한 표정으로 티토와 문을 연 사람을 번갈아 쳐다보았다.

"서로 인사하지. 새로 온 조류연구원 수아고, 여기는 목수 테르낭, 나 없으면 아무 일도 못할 사람이지."

"당신이 나 없으면 아무 일도 못할 사람 아니고? 아, 잘 왔어요. 수아."

테르낭은 티토를 바라보던 짜증섞인 표정을 순식간에 미소로 바꾸어 수아에게 손을 내밀었다. 테르낭은 하얀 수염과 대조되는 검게 탄 얼굴과 거친 손을 가진 사람으로, 그의 외모만 봐도 이런 곳에서 얼마나 긴 기간동안 일을 했던 사람인지 짐작할 수 있을 것 같았다. 둘의 대화를 듣다보니 티토 소장은 말이 많고 허세도 적잖이 가지고 있지만 속이 깊고 통찰력이 있는 사람 같다는 생각도 들었다. 잠시 후 수아는 더이상 이 자리에 자신이 있을 필요가 없다고 생각했다.

"그만 일어날게요."

그때 티토가 따라 일어서서 책을 주며 말했다.

"잠깐, 이 책 가져가요!"

수아는 그 표지없는 책을 들고 원장실을 나왔다.

2차 대전은 막을 내렸지만 작은 전쟁들은 끊이질 않았기에 젊은이들은 마음의 평안을 누리지 못했다. 아버지가 천문학자가 아니었다면, 그리고 돌아가시지 않았다면, 수아는 이 시기 곡식이 익어가는 풍요의 계절을 가진 고국을 두고 이 낯선 땅에 오지 않았을지도 모른다. 여하튼 그녀가 도착한 보로나 역시 세상의 다른 곳들과 마찬가지로 마음 둘 곳 없이 모든 것이 뒤얽혀 있었다. <아드아브 조류연구소>는 1969년 9월 1일에 문을 여는 것으로 알려졌고 입사가 확정된 사람들은 그 해 8월부터 들어오기 시작했다. 보로나에 도착하기 위해서는 필리핀의 마닐라 항구와 괌의 아프라 항구를 오가는 배를 타야 했다. 수아는 8월 17일에 이곳에 도착했다. 그녀가 도착했을 때 여기엔 티토와 테르낭 이외에도 주방장 멀린, 전기기사 폴, 설비기사 케빈, 의사 코너, 그리고 조류연구원 해나가 와 있었다. 폴과 코너는 요양병원에서 잔류한 사람이었다. 티토와 테르낭, 멀린을 제외한 비슷한 나이의 젊은이들은 친구처럼 지냈다. 이들은 함께 모여있을 때는 기대와 흥분의 감정을 공유하려 했지만 혼자 남겨지면 깊은 우울감에 빠지기도 했다. 이곳의 방들은 폭이 좁고 길었다. 거기엔 침대 하나, 테이블과 의자, 작은 옷장이 있었다. 매일 매일이 더위와의 싸움, 벌레들과의 싸움이었다. 또한 밤마다 구멍난 모기장으로 들어온 해충으로 잠을 설치는 일이 다반사였다.

그 다음주에는 요양병원 시설 철거팀 사람들이 모두 빠져 나갔고 조류연구소에서 일할 또 다른 직원들이 속속 보로나에 도착했다. 주방 보조로는 케일이란 이름의 젊은 남성이 들어왔고 조류연구팀엔 일찌기 조류탐구 여행기를 쓸 정도로 새들에 관심이 많은 타레스가 합류했다. 건물관리와 청소를 맡은 쌍둥이 형제 네이키와 오빈도 왔다. 그 사람들도 수아와 마찬가지로 원장 대신 티토와 이야기를 나누고 각자의 방과 일거리를 배정받았다. 티토와 테르낭은 그 주에 가축들을 맞이할 축사를 만들었다. 수아는 티토한테 지시받은 대로 그 책을 들고 섬을 둘러보았다. 처음에 왔던 길을 되짚어가며 진입로를 걸어내려가 남동쪽에 있는 섬의 부두까지 가서는 차량이 다니도록 완만하게 조성한 동쪽의 길로 걸어 올라왔다. 또 북쪽 초소 너머 새들의 둥지가 모여 있다는 경사지쪽도 둘러보았고 깍아지른 듯한 절벽이 있는 서쪽 초소 주변도가 보았다. 어떤 날은 수풀을 헤치고 위험한 바위를 뛰어넘어 섬을 한바퀴 둘러보기도 했는데 그 시간은 대략 반나절 정도가 걸렸다.

새로운 일상

어느덧 9월이 되었다. 재단본부 측에서 들은 이야기로
는 원장의 도착은 예상보다 더 늦어져서 다음 주중이
될 것이라고 했다. 연구소 건물의 건축공사는 거의 마
무리 되었다. 이제 진입로에 나무계단 설치작업을 완
성하고 섬의 몇 군데 적당한 곳에 초소를 세우면 모
든 공사는 마무리 될 것이었다.

"수아, 이 정도 간격이면 어때? 여기 걸어 봐."

티토와 테르낭이 나무계단을 깔고 있는 중에 마침 근
처를 지나던 수아를 테르낭이 불러서 말했다.

"내 보폭이 기준이에요?"

"그렇게 하려고."

"다른 사람들이 욕해요."

티토와 테르낭은 정말 오래전부터 같이 작업을 해 온
사이처럼 친근해 보였다.

"욕 먹지 뭐. 내일부터는 초소를 설치할꺼야, 두세 개
가량 만들 것 같아. 어디가 좋을까?"

"그걸 왜 제가 생각해요? 그리고 두 분이 이미 적당한
위치를 봐 두신거 아니에요?"

티토가 조금 짜증섞인 말투로 테르낭에게 말했다.

"왜 모든 걸 수아와 상의하나? 수아도 바쁜 몸이야!"

이번엔 테르낭이 티토에게 말했다.

"딸 같아서 그래. 그리고 수아가 좋아하는 장소면 다른 사람들도 좋아할거야."

수아가 이미 얼굴을 알고 있는 네 명의 공사 인부들은 오로지 티토와 테르낭의 지시만을 따를 뿐 이곳 직원들과 어울리려 하지 않았는데 오늘은 한사람도 보이지 않았다. 수아가 의아해서 테르낭에게 물었다.

"다른 분들은 어디에 있어요?"

"너무 더워서 창고에서 쉬라고 했어. 이런 일들은 우리 둘이면 충분하거든."

그런데 두 사람이 수아의 보폭에 맞추어 박아놓은 나무판자의 옆 부분을 일정하게 다듬는 건장한 사내가 멀찍이 보였다. 수아가 이번엔 티토에게 물었다.

"어? 저 사람 요양병원에서 근무하던 사람 아닌가요? 떠날 사람들은 지난주에 모두 떠났다고 생각했는데..."

"맞아. 그런데 저 사람이 나한테 시킬 일이 없냐고 묻더군. 자기는 운전면허가 있다면서 말야."

"그래서요?"

"엘리 원장이 나한테 그랬거든. 요양병원에서 일하던 사람도 계속 일하길 원하면 받아주라고. 여기 사정을 잘 알테니 연구소에도 도움이 될 거라면서 말이야. 마침 우리도 트럭이 하나 있잖아. 어짜피 운전할 사람이 필요하고. 그러니 저사람이 딱이 아니겠나?"

테르낭이 손짓하며 그 사람을 큰 소리로 불렀다.

"이봐, 아리! 이리 와 보게."

수아가 테르낭에게 그러지 말라며 손사래를 치는 사이 그 사람이 어느새 그들 앞에 와 있었다.

"아직 서로 인사 안 한거지?."

"반갑습니다. 아리라고 불러주세요."

"아, 네. 전 수아라고 해요."

엘리 원장은 9월 10일 수요일 오후에 도착했다. 원장이 탄 배가 도착하기 직전에 티토는 확성기로 그 사실을 알렸고 전 직원이 부두로 나가서 원장을 맞았다. 테르낭이 부두에 가지고 간 커다란 가방에는 망치와 톱, 밧줄 등이 들어 있었다. 원장을 태우고 온 배는 평소 이 바다를 지나던 배보다 훨씬 큰 2층 구조의 배였다. 아래층에는 나무로 짠 두 개의 우리 안에 돼지와 양, 칠면조 들이 실려 있었다. 원장은 배에서 내려 마중나온 직원들과 간단한 인사를 한 후에 티토와 원장실로 올라갔고 원장을 수행했던 재단의 직원들은 바퀴달린 가축의 우리들을 힘겹게 굴려서 부두에 내려놓고 그 배를 타고 바로 떠났다.

"수아, 이것 좀 같이하자!"

테르낭이 가져온 가방에서 장비를 꺼내어 조금 전 가축들이 우르르 빠져나간 우리를 해체하며 말했다.

"여기서 이 작업 하시려고 그 가방 가져오신 거예요?"

"응, 가축들이 우리에 실려 온다는 얘기를 들었거든. 근데 원장이 내린 후 동물들과 함께 있는 거 보고 뭐 생각나는 거 없었어? 난 노아의 방주가 생각나던데."

"그러고 보니 그런 것 같기도 하네요."

다른 직원들은 가축들을 축사로 데려갔다. 그들이 열여덟마리의 가축을 몰아서 언덕 위에 지어진 축사로 모두 옮기는데는 세 시간이 족히 걸렸다. 나중에는 모두 땀 범벅으로 녹초가 되었고 직원들과 가축들을 구분할 수 조차 없게 되었다. 수아는 테르낭을 도와 해체한 목재들을 근처 한적한 곳에 가지런히 뉘여놓고 몇 무더기씩 밧줄로 묶었다.

"중정에 분수 만든 건 마음에 들어?"

"네. 생각보단 작았지만요. 이제 가죠!"

수아가 장비가 든 가방을 들자 테르낭이 거기서 작은 톱을 하나 꺼내어 나무조각들 한쪽 켠에 두었다.

"그건 왜 거기 두는 거예요?"

"가끔 귀찮은 일이 생기거든!"

"그게 무슨 말씀이세요?"

"내일을 위해서라고 생각해!"

다음날부터 엘리 원장은 직원들을 하나하나 사무실로 불러 이야기를 나누기 시작했다. 그 다음날 오후 수아는 티토한테 받았던 책을 들고 원장실 문을 두드렸다.

"들어와요."

수아가 원장을 마주보고 앉았다.

"이름이..."

"수아입니다. 두시에 오라고 전달받았습니다."

원장이 티토처럼 두꺼운 뿔테 안경을 쓰고 책상에 놓인 직원명부를 이리저리 펼쳐보더니 입을 열었다.

"그래요, 수아. 여기 생활 어때요?"

"살던 곳보다 많이 덥지만 무엇이든 열심히 하려고 노

력하고 있습니다."

"42년 8월 15일생이고, 8월 15일? 생일이 얼마 전이었구만! 그날은 어떻게 보냈소?"

"여기로 오는 배 안에서 조용히 보냈습니다. 제 생일 별로 중요하게 생각하지 않습니다."

"아버지가 천문학을 공부하셨..."

"작년에 돌아가셨습니다."

"아 그래요. 하여튼 당신같이 젊은 동양인 여자가 여기 오기는 쉽지 않았을텐데..."

"여기 오는 게 쉽지 않은 건 다 똑같은 거 아닌가요? 젊거나 나이들었거나, 동양인이거나 서양인이거나..."

"아니, 결혼도 해야 하니까."

"그럴 생각 없습니다."

"결혼할 생각이 없어요?"

"제 말씀은 결혼이 그리 중요한건 아니라는 말씀입니다. 제가 여기에 있는 동안은 그런 거 생각하지 않고 열심히 일할 수 있다는 말씀입니다."

"꿈꾸는 미래가 있소?"

원장이 직원명부에 고개를 고정한 채 눈을 치켜뜨고 안경 너머로 수아를 응시하며 물었다.

"그냥..."

"말하기 싫으면 말하지 않아도 돼요."

"그냥 멀리, 멀리 떨어져서 살고 싶어요."

"무엇으로부터 말이오? 하긴, 그러니까 이곳까지 왔겠지. 새를 좋아해서 여기 온 건 맞죠?"

"그럼요. 새들은 멀리 날아갈 수 있잖아요."

수아가 창밖을 응시하며 말했다.

"이 건물은 <조류연구소> 시설이에요. 당신은 연구직으로 이곳에 지원한 것이니 우리 연구소의 핵심 역할을 해야 됩니다. 망망대해에 있는 무인도만큼 새들한테 중요한 장소도 없다고 하더군. 그러니 여기가 그 새들의 습성을 연구하기는 최적의 장소일 거요. 사실 난 새들 잘 몰라요. 여기에 오기 전 전문가들한테 물어보니 일단 여기에 이미 서식하고 있는 새들의 종류를 파악하는 것이 중요하다고 하더라고."

"이거 지난 달에 티토가 주신 책인데..."

수아가 들고 있던 책을 펼쳐 보이려 했다. 원장이 오기 전 몇 주 동안의 수고를 보여주기 위함이었다.

"아니, 지금 그거 내게 보여줄 필요 없소. 지금까지처럼 해 주면 돼요."

"전 지원서에 새들의 습성을 사진으로 기록하고 싶다고 썼습니다. 이제 섬의 새들도 대략 파악했으니 사진을 찍고 싶습니다."

엘리 원장은 수아의 당찬 모습에 조금 당황했다.

"당연히 새들 사진 남겨야지요. 근데... 근데 말이오... 카메라가 없소. 내 가방에 넣은 줄 알았는데 아무리 찾아도 없더라고. 여기 없으니 재단에 틀림없이 있을 거요. 전화로 찾아보라고 할게요. 못 찾으면 최신 기종으로 하나 사서 보내라고 하겠소."

"그럼 언제 받을 수 있을까요?"

"늦어도 한 달 안에는 받을 수 있을 거요."

"한 달이나 걸려요?"

"더 빠를 수도 있고!."

이틀 뒤 원장이 수아를 다시 불렀다. 수아가 원장실에 갔을 때 원장의 맞은 편에 아리가 앉아 있었다.

"어서와요 수아. 아리와는 아는 사이죠?"

"아, 네."

아리도 일어나 수아에게 어색한 인사를 했다. 아리의 손엔 무겁게 보이는 검은 물건이 들려 있었다.

"수아, 아리가 카메라를 가지고 있다는 거 몰랐소?"

"트럭 운전만 하실 줄 아는 분인 줄 알았어요. 평소에 워낙 말이 없으셔서."

"아리가 요양병원에서 사진 찍는 일을 좀 했다는 거야. 얼마나 다행이야. 일단 둘이 함께 다니며 새들 사진을 찍으면 되겠소."

원장이 이번엔 아리를 보며 말했다.

"참, 필름은 몇 개나 가지고 있소?"

"카메라 안에 한 통 들어있는 것이 다 입니다."

티토와 테르낭은 9월이 가기 전에 보로나를 떠날 것이었다. 둘은 과거에 다른 곳에서도 함께 일했다고 했기에 수아는 그들이 여기를 떠나서도 같이 지냈으면 좋겠다고 생각했다. 그것이 자신이 걱정할 일이 아니라는 것을 알고 있었으면서도 말이다.

"수아, 그 위에 있나?"

9월 중순의 어느날 저녁, 서쪽 초소에 올라와 있던 수아를 아래에서 누군가가 큰 소리로 불렀다.

"네 여기있어요!"

곧 사다리를 타고 올라온 사람은 테르낭이었다.

"어디갔나 한참 찾았네. 올라오기 힘들지 않아?"

"사다리 간격이 더 좁았으면 편하게 올라왔겠죠."

"여기가 왜 좋은거야?"

"그냥요."

"더 필요한 거 있으면 말해. 가기 전에 만들어 줄게!"

"이미 업무 다 마치셨는데 무슨 일을 더 하시려구요?
인부들도 지난주에 모두 떠났잖아요!"

"수아가 필요하다면 혼자라도 못할게 뭔가?"

수아가 잠시 생각에 잠기더니 어제밤 꿈을 기억나는
대로 지껄이듯 편안하게 말했다.

"여기 초소 아래 벤치 하나 있었으면 좋겠어요!"

며칠 뒤 오후 테르낭은 서쪽 초소의 사다리를 보수하
다가 2층 높이에서 떨어져 다리를 크게 다쳤다. 함께
있던 티토가 이 사실을 확성기로 알렸고 현장과 가까
운 곳에 있던 수아를 비롯한 직원들이 그곳으로 달려
갔다. 수아는 심장이 터질 것 같았다. 테르낭은 들것
에 실려 보건실 침대로 옮겨졌다.

"왜 그러셨어요? 제 얘기가 뭐 중요하다고!"

"그거 아니야, 내가 생각해도 사다리 간격이 넓었어."

원장은 재단에 근처를 지나는 배를 이용한 헬기수송을 요청했다. 원래 9월 말까지 근무하기로 했던 테르낭은 이 일로 서둘러 보로나를 떠나게 되었다. 일도 거의 마무리되었고 누군가 테르낭을 도와줘야 했으므로 티토 역시 같은 날 떠나기로 했다. 수아는 그날 밤을 뜬눈으로 지새웠고 티토는 자신과 테르낭의 짐을 함께 쌌다. 다음날 테르낭은 들것에 실려 헬기가 도착했다는 부두로 옮겨졌다. 티토와 수아는 짐을 들고 함께 내려갔다. 둘은 직원들의 안타까운 인사를 뒤로 하고 보로나를 떠났다. 이분들과 다시 만날 수 있을까? 수아의 기분은, 애써 그냥 그랬다.

"미안해 하지만, 수아. 그리던 고향에 빨리 가게 되어 오히려 더 좋다. 그것도 편하게 누워서말야!"

테르낭이 남긴 말이 며칠이 지나도 잊혀지지 않았다.

이후 강한 비가 얼마간 내린 후 다시 날이 화창해졌다. 10월 초에는 기록 담당관 칼슨과 초소관리원 제이드가 도착했다. 젊은 사람들은 만난지 얼마 지나지 않았음에도 서로 급격히 친해졌다. 10월 하순의 어느날 점심식사 시간이 마무리 될 무렵 식사를 하던 케빈이 손등으로 이마에 난 땀을 연신 닦으며 말했다. 식당 천장엔 세 대의 선풍기가 돌고 있었지만 더위를 식히기엔 한참 부족했다.

"난 여기서 그리 오래 버티지는 못할 것 같아. 모든 걸 너무 쉽게 생각했어."

"벌써부터 그런 말 하면 어떡해? 힘 빠지는 소리는 하지 말자고. 그나저나 이 요리를 보니 고향 생각이 나네. 이건 보통 통구이로 먹어야 하지 않나?"

폴이 삶은 칠면조 가슴살 요리를 한입 먹으려다 케빈에게 핀잔을 하며 말했다. 주방에 있던 멀린이 그 소리를 듣고 성큼성큼 다가왔다. 기척을 느낀 폴은 아무 얘기 안했다는 듯 태연하게 식사를 계속했다. 주방장 멀린은 후덕해 보이는 중년의 여성으로 귀가 매우 밝고 호기심이 많아서 식당에서 직원들이 나누는 이야기들에 항상 관심이 많았다.

"폴, 뭐라고 한거야? 잘 안들려서."

"요리가 참 맛있다고 한 거예요. 근데 이거 원장님과 같은 배로 온 칠면조를 잡은 거지요? 고놈들 귀엽게 생겼던데..."

"그렇게 귀여우면 축사에 있는 남은 칠면조들에게 이

름이라도 붙여주지 그래? 그 대신 내게 배고프단 말 해도 소용없는 거 알지?"

"농담이에요, 멀린."

폴이 웃으며 말했다.

"케빈은 그림 잘 그린다며? 뭐 먹고 싶은 거 있으면 얘기해. 내가 만들수 있는 거라면 만들어줄게."

멀린의 말에 그 식탁에 있던 모두가 간절히 먹고 싶은 무언가를 떠 올리려고 노력했다.

"난 케잌!"

칼슨이 한 말에 주방에서 케일이 뛰어나왔다.

"뭐라고?"

칼슨이 케일을 보며 말했다.

"케일이 아니라 케잌이라고 한거야!"

그 말이 끝나기 무섭게 제이드가 멀린을 보며 말했다.

"혹시 앙타라는 요리 알아요?"

"앙타?"

"감자와 당근, 양파와 함께 꿩고기를 갈아서 토마토 소스에 넣고 반죽해서 튀긴 음식이에요. 제가 어렸을 때 엄마가 특별한 날 만들어 준 음식이었는데... 그걸 먹을 수 있다면 소원이 없겠네요."

"얘기 들어보니 만들기 어렵지는 않겠구만. 하지만 꿩고기는 구하기 어려울테니 다른걸 써야겠지. 또 다른 소원들은 뭐야?"

멀린이 옆자리의 수아와 타레스, 코너, 해나를 번갈아 보며 물었다.

"저는 특별히 먹고 싶은거 없어요. 다만 크리스마스날에 서핑할 수만 있다면 뭐든 하겠어요."

무엇이든 잘 먹는 타레스가 말했다.

"크리스마스에 웬 서핑?"

해나가 그렇게 말하자 옆에서 가만히 듣고 있던 코너가 입을 열었다.

"여기선 파도타기 좋지 않아. 그런거 하려면 다른 섬에 가서 직장을 구했어야지. 게다가 여긴 해변도 별로 없어서 보드 내보내기도 쉽지 않고!"

그러자 타레스가 다시 말했다.

"진정한 서퍼는 파도만을 본다네. 해변의 여건 따위는 별로 중요하지 않아."

이번엔 수아가 입을 열었다.

"타레스가 서핑을 좋아하는 건 정말 몰랐는 걸?"

"수아, 내 방에 보드 갖다놓은 것 못 본거야? 내 방문

항상 열어놓잖아."

"못 봤는데... 네 방에 별로 관심도 없고."

"그 정도로 내게 관심이 없었다니 당황스럽군. 그럼 내가 가끔 <큰 호흡> 하는 건?"

이번엔 해나가 말했다.

"한숨 크게 쉬던 거? 그런 건 몇 번 봤지."

"한숨이 아니지. 크게 숨을 들이키는 거지!"

"그게 무슨 의미가 있는 거야?"

수아의 질문에 이어 이번엔 멀린이 타레스의 눈을 똑바로 보고 물었다.

"정말 그게 무슨 의미가 있는 거야?"

"암요. <고요의 냄새>를 맡는 거예요. 공기 중에 고요의 냄새가 나면 다음날은 반드시 거대한 파도가 밀려오거든요. 우리 서퍼들은 다 알고 있는 거예요!"

"고요의 냄새?"

순간 모두들 이구동성으로 그 말을 되뇌었다. 그 말에 벽에 걸린 달력을 12월로 넘겨 유심히 바라보던 해나가 단호하게 말했다.

"타레스, 그날 내가 근무야. 사고 칠 생각 하지마!"

친구 아리

어느새 저녁 바람이 선선해졌다. 수아는 며칠 째 섬의 북서쪽을 돌며 새 둥지들을 관찰했지만 아리는 무거운 카메라를 들고만 다닐 뿐 수아는 그가 사진을 찍는 모습을 한번도 보지 못했다. 그는 대부분의 시간을 카메라 셔터를 누르는 대신 <관찰일기>라고 적힌 수첩에 무언가를 적었다. 수아가 답답해서 입을 열었다.

"사진은 언제 찍으려구요?"

"필름이 한통 밖에 없잖아요. 며칠 더 관찰일기를 적은 후에 찍어도 늦지 않아요."

"그 순간은 날아가 버리는데요?"

"새처럼 말이죠?"

수아는 가끔 아리와 대화가 되지 않는다고 여겼고 어쩌면 그는 원장이 아는 것과 달리 한번도 사진을 찍어본 적이 없는 사람일지도 모른다는 생각까지 하게 되었다. 그리고 그의 표정은 항상 불편해 보였다.

"왜 여기에 남겠다고 했어요?"

수아가 물었다.

"뭘 묻고 싶은 거예요?"

"매일 인상만 쓰면서 여기에 왜 남기로 한 거냐구요."
"고향에 가도 별로 할 것이 없어요. 인상 쓰는 건 햇볕이 너무 따가워서 그런 거구요."

"아야!"
다음날 오후 어미새가 나간 틈을 타서 불안한 위치의 알을 둥지에 밀어넣던 수아가 비명을 질렀다. 그 소리를 듣고 인근에서 카메라 앵글로 새들을 관찰던 아리가 급히 뛰어왔다. 수아의 오른손 검지손가락에서 피가 흐르고 있었다. 아리는 뒷주머니에서 손수건을 꺼내어 지압을 시켜주고 서둘러 수아를 연구소로 데려왔다. 코너의 방문을 두드렸으나 기척이 없었다.
"내 방에도 반창고 있어요."
수아는 통증을 느낄 틈도 없이 아리의 손에 이끌려 그의 방에 들어갔다. 다행히 큰 상처는 아니었다. 아리가 멍한 표정으로 아무말도 않는 수아의 상처를 유심히 본 후에 반창고를 붙여주며 말했다.
"나뭇가지에 찔려서 다친거라고 생각하죠?"
"당연하죠. 나뭇가지 같은 걸로 둥지를 만들잖아요."
"추측은 많이들 빗나가죠."

"무슨 얘기예요?"

"아마 철사였을 거예요. 공사에 쓰던 철사."

"철사라구요? 설마, 새들이 바보도 아니고..."

"바보가 아니라 똑똑한 새들이 둥지에 나뭇가지와 철사를 섞어놓는다구요."

"그건 또 무슨 소리예요?"

"밤에 둥지 근처에서 무언가가 사각사각 하는 소리 들은 적 없어요?"

"글쎄요, 늦은 밤에 둥지 근처에 가본 적 없는데..."

"잘 생각해 봐요. 꼭 늦은 밤이 아니었더라도 들은 적이 있는지..."

"그러고 보니 들은 것도 같고 아닌 것도 같고. 그런데 그 소리가 뭐 그리 중요해요?"

"어떤 새들은 자기 전에 자기 부리를 철사에 갈아요. 날카로워지도록."

"왜 그런 일을...?"

"그래야 물고기도 더 잘 잡고 벌레도 더 잘 잡죠. 그럴 것 같지 않아요?"

"그래서 새들이 둥지에서 철사에 부리를 가는 모습을 직접 봤다는 거예요?"

"글쎄요. 그걸 내가 봤다고 할 수도 없고 안 봤다고 할 수도 없고."

"됐어요."

수아가 말을 끊자 아리가 다른 이야기를 꺼냈다.

"철새들은 한쪽 머리씩 번갈아 가며 잠을 잔다는 이야기는 혹시 들어봤어요? "

"또 말도 안되는 농담 하는거죠?"

"철새들은 푹 잠들지 못하고 무리를 천적으로부터 보호하기 위해 한쪽 뇌만 잔다고 해요. 깨어있는 반대쪽 뇌와 한쪽 눈은 주변 경계를 하는 거죠."

"눈만 뜬다고 주변 경계가 돼요?"

"그리고 일정한 간격으로 소리를 내요. 그 소리를 들으면 자신들이 안전하다고 느끼고 푹 잠드는 거죠."

"조금 전엔 푹 잠들지 못한다면서요?"

"아니, 내 말은..."

"그리고 그 말이 맞다면 한밤 중에 새들 둥지에서 나는 소리가 주변 경계하려 내는 소린지 부리를 갈면서 나는 소린지 어떻게 구별해요?"

"자세히 들으면 그 정도는 구별할 수 있어요. 사람 귀가 얼마나 예민한데!"

수아는 여러가지를 고려해 볼때 아리의 말을 별로 귀담아 들을 필요는 없다고 생각했다. 그렇게 생각해선지 커튼이 닫혀있는 그의 방이 답답하기만 했다.

"불을 켜주거나 커튼을 열어줄래요?"

"여기가 어두워요?"

"그럼요. 어둡고 말구요."

아리가 몇 년간 한번도 열지 않았을 것 같은 무거운 커튼을 열어젖히자 수아의 눈앞에 뽀얀 먼지가 오후의 햇살 가득 춤을 추고 있었다. 그러고보니 책상 밑에 내용을 알 수 없는 통조림이 가득했다.

"이게 다 뭐예요?"

"정어리 통조림 좋아해요? 가져다 먹어요."

"아녜요. 답답하니 창문도 좀 열었으면 좋겠네요."

"이젠 산소도 부족하다는 거죠?"

아리가 창을 열자 수아가 참았던 숨을 쉬며 말했다.

"말을 항상 그렇게 해요?"

"맞아요. 그래서 말을 잘 안해요."

무언가 잔뜩 들어서 무거워 보이는 책상 서랍을 눈여겨 본 수아가 입을 열었다.

"서랍 좀 열어봐도 되죠?"

"별거 없어요. 열어 보시던지."

수아가 왼손으로 서랍을 열어보려 하자 아리가 갑자기 수아의 손을 잡으며 말했다.

"그런데요. 서랍에서 뭘 봤는지는 다른 사람한테 비밀로 해줘요."

"보면 안 될게 있어요? 그럼 안 열어볼게요."

"아녜요. 농담이에요. 봐도 돼요."

서랍 안에는 사진촬영 교본과 사용하지 않은 한통의 필름, 여러 장의 흑백 사진들이 있었다. 그건 공사 현장을 찍은 사진과 새들을 찍은 것, 그리고 병약해 보이는 사람들의 얼굴을 찍은 사진들이 있었다.

"이게 다 뭐예요? 이게 다 비밀 사진인 거예요?"

"다음에 얘기해요. 이제 나가요, 우리."

다음날은 많은 비가 내렸다. 점심식사 후 수아는 우산을 들고 일어나며 아리를 보고 물었다.

"안가요?"

"비 오는 날은 카메라 사용 금지예요."

수아가 혼자 북쪽 초소 근처에 가서 우산을 쓴 채 새 둥지들을 물끄러미 쳐다보고 있었다. 잠시 후 옆을 돌아보니 아리가 와 있었다. 그가 말했다.

"비오는 날은 그냥 쉬어도 돼요. 규정이 그래요."

"알아요, 그냥 나와 본 거예요. 새들은 비가 오면 어떻게 하고 있는지 궁금해서요."

깨진 알들이 뒹굴고 있는 둥지, 새끼새들만 남은 처량한 둥지도 있었지만 대부분 둥지의 어미새들은 날개를 펼쳐 비로부터 자신의 알과 새끼들을 보호하고 있었다. 그 모습을 물끄러미 지켜보던 수아가 말했다.

"날개는 하늘을 날 때만 사용하는 줄 알았는데..."

"무슨 말이에요?"

"날개가 팔이네요, 손이고... 또 사랑이고..."

아리와의 동행이 무료한 일상이 된 어느날 늦은 오후, 수아는 여느 때처럼 서쪽 벤치에 앉아 멍하니 바다를 바라보고 있었다. 아리가 다가오자 수아가 말했다.

"난 아리가 사진을 못 찍는 사람이라고 생각했어요."

"그런데요?"

"그렇게 생각해서 미안해요."

"그렇게 생각한 것이 사과할 일은 아니죠."

"그... 사진들에 대해 얘기해 줄 수 있어요? 내가 손을 다치던 날 봤던..."

수아가 다쳤던 손가락을 보여주며 말했다.

"아. 그날!"

"그 사진들이 왜 비밀이어야 해요?"

"사진들만 가지고 얘기했던 건 아니에요."

"그럼요?"

"서랍엔 필름도 한통 있었잖아요. 원장한테는 카메라에 들어있는 것 말고는 필름이 없다고 했었는데."

"그게 뭘 중요한 거라고, 사진도 비밀이에요?"

"그 사진들, 사실 내가 가지고 있어선 안되는 거예요."

"범죄인가요?"

"그 정도는 아니에요."

"사람 얼굴이 나온 사진들도 있던데 요양병원에 있을 때 찍은 거죠? 거기선 무슨 일 했던 거예요? 아, 말하기 싫으면 대답하지 않아도 돼요."

그러자 아리가 긴 한숨을 쉬더니 입을 열었다.

"난 아무런 꿈이 없었어요. 어머니가 뭐라도 도전해보라고 해서 운전면허 하나 겨우 딴 거예요. 친한 친구가 있었는데 어느날 <칼데라>라는 이름의 유명한 잡지사에 취직했어요. 갑자기 나도 거기에 취직하고 싶어졌어요. 샘이 났거든요. 몇달 후에 원서를 냈는데 보기좋게 떨어졌죠. 그런데 오기가 생기더라구요."

"그래서요?"

"그곳에 찾아가서 어떤 일이든 좋으니 일을 달라고 매달렸어요. 친구도 참 난처해 했죠."

"저 같아도 그랬겠네요. 그래서 일을 받았어요?"

"검고 무거운 것을 주더군요."

"검고 무거운 거요?"

"난 그때 <카메라>를 처음 본 거예요."

"아."

"태평양의 섬 이야기를 전하는 계간지에 실을 수 있도록 보로나의 소식을 사진으로 전해준다면 일년 후에 입사시켜 준다고 하더군요. 그래서 보로나에 왔어요. 여긴 특별한 섬이라 잡지사에서 관심이 많거든요."

"그런데 이미 1년을 훌쩍 넘긴 거 아녜요?"

"맞아요. 이곳의 일상을 담은 사진들을 보냈는데 그들이 보기에 뭔가 부족했던 건지 답이 없더군요."

"그래서 다른 걸 찍겠다고 결심이라도 한 거예요?"

"요양병원에서 지내다보니 여기에 입원한 사람들 중에 자신의 소식을 고향에 있는 가족에게 알리고 싶어하는 사람이 있다는 것을 알게 되었어요. 소통이 끊겨서 연락할 방법을 모르는 사람들이죠. 그래서 난 입원 환자들 사진을 찍어 제 친구에게 보내기로 했습니다. 이곳 사람들의 얼굴과 사연이 알려진다면 혹시라도 가족에게 소식이 닿을 수도 있는거잖아요."

"그렇게 열심히 일했는데 왜 잡지사에 가지 않고 보로나에 남은 거예요?"

"결국 날 부르지 않더군요. 그리고 잡지사도 돈이 많지 않았던 것 같아요. 사실 일하는 동안에도 돈을 제대로 받지 못했거든요. 반 년쯤 지나자 월급대신 물품을 보내주더군요. 통조림 같은거요."

"그게 그거군요?"

"맞아요. 그것들 직원들한테는 보여주고 싶지 않았어요. 그들을 이해시키려면 내가 원래 요양병원 직원이 아니라 잡지사 일을 한 거라는 이야기 등을 구구절절 늘어놓아야 할 거잖아요. 복잡한거 싫어요."

"그래서 커튼을 닫고 그렇게 어둡게 산 거예요? 혹시 사진들이 형편없었던 건 아니구요?"

수아가 농담하듯 웃으며 물었다.

"모르죠, 사진이 담긴 필름을 그대로 회사로 보냈으니

까요. 여기엔 암실이 없으니 인화할 수 없잖아요. 그러니 사진이 어떻게 찍혔는지 나도 몰라요. 타레스가 암실을 만든다는 이야기는 들었죠? 지금쯤이면 수도 공사는 끝났을 거예요. 근데 재단에 있을 거라는 원장님 카메라는 찾지 못한 거 같아요. 새 기종으로 사서 보내려면 시간 좀 걸릴겁니다. 공사에 필요한 확대기와 조명은 아마도 카메라가 올 때 함께 도착할 확률이 커요. 그러니 암실도 금방 완성되는게 아녜요."

"필름을 보냈다면 그 서랍속 사진들은 뭐예요?"

"잡지사에선 인화된 사진을 회사 밖으로 내보내면 안되는데 친구가 몰래 우편으로 내게 보낸 겁니다. 그래서 비밀이라고 한 거예요."

다음날 오후, 서쪽 초소 옆 벤치엔 11월의 바람이 불어오고 있었다. 추워진 건 아니었지만 수아는 오늘같은 날엔 아리와 더 가까이 있어도 될 것 같았다.

"이곳에 앉아 바다를 멍하니 볼 때면 항상 테르낭이 생각나요. 내가 여기에 벤치를 만들어 달라고 했거든요. 참 고마운 분이죠."

"수아를 무척 좋아하셨죠. 죽은 딸을 닮았다며."

"딸이 죽었어요?"

"그랬죠. 열살을 못 넘겼다고 들었어요."

"안타깝네요."

"테르낭이 다치던 날 이 벤치가 여기에 있었어요?"

아리가 물었다.

"예? 당연이 있었겠죠, 근데 왜..."

수아는 그날 확성기를 통해 티토의 다급한 목소리를 들자마자 부리나케 이곳으로 뛰어왔었다. 그 며칠 전 테르낭에게 벤치를 만들어 달라고 했던 건 분명했지만 그날 여기에 벤치가 있었는지는 사실 잘 기억나지 않았다. 아리가 말했다.

"사람은 말이죠. 자기에게 정말 중요한 게 아니면 잘 기억하지 못해요."

"그래도 내가 부탁했고 다치신 다음날 여길 떠나셨으니 당연히 그날도 벤치가 있었겠죠."

"그날 벤치는 없었어요."

"말도 안 돼요. 그럼 이 벤치는 누가...?"

"내가 만들었어요. 테르낭이 후송되기 전에 내게 부탁했거든요. 수아가 원했다면서요."

"그... 그랬어요? 몰랐어요."

215

"수아는 여기 처음 왔을 때 어땠어요?"

"새벽에 엄마 목소리를 듣고 깼어요. "수아 일어나!" 하기에 나는 "더 잘래요 엄마, 깨우지 마세요." 이렇게 말했죠. 근데 나를 깨운 건 엄마가 아니라 폴이었어요. 그 땐 그 사람 이름도 몰랐지만요. 내 방문을 두드려도 기척이 없자 들어와서 나를 깨운 거였어요. 티토의 지시대로 불침번을 서야 했거든요. 내게 보로나의 시작은 그거예요. 아리는 처음 왔던 날 기억해요?"

"배를 타는 이틀동안 검고 무거운 카메라를 부여잡고 1968년 4월 2일 일요일 새벽 해뜨기 직전에 여기에 도착했어요. 사람 키 만한 높이의 나무 기둥에 작은 전구가 켜져 있었다는 것만 기억나요. 그걸 등대라고 불러야 될 지는 모르겠지만 보로나 도착 직전까지 거의 보이지도 않았어요. 배는 너무 고픈데 아무도 나와 있지 않고 어디로 가야하는 지도 모르겠고... 그게 다예요. 요즘엔 아마 그 시간에 다니는 배는 없을거예요. 수아 아빠는 어떤 분이셨어요?"

"천문학자였단 말은 들었죠?"

"유명하잖아요."

"아빠가 돌아가시고 한달정도 지난 후 엄마와 유품 정

리를 했어요. 아빠가 남기신건 대부분 연구한 내용들을 적어놓은 공책들이었어요. 어떤 공책엔 신문기사들도 스크랩되어 있었는데 한 기사의 제목 위쪽에 <수아에게>라는 아빠의 글씨가 있었어요. 3년 전 신문이었는데 그건 <한국의 과학자가 발견한 별 SN1961F>이란 제목의 기사였어요. 자신의 별을 갖는다는 것이 천문학자로서 얼마나 큰 영예인지는 몇년 뒤에 알았어요. 아빠는 돌아가실때까지 전 생애에 걸쳐 이룬 업적조차 차마 가족에게 알리지 못한 거예요. 하지만 마음속으론 얼마나 자랑하고 싶었을까요?"

"어렸을땐 아빠와 어떻게 지냈어요?"

"아빠와의 추억이 별로 없어요. 내가 열 살도 되기전에 멀리 유학을 떠나셨거든요. 젊은 엄마와 어린 날두고 말이죠. 그게 말이 돼요? 가장이? 우리집은 예전에 백색전화가 있었을 만큼 여유가 있었는데도 아빠는 중간에 겨우 한 두번만 왔었던 걸로 기억해요. 물론 왕복 뱃삯이 부담되긴 했겠죠. 배멀미도 심하셨다고 들었구요. 아빠는 내가 스무살이 다 되어갈 무렵 모든 공부를 마치고 돌아오셨는데 삶의 에너지를 다 써버린 사람처럼 몸에 힘이 하나도 없었어요."

"백색전화는 또 뭐예요?"

수아가 손사래를 치며 말했다.

"아니, 아니, 그런게 있었어요. 중요한 건 아녜요."

"아빠와 나누었던 얘기 중 기억나는 거 있어요?"

"내가 중학교 다닐 때였을거예요. 아빠가 방학을 맞아 처음으로 돌아왔어요. 그런데 한달 내내 집에만 있더 군요. 난 아빠에게 만날 친구가 없냐고 물었는데 일년 내내 별만 바라보고 사는 사람과 친구가 될 사람이 있겠냐고 되묻더군요. 그러면서 누군가의 친구가 되려 면 그 사람에게 공감해주라고 하셨죠. 헌데 나도 참 궁금하긴 했어요. 별이 왜 그리 좋은지 말예요."

"아빠는 별이 왜 좋다고 하셔요?"

"그리운 사람이 있는 곳이기 때문라고 했어요."

"사람은 죽어서 별이 된다는 이야기 하신거죠?"

"아마도, 그 얘기를 하신게 맞겠죠. 하지만 나는 그때 그 말이 들어오지도 않았어요. 그리고 난 보고 싶은 사람이 없으니 평생 별을 볼 일은 없을 거라고 말했 어요. 심술이 났거든요. 그런데 아빠는 너를 그리워하 는 누군가가 그 별에 있을거라고 했고 나는 그렇다면 그 사람을 어떻게 만날 수 있냐고 물었어요."

"그랬더니 뭐라셨어요?"

"잠시 머뭇대더니 그 사람이 떨어지거나 네가 올라가면 되지 않겠냐고 하더군요. 아무말이나 하신거죠. 아무도 없는 섬에 사는 건 정작 아빠의 꿈이었어요. 별을 관찰하기에 그만한 곳은 없다고 하셨거든요. 그러고보면 아빠의 첫사랑은 돌아가신게 분명해요."

"첫사랑이 수아 엄마가 아니었다는 거네요?"

"첫 사랑이었다면 엄마한테 그렇게 대했을 리가 없어요. 근데 가족에 소홀했다는 이유로 아빠를 그렇게 미워하던 내가 늙은 엄마를 홀로두고 지금 여기에 혼자 온걸 보면 운명이란게 뭔지..."

"아빠 별을 찾기 위해 여기에 온 것이라면서요."

"누가 그래요?"

"티토한테 들었어요."

"그 얘기 내가 한 거 아니에요."

"수아가 그렇게 말했다고 하던데..."

"티토가 그렇게 물은 건 맞아요. 나는 대답하지 않았어요. 뭐 그리 틀린 말은 아니니까요."

"여하튼 천문학자의 딸이라고 해서 남들보다 별에 대해 잘 아는 건 아니라는 건 알겠네요."

12월에 들어섰어도 기다리던 새 카메라는 도착하지 않았다. 엘리 원장은 카메라에 대해 잘 아는 재단의 직원이 얼마 전 갑자기 퇴사했기 때문이라는 말을 하며 수아에게 미안함을 전했다. 다행히도 필름은 열 통 가까이 보내왔기에 아리의 카메라로 새들의 사진을 찍는 데 큰 그리 지장은 없었다.

"해나는 살좀 더 쪄야겠어. 폴은 일할 때 제발 고무장갑 좀 끼고 해라. 그러다 감전이라도 되면 어쩌려고 해? 칼슨은 노래를 잘 한다며? 케빈, 내일 오후에 내 자화상 좀 그려줄래?"
넉넉한 풍채의 멀린은 보로나의 젊은이들에게 관심이 많았다. 그녀는 큰 코와 두툼한 볼, 그리고 암갈색의 눈을 가진 인상 좋은 여인이었다. 이곳에 오기 전에는 10년 넘게 식당을 운영했다고 했으며, 성장한 자식들을 출가시키고 비로소 자신의 삶을 찾기 위해 보로나에 왔다고 했다. 케일과 해나는 이미 멀린을 엄마라고 부르고 있었다. 아리는 여전히 다른 직원들과 잘 어울리지 못했지만 수아에게만큼은 마음을 열고 편안하게 대했다. 둘은 이미 친구가 되어 있었다.

"난 외롭지 않던데!"

12월 중순의 어느날 저녁 식사 후 평소와 같이 수아와 아리는 서쪽 벤치에 앉았다. 아리가 가볍게 입을 열자 수아가 물었다.

"무슨 얘기야?"

"아까 해나가 그랬잖아. 여기 온 사람 중에 외롭지 않은 사람이 어디 있냐고."

"아, 당연히 다 외로운 거 아닌가? 외로움을 못 느끼더라도 그건 외로운 게 맞지."

그러자 아리가 이해를 못하겠다는 표정으로 물었다.

"그런게 어디 있어? 외로움을 느끼면 외로운 거고 그렇지 않다고 느끼면 외롭지 않은 거지!"

"평생 살던 곳과 가족들을 떠나 이 낯선 곳에서 크리스마스를 맞는데 외롭지 않다는 게 말이 돼? 외롭지 않다면 그건... 그건 감정을 잘 못 느끼는 거겠지."

"그러니까 외롭다는 생각이 들지 않더라도 사실 외로운 게 맞는 거다? 그러니 내가 무디다는 거지?"

"그렇게 되나? 아니면 말고..."

이렇듯 둘의 이야기는 언제나 끝고 없었고 별로 귀담아 둘만한 내용도 없었다.

크리스마스 전야

태평양의 낯선 섬에서 처음 맞이하는 크리스마스 전야에 엘리 원장을 비롯한 전 직원이 모여 칠면조 구이와 양타를 먹으며 왁자지껄 이야기꽃을 피웠다. 대다수의 직원들에게 무더운 크리스마스는 매우 낯선 일이었다. 이야기들은 불꽃처럼 타오르다가 생각보다 이르게 식어버렸다. 원장이 먼저 자리에서 일어났고 다른 직원들도 생각보다 이른 시간에 모두들 각자의 방으로 돌아갔다. 수아는 약속이나 한듯 아리와 함께 서쪽 벤치로 향했다. 이미 커다란 달이 어두운 하늘을 차지하고 있었다. 어제 밤새도록 사무실에서 근무를 했던 수아는 무척 피곤했다. 수아의 표정을 유심히 바라보던 아리가 먼저 입을 열었다.

"피곤한가 봐."

"그렇지 뭐. 티났어?"

"하품했잖아."

"어제 당직근무했잖아. 오늘 낮에 쉬지도 못했고."

"사람들한테 얘기하고 들어가서 잤어야지. 다들 그렇게 하는데..."

"잠 잤다가는 저녁 파티 놓칠 것 같아서 그랬지. 여기서 맞는 첫 크리스마스잖아."

"파티 참 좋아하는구나!"

"그게 아니라... 멀린이 예전에 그랬잖아. 크리스마스 파티에 와인을 준다고. 나 와인 맛 궁금했거든."

"와인 먹어본 적 없어?"

"응, 처음이야."

"많이 먹어 본 사람처럼 잘 마시던데?"

"생각보다 맛이 좋았어. 취한다는 게 뭔지 느껴보고 싶기도 했고."

"그래서 취했어?"

"그런거 같진 않아. 좀 더 마시고 싶었는데."

"더 마시지 왜?"

"몰라, 다들 그냥 일찍 일어났잖아. 나 혼자 더 앉아 있기도 그렇고."

"그 정도면 오래 앉아있었던 거 아닌가? 말이 크리스마스지 사실 여기선 다른 날과 다를 것도 없잖아. 가만있자 와인 이름이 뭐였더라... 칠레산이라고 했지 아마? 생소한 이름이던데..."

"레퀴엠!"

"아 맞아. 역시 수아는 기억력이 좋아."

"아빠가 모차르트 음악을 좋아했거든."

"모차르트?"

"아, 아니다. 아까 케일이 내게 한 말 기억해?"

"글쎄. 뭐라고 했는데?"

"지금 생각나는 것이 무엇이냐고 물었잖아."

"그래서 뭐라고 했어?"

"그때 원장님이 일어서는 바람에 인사하느라 대답할 기회를 놓쳤는데... 눈이 그렇게 그립더라고. 겨울이면 아무렇지 않게 그냥 내리던 눈이..."

수아가 그렇게 말하며 하늘을 멍하니 바라보았다.

"네가 그렇게 얘기하니 나도 눈이라는 거 보고 싶긴 하다. 1월엔 사람들이 더 오겠지?"

"그래야지. 격주로 당직근무 하는거 너무 힘들다. 근데 아까 낮엔 어디 있었어?"

"낮에? 낮에 언제? 오후에?"

"응."

"아, 네이키와 트럭을 타고 섬 몇 바퀴 돌았어."

"그래서 안 보였구나. 웬일로?"

"네이키가 운전을 하고 싶다더군."

"그럼 네이키가 운전한거야? 원장이 알면 어쩌려고 그랬어? 네이키는 운전면허도 없잖아?"

"원장한테는 숨겨야지. 그런데 걔 운전하는 거 좋아해. 잘 하기도 하고. 한때 카 레이서가 꿈이었대."

"아리는 네이키와 오빈을 구분할 수 있어?"

"당연하지. 오빈은 운전 못하거든."

"그럼 얼굴로 구분하는 게 아니잖아?"

"얼굴로도 구분하지. 자세히 보면 둘이 엄청 다르게 생겼어. 목소리도 조금 다르고."

"난 아무리 봐도 잘 모르겠던데. 걔네들 옷도 같이 입는거 알지? 그러니 더 구분하기 힘들지."

"그래? 난 수아의 행동을 보고 당연히 쉽게 둘을 구분하는 줄 알았는데."

"대부분 구분하는 척 했던 거야. 내 연기가 좋았던 모양이네, 앙타 맛은 어땠어? 난 좋던데."

수아가 별을 보며 물었다.

"그 요리? 맛 좋았어. 그런데 제이드는 그거 먹다가 왜 울려고 했던 거야?"

"아, 그때 식당에서 한 얘기 기억안나?"

"무슨 얘기? 그리고 타레스와는 무슨 대화를 나눈거야?

뭔가 심각한 이야기 하는 것 같던데..."

"오늘 드디어 <고요의 냄새>를 맡았다는 거야."

"고요의 냄새?"

"왜 기억을 못할까? 같은 날 식당에서 한 말 잊었어?
고요의 냄새라고... 아, 아리는 그때 없었나?"

"처음 듣는데? 그게 무슨 냄새야?"

"나도 모르지. 근데 타레스는 큰 파도가 오기 전날 자
신이 고요의 냄새를 맡는다고 했어."

"우리가 큰 파도에 대비해야 한다는 거야?"

아리의 말에 수아가 답답한 듯 가슴을 치며 말했다.

"아니, 그게 아니라. 타레스 말은 내일 큰 파도가 올
거라는 얘기야. 그래서 마음의 준비를... 아니 다시 말
할게. 타레스는 서핑 좋아해. 그러니까 우리한테 파도
를 조심하라는 것이 아니라, 자신이 내일 아침에 그토
록 기다리던 서핑을 할 거라는 거야!"

"매일 바다를 보는데 거기에 들어가기까지 한다고?"

"우리 아빠보다는 덜 이상한테 뭘. 날이 쌀쌀해 지네.
들어갈까?"

수아가 추운 듯 가디건 위로 팔뚝을 감싸쥐며 말했다.

"별들 보면 아빠 생각 나지 않아?"

"아빠의 말이 맞다면 아빠도 어느 별인가에 잘 계시겠지. 그리고 간절히 날 보고 싶으시다면 언젠가 우린 다시 만나겠지. 아빠가 내려오든, 내가 올라가든."

"수아도 아빠가 그렇게 그리워?"

"말이 그렇다는 거지. 그런데 이렇게 별을 보고 있으니 평생 잊고 지내던 것들도 다 기억나는 것 같네."

"말해 봐, 들을 준비 되었어."

아리가 수아의 어깨를 감싸며 말했다. 수아는 좀 당황했지만 싫지 않았다. 온기 때문만은 아니었다.

"아빠가 우리를 떠나기 직전 일이야."

"그래, 듣고 있어."

"어린 난 얼마 전부터 아빠가 큰 가방에 이것저것 집어넣고 있는 것을 보고 어디론가 떠나실 것 같다고 생각했어. 아빠는 말이 없으셨기에 엄마한테도 물어봤지만 대답이 없으셨지."

"그래서?"

"난 아빠와의 사이가 그렇게 좋은 건 아니었기에 그즈음에 큰 용기를 내어 아빠에게 매일 산책을 하자고 제안했어. 아빠도 좋다고 하시더군. 그날부터 며칠 간이었을거야. 우린 저녁식사를 마치고 산책을 했어. 집에서 오분정도 걷다 보면 뒷동산으로 올라가는 작은 오솔길이 나오는데 거기로 들어설 때쯤 나는 항상 아빠의 손을 꽉 쥐었어. 조금 무서웠거든."

"그렇게 하면 아빠를 놓치지 않을 것 같았어?"

"응, 그럴 줄 알았어. 둘째 날에는 아빠와 작고 귀여운 돌들도 주웠지. 일곱개를 주우면 북두칠성 놀이를 할 수 있다는 거야. 하지만 그 산책은 며칠 못 갔어."

"아빠는 어짜피 한참 전에 떠날 날짜를 잡으셨을거야. 그러니 산책을 길게 하실 수는 없었겠지."

"지금 생각하면 그 말이 맞는 거겠지. 허나 그때 난 정말 아빠를 잡을 수 있을 거라고 생각했었어. 세번째 산책 날이었을거야. 그날 난 간절한 마음으로 작년 생일에 아빠가 사 주었던 분홍색 원피스를 입었어. 오래 입으라고 일부러 큰 걸 사 주셨지. 긴 치마가 불편해서 잘 입지 않았던 옷이야. 아빠는 좀 놀란 표정이었지만 이내 내 손을 잡아주셨어. 간밤에 내렸던 비로 길은 좀 축축했어. 분명히 전날과 비슷한 시간에 나왔는데 좀 어두웠고. 난 산길로 들어서기 전부터 아빠의 손을 꽉 쥐고 놓지 않았지. 그런데 산길 초입에서 작은 새소리가 들렸어. 나는 아빠의 손을 당겨 소리나는 곳으로 갔어. 거기에 아주 작은 새가 있었어. 한쪽 날개를 접지 못하고 소리를 내고 있더군. 다친 것 같았고 방금 전에 둥지에서 떨어졌을 거라고 생각했어. 그래서 나는 아빠와 함께 주변에 있는 나무를 대충 훑어보았는데 둥지 같은 건 보이지 않았어."

"그래서?"

"아빠는 어미새가 어디선가 지켜보고 있을 것이라고 하며 그냥 가자고 했는데 나는 그 말을 듣지 않고 다른 손으로 새를 들었어. 주변에 분명 둥지 같은 건 보이지 않았거든. 집에 가서 날개를 고쳐주고 싶었어."

"딸이 말을 안 들으니 아빠 기분이 좋지 않으셨겠네!"

"그러셨겠지. 하지만 내가 보기에 아빠는 그냥 그 상황을 귀찮아하는 것 같았어. 아기새는 그날 처음 만져본건데 정말 연약했어. 얼마나 조심스럽게 그 새를 잡았는지 아직도 그 느낌이 생생히 기억나. 그런데 그 뒤로 내 손을 쥔 아빠의 힘이 좀 약해졌더라고. 그 순간부터 내가 미워졌나 봐."

"그래서?"

"나도 아빠 손을 느슨하게 잡았어. 아기새를 구하겠다는 데 뭐가 나빠? 그런 아빠가 미웠어. 그러고는 팔을 벌려 일부러 아빠와 조금 떨어져서 걸었어. 그 나이에 생각할 수 있는 소심한 복수였지."

"참 나."

"그때부터 우리의 손은 잡는 둥 마는 둥이었지. 그런데 몇 발자국 더 가다가 내 발이 치마에 걸렸던거야. 어쩐지 집을 나올때부터 그럴거 같았어. 그러면서 젖은 나뭇잎을 밟아 미끄러져 넘어졌지. 하마터면 경사진 위험한 숲으로 떨어질 뻔 한 거야. 난 깜짝 놀라 아빠의 손을 꽉 쥐었지. 아빠는 나보다 더 놀랐었나봐. 순간 내 손을 으스러뜨리는 줄 알았거든."

"얼마나 힘을 주셨으면..."

"그런데..."

"그런데...?"

"겨우 안정을 취하고 다른 손을 보았는데 새가 움직이지 않았어. 그때 새를 쥔 손에도 힘이 들어갔던 거야. 그 움찔했던 기억을 잊을 수 없어."

"새가 죽었구나."

"응... 믿어져? 그때는 내 손이 이만했다고!"

수아가 왼손을 펴고 오른손의 엄지와 검지를 왼손 손바닥 정도의 길이로 벌리며 말했다. 아리가 애써 담담

하듯 노력하며 답했다.

"그래, 살다보면 그런 일 있지."

"이렇게 작은 손으로 생명을 죽였다고! 아빠는 괜찮다고 하셨지만 난 하나도 괜찮지 않았어. 내가 대체 무슨 일을 저지른 건지... 정말 충격이 너무 커서 그땐 눈물도 나오지 않았어. 아빠 말대로 거기에 아기새를 그냥 두고 왔더라면, 미끌어질때 그렇게 힘을 주지 않았더라면, 그것도 아니면 새가 있던 그 자리에서 주변을 조금 더 꼼꼼히 살폈더라면."

"그런 일이 있을 줄 몰랐던 거잖아. 어린 수아의 잘못이 아니야."

"마음이 편치 않아 잠을 못 이루던 그날 밤에 아빠가 그러더군. 그런 일은 기억할수록 마음이 아프니 잊으려고 노력하라고, 그런데 잊혀지지 않는다면 차라리 그 새에게 이름을 지어주고 추모해 주라고."

"그래서 이름을 지어줬어?"

"로빈, 로빈이라고 지었어."

"왜?"

"그냥 지었어. 그냥 그 이름이 떠올랐어. 결국 그날이 아빠와의 산책 마지막 날이었어. 며칠 뒤에 떠나셨거든. 그 사건으로 난 아빠를 잡을 수 있는 기회를 놓쳐 버린 거였고."

"그건 아니라고 했잖아."

"물론 그렇지. 하지만 그때는 분명히 그렇게 생각했다는거야. 내가 그 일로 아빠를 보낸 거라고."

수아는 조금 전보다 더 떨었고 아리는 그런 수아의 어깨를 조금 더 힘주어 감쌌다.

"그래서 로빈을 살리겠다고 여기 온 거야?"

"내가 뭘 도전하려 여기 온 건 아닐꺼야."

"남의 얘기 하듯 하네?"

"잘 모르겠어. 뭘 하고 싶어 온 건지, 아니면 뭘 피하려고 온 건지."

그렇게 말을 하는 수아의 표정이 어두워졌다.

"행복하지 않구나?"

"행복? 그래, 언젠가 내 삶에도 그런 의미있는 단어가 찾아왔으면 좋겠네."

아리는 잠시 수아의 얼굴을 물끄러미 바라보며 그녀가 항상 웃는다면 기분이 어떨지 상상해 보았다. 그리고 어쩌면, 자신이 수아를 그렇게 해 줄 수도 있을 것 같다고 생각했다.

"얘기 잘 들었다. 수아. 고마워."

"뭐가?"

"그냥."

수아가 어깨를 감싸던 아리의 팔을 걷어내며 말했다.

"난 춥고 졸려서 더는 못 있겠네. 먼저 일어날게."

"그래? 그럼 같이 일어나자."

함께 자리를 마무리하려는 아리에게 수아가 말했다.

"넌 조금 이따가 들어오는게 좋겠어, 아리. 요즘 해나와 멀린이 우리 사이를 의심하고 있거든."

"그러라고 해. 어짜피 낮에도 항상 같이 있는데 뭐."

"낮과 밤은 다르지."

아리가 알아듣겠다는 듯 다시 앉으며 주머니에서 자동차 열쇠를 꺼내어 수아에게 건네며 말했다.

"그럼 가는 길에 이것 좀 사무실에 반납해 줄래? 근무하는 해나에게 전해줘도 좋고. 아까 운전 끝내고 바로 반납했어야 했는데 이미 너무 늦었다."

"내 말 들어줘서 고마워!"

수아는 반쯤 감긴 눈으로 아리에게 트럭 열쇠를 받아서 가디건 주머니에 넣고 연구소로 향했다.

낯선 방문자

"수아! 수아!"

수아가 그 소리에 눈을 떴을 때 어둠 속에서 해나가 와 있음을 알 수 있었다.

"어, 무슨 일이야?"

여명이 커튼 사이로 들어오고 있었다. 해나가 긴장된 소리로 조용히 입을 열었다.

"자는데 문 열고 들어온 거 미안해. 트럭 열쇠 수아가 가지고 있지? 열쇠 보관함에 없어서 아리를 깨워 물었더니 너한테 가 보라고 하더라."

수아가 힘들게 침대에서 몸을 일으켜 앉아 가라앉은 목소리로 옷걸이에 걸린 가디건을 가리키며 말했다.

"으음... 저것 주머니 확인해 볼래?"

해나가 주머니에서 열쇠를 꺼내들고 나가며 말했다.

"깰 것 없어, 나 간다."

수아가 알람 소리에 다시 잠에서 깬 시간은 오전 여덟시가 넘은 시간이었다. 곧 아침 식사가 마무리 될 것이었기에 수아는 서둘러 식당으로 향했다. 식당엔 아무도 없었다. 그 순간 해나가 새벽에 심각한 표정으로 자신을 깨운 일이 생각나면서 갑자기 불길한 느낌이 들었다. 음식을 식판에 담아 막 먹으려는데 케일이 뛰어들어와 다급한 소리로 말했다.

"수아, 여기 있었구나!"

"응, 늦잠자서 이제 왔어. 근데 모두들 어디갔어? 멀린도 안 보이고."

"다들 강당에 모여 있어. 원장님이 다 모이래!"

그렇게 말하는 케일의 표정이 심상치 않았다. 갑자기 고요의 냄새 이야기를 하던 타레스가 생각났다.

"혹시 타레스가?"

"얘기 들었어? 다들 너 찾고 있어. 빨리 가자!"

케일이 앞장서서 강당으로 뛰어갔다. 수아가 쿵쾅거리는 심장을 두 손으로 억누르며 식판을 그대로 두고 그의 뒤를 따랐다. 그리곤 마음으로 외쳤다.

'아니야, 아니야! 타레스, 아니지?'

수아가 강당에 도착했을 때 이미 모든 직원들이 거기에 모여 있었다. 엘리 원장과 코너, 타레스가 단상에 올라가 앉아있었다. 수아는 그제서야 안도의 한숨을 쉬고 조용히 빈 자리를 찾아 앉았다. 그러자 원장이 수아를 바라보며 말했다.

"한 수아씨 요즘 무슨 일 하죠?"

"아... 바다제비와 도요새 둥지를 사진찍고 있습니다. 새 카메라가 아직도 오지 않아서 아리와 함께 움직이고 있어요. 바다제비 둥지는 해발 86미터 서북쪽에서 른 개 가량이 목격되었고 도요새 둥지는..."

"아, 알았어요. 수아는 그거 잠깐 멈추고 다른 일좀 해야겠어요."

"다, 다른 일요?"

"며칠이면 될 거요. 다른 할 말 있는 사람?"

원장이 직원들을 둘러보며 물었다. 모두들 이 상황을 이해한 듯 아무도 손을 들지 않았다.

"그럼 긴급 회의는 여기서 마칩시다. 해나는 수아에게 상황 좀 이야기해 줘요."

원장은 이렇게 말하곤 강당을 빠져나갔고 다른 직원들도 뒤를 따라 나갔다. 수아가 가까이 있던 아리에게 무슨 일이 있었는지 물으려 하자 아리가 조용히 해나에게 들으라며 자리에서 일어섰다. 타레스가 나가려 할 때 수아가 걱정스런 눈빛으로 안부를 묻자 타레스는 조용히 수아의 어깨에 손을 올리고는 고개를 끄덕이며 그녀를 안심시켰다.

강당엔 이제 수아와 해나, 코너만이 남았다. 벽시계의
바늘은 아홉시를 넘기고 있었다.

"해나, 무슨 일이야?"

"잘 들어 수아, 술은 다 깬 거지?"

"당연하지, 그제 근무 선 후 피곤이 풀리지 않아서 늦
잠 잔 거야. 어제는 많이 마시지도 않았어. 그나저나
해나가 어제 근무였잖아. 어서 쉬어야지."

"그래야지, 근데 하도 놀라서 피곤하지도 않다. 새벽
에 내가 트럭 열쇠 가지러 간 거 기억하지?"

"그럼. 참, 타레스한테 무슨 일 있었던 건 아니지? 오
늘 서핑한다고 했었잖아."

"기억하는구나. 타레스가 오늘 새벽 혼자 보드를 들고
서쪽 해변으로 서핑을 하러 나갔어. 동트기 전의 파도
가 좋다나 뭐라나... 위험하게도 누구한테 알리지도 않
고 말이지."

"그 무거운 걸 혼자 들고?"

"해변까지 가는데 한시간이나 걸렸다더군."

"그런데?"

"해변가에서 누워있는 사람을 발견한거야."

"뭐?"

"서쪽 초소 앞이 낭떠러지잖아. 그 바로 밑 코코넛 나무 숲 알지? 그 근처 모래 위에서 누워있는 남자를 발견했다고!"

"그게 무슨 소리야. 누워있는 남자라니!"

이번엔 옆에서 듣고 있던 코너가 말했다.

"해나 말 그대로야, 수아. 누군가가 가만히 거기에 누워 있었어."

"무슨 말인지 모르겠네."

다시 해나가 코너의 말을 받았다.

"어떤 남자가 거기에 누워 있었고..."

수아가 해나의 말을 막고 말했다.

"그럼 어디에서 떠밀려 온거야? 그랬겠지. 주변에 난파선이라도 있었나?"

"눈 씻고 봐도 그런 건 없었어."

"그러면 뗏목 같은 거라도 타고 있었던거야?"

"아니, 그런 것도 없었어. 그것만 이상한 게 아니야. 그 사람 옷이 하나도 젖어있지 않았어."

수아가 놀란 눈을 하고 말했다.

"뙤약볕에 다 말랐겠지."

"새벽이었대두!"

"거기에 어제 온 것일 수도 있잖아."

"제이드가 어제 밤에 거기에 갔었어. 제이드는 항상 일과가 끝나기 전에 근무지 주변을 확인하잖아. 확실히 어제는 아무것도 보지 못했대."

다시 코너가 입을 열었다.

"어떻게 된 건지, 그 사람한테 무슨일이 벌어진 건지 전혀 모르겠어. 배가 부서져 조류에 밀려온 것이라면 분명히 그 사람 옷에 해초 같은 것이 묻어 있거나 주변에 있는 배의 파편 등이 보였을거야."

수아가 코너와 해나를 번갈아보며 물었다.

"젖은 것도 아니고 옷에 아무것도 묻어있지 않았다는 것이 말이 돼?"

코너와 해나가 동시에 말했다.

"말이 안 돼지!"

"그럼 하늘에서 떨어진 거 아냐?"

"생각을 좀 하고 말해, 수아."

"그럼 그 사람은 죽은거야? 누군지는 알아냈고?"

수아의 물음에 코너가 답했다.

"몸은 차갑고 의식은 없었지만 죽지는 않았어. 헌데 옷에 신분을 알 수 있는 게 하나도 없는 거야."

"그럼 깨어나면 물어봐야겠네."

이번엔 해나가 말했다.

"여하튼 타레스는 보드를 집어던지고 부리나케 사무실로 올라와서 내게 상황을 전했어. 우리는 트럭 열쇠를 찾았는데 사무실 보관함에 없어서 아리를 깨운거고. 아리가 어제 트럭을 사용했잖아. 근데 아리가 그 열쇠를 수아한테 줬다는 거야."

"그런 일이 있었구나."

"여하튼 나와 타레스, 아리가 그를 차에 싣고 와서 일단 비어있는 108호 방의 침대에 뉘인거야."

수아가 궁금함을 못 참겠다는 듯 일어서며 말했다.

"그럼 지금 그 사람이 거기 있어?"

해나가 수아의 강하게 팔을 잡아 끌며 말했다.

"잠깐 앉아, 수아. 코너의 이야기를 더 듣고 가. 난 사무실 뒷정리가 남아있어서 먼저 일어날게."

"그래 어서 정리하고 가서 쉬어 해나."

해나가 나간 후 코너가 입을 열었다.

"내가 잠깐 살펴봤는데 호흡과 맥박은 정상이야. 고열은 아니지만 저체온증은 의심돼."

"그럼 어떻게 된 거라는 거야? 그냥 기절한거야?"

"기절한 거였다면 진작 깼을거야. 근데 그 사람 마치 잠든 거 같더라."

"만약 잠든게 맞다면 트럭에 싣고 여기에 데려오는 동안 깼어야 하는거 아냐? 비포장 경사로에서 얼마나 덜컹거렸겠어?"

"맞아, 잠든게 맞다면 당연히 그때 깼어야지. 근데 반응이 전혀 없더라고. 그냥 느낌이지만 다른 세상 사람인 것처럼 아무도 그를 깨울 수 없는거 아닌가 하는 생각까지 들더라고."

"소변검사, 피검사는 해 봤어?"

"저러고 있는데 소변검사를 어떻게 해? 피검사는 이제 해 봐야지."

"그럼 어떻게 해야 깨는 거야?"

"당장 내가 해 줄수 있는 게 없어. 그가 스스로 깨어나길 바라야지."

"큰 병원에 가야 하는 건 아니고?"

"여기선 더 할 게 없으니 큰 병원에 가서 여러 검사를 받아봐야 할 거야. 그래서 원장님이 아침 일찍 재단본부에 연락해 놓았어. 내가 전에 근무하던 병원에도 연락했다고 했고."

"그럼 곧 헬기가 오겠네."

"당연히 그래야 하는데 지금 연말이잖아. 이래저래 좀 늦어질 것 같다고 하더라고."

"이런."

"여건이 되면 배건 헬기건 빨리 오는 것에 그 사람을 태워 보내야지. 그때까지는 누군가 계속 그 사람을 살펴야 해. 내 생각대로 잠든게 맞다면 내일이라도 깨어날지 몰라. 그럼 참 다행이지만..."

"그래, 누군가 지켜 봐 줘야겠지."

"그렇지? 누군가 신경써서 지켜야지. 근데 연말이라 모두 정신들이 없더라고."

"응? 하긴 그렇겠지."

"아까 원장이 나가면서 수아에게 잠깐 다른 일 해야 된다는 이야기 기억하지?"

"그럼 그게...?"

"그래, 며칠만 108호에 수시로 왔다갔다 하면서 그 사람 상태 좀 살펴줘."

수아는 조용히 일어나 강당을 나와 식당으로 다시 향했다. 다행히 아까 가져다 놓은 식판이 그대로 있었다. 주방에서 멀린이 나와 말했다.

"그러잖아도 수아 것이다 싶었지. 따뜻한 계란 프라이라도 좀 해 줄까?"

"아녜요, 이걸로 충분해요. 그나저나 멀린도 그 사람 소식 다 들은거죠?"

"그럼, 나도 아까 강당에 있었잖아. 거기서 나 못 봤어? 난 수아 오는거 다 보고 있었는데."

"너무 정신이 없었나봐요. 뭘 어떡해야 돼요, 나?"

멀린이 옆에 가만히 앉아 수아의 귀에 얼굴을 가까이 대고 조용히 말했다.

"거기 가 봤어?"

"네?"

"108호 말야."

"여기 우리밖에 없어요. 크게 말하셔도 돼요."

멀린은 그제서야 겸연쩍은 듯 자세를 고쳐잡고 주변을 둘러보며 다시 말했다.

"아니, 뭐 그냥. 근데 그 사람 보고 오는 거냐고."

"아직요, 용기가 안 나서요. 식사라도 해야 가 볼 용기가 날 것 같네요."

"그렇지, 배가 든든해야 뭐라도 하지. 근데 그 사람 무슨 사연일까?"

243

"멀린은 그 사람 봤어요?"

"그럼, 새벽에 뒷문이 쾅하고 열려서 복도로 나가봤지. 아리와 타레스가 정신없이 들것에 무언가 싣고 들어오고 있었어. 해나도 우왕좌왕 하고... 거기에 뭐가 들었나 싶었는데 사람이란 거 알고 깜짝 놀랐네. 근데 수아는 그때 아무 소리도 못 들었단 말이지?"

"어제 너무 피곤했나봐요. 아리가 운전했다면서요?"

"그럼, 아리 말고 누가 하겠어? 해나가 네 방에 들러 트럭 열쇠를 찾아서는 아리한테 간 거겠지."

"네이키도 운전 잘 하는데..."

"그랬어? 몰랐네."

"아리는 어제도 늦게 자서 피곤할텐데..."

"둘이 뭐 있지? 매일 같이 붙어다니잖아."

"업무가 같아서 그런거잖아요."

"내가 보긴 그것만은 아니야."

"마음대로 생각하세요."

수아는 식사를 마치고 물을 마신 뒤 문 옆에 달린 거울에 자신의 모습을 비춰보고는 천천히 식당에서 나와 108호로 향했다. 문 앞에서 큰 호흡을 하고 손잡이를 잡으려는데 복도를 서성이던 아리가 달려왔다.

"수아, 괜찮아?"

"여기서 나 기다렸어?"

"응, 충격 받았을까 봐."

아리의 걱정에 수아가 답했다.

"내가 충격 받을 게 뭐 있겠어. 그나저나 잠은 좀 잤어? 새벽에 깼다며."

"하루 못 잔다고 별 일 생기겠어?"

"참, 열쇠 제자리에 가져다 놓지 못한 거 미안해."

"지난 일이야. 피곤하지도 않아. 오늘 좀 일찍 자면 되지 뭐. 혼자 들어가기 어려우면 같이 들어갈까?"

"아냐, 걱정 마. 내 일이잖아. 며칠이겠지만."

"여기서 기다릴게."

"그러지 마. 누가 봐."

수아는 약간 떨리는 손으로 얼음처럼 차가운 108호 문 손잡이를 조심스레 돌려 열었다.

"끼이익."

초록색 가방

그날도 수아는 여느날처럼 아침 식사를 차려 놓고 잠든 아빠를 물끄러미 바라보고 있었다. 하지만 얼마 지나지 않아 아빠가 영영 깨지 않을 잠 속으로 들어간 것임을 느낄 수 있었다. 수아를 바라볼 때조차 눈동자 속에 별만 가득했던 아빠는 결국 그의 바람대로 하늘의 별이 된 것이었다. 수아는 아빠가 병든 몸으로 가족에게 돌아왔을 때부터 그를 조금씩 마음에서 놓아주었기에 눈물을 펑펑 흘릴 만큼 허무하지는 않았다. 하지만 자신에게 그늘과 쉴 곳을 만들어주던 커다란 나무가 더이상 세상에 없다는 것을 받아들여야 했다. '아빠는 이제 나만 비춰주지는 않을 거니까. 아빠는 누구라도 볼 수 있는 하늘의 별이 된 거니까.'

길고 어두운 방 끝 창 앞에 놓인 침대에 그가 누워있다. 닫힌 커튼 사이로 들어온 강렬한 빛이 그의 실루엣을 보여주고 있었다. 수아는 그의 머리 위로 조심스레 팔을 뻗어 커튼을 열었다. 덥수룩한 수염 탓에 나이를 가늠하기 힘들었지만 그는 젊은사람 같았다. 그녀는 떨리는 손으로 그의 코에 손을 가져갔다. 미세한 바람이 느껴졌다. 그가 입고 있는 옷은 군복처럼 보였지만 이름표나 계급장 같은 것은 찾을 수 없었다. 수아는 식탁에 놓인 물병에서 물을 한잔 따라 테이블에 올려놓고 잠시 그를 위해 기도했다.

'당신은 죽은게 아니니 결국 깨어날 거예요'

방에서 나오는데 복도에 아리가 아직 있었다.

"수아, 그 사람 어떤 것 같아?"

"그 사람 코코넛 나무숲 근처 해변에서 발견되었다고 했지? 나 거기좀 다녀올게."

"거길 왜?"

"새를 살리려면 새가 떨어져 있던 자리에서 주변을 더 살펴야겠지."

아리는 알아듣겠다는 듯 고개를 끄덕이며 말했다.

"같이가자. 내가 사무실에서 트럭 열쇠 가져올게."

"괜찮아 아리. 방해하기 싫어. 천천히 걸어가 볼래."

"어딘 줄 알고? 금방 다녀올게. 잠깐 기다려."

아리는 수아를 트럭에 태우고 그 사람이 발견되었던 곳으로 출발했다.

"저기야. 저 나무 옆이었어."

수아는 트럭에서 내려 그 사람이 누워있었다는 곳 주변을 천천히 살펴보았다. 아리가 시동을 끄지 않은 채여전히 운전석에 앉아 큰 소리로 물었다.

"뭐가 더 나올까?"

"아무것도 안 나와도 할 수 없고!"

수아는 여전히 시선을 모래사장에 고정한 채 큰 소리로 대답했다. 금방 다시 차로 돌아올 표정은 아니었다. 아리는 시동을 끄고 차에서 내려 수아의 옆으로 왔다.

"혹시 뭐가 더 있었다고 해도 이미 파도에 쓸려갔을거야. 그렇지 않았다면 아까 우리가 발견하지 못했을리 없지. 그만 들어가자. 이런게 네 일도 아니고."

"그렇긴 하지만..."

수아가 주변을 조금 더 둘러보곤 천천히 고개를 하늘로 향했다. 그리고 손가락으로 한 곳을 가리켰다.

"아리, 저거 보여?"

아리도 고개를 들어 그쪽을 쳐다보았다.

"서쪽 초소 말이지? 맞아. 여기가 바로 그 밑이야."

"그게 아니라 저 검은 거."

수아의 손가락은 코코넛 나무의 가장 높은 가지를 가리키고 있었다. 높이는 족히 15미터가 넘어 보였다.

"응, 뭔가 보인다."

"저게 뭐 같아?"

"가방."

"누구 가방?"

둘은 서로를 쳐다보았다.

"무슨 생각해 수아, 그거 아니야. 말도 안 되잖아!"

"아리, 네 생각도 같은거 아냐?"

"아냐, 아침엔 저거 못 봤어."

"아침이 아니라 어두운 새벽이었지!"

"그리 어둡지 않았어. 너무 멀리 가지 말자 수아. 저 가방은 서쪽 초소에서 누군가가 떨어뜨린 것일거야."

"언제?"

"모르지. 연구소 들어서기 전이거나... 그리고 혹여..."

"혹여 뭐?"

"혹여 네가 생각하는 것이 맞다고 하더라도 그럴 필요까지는 없어."

"그럴 필요?"

"그, 그냥 신경 쓰지 않다도 된다고. 저사람 그냥 깨어나면 다행인거 아냐? 내일이라도 배가 오면 곧 고향으로 갈 거고, 그렇지 않겠어?"

"하긴..."

"그래, 우리한테 중요한 일이 아냐 수아. 그만 돌아가
자. 점심시간 다 되었어!"

아리 말대로 나무에 매달려 있는 가방은 중요하지 않
은 것일지도 모른다. 둘은 돌아와서 아무렇지 않게 점
심을 먹었다. 아리는 그제서야 피로가 몰려왔는지 식
사를 하는 내내 졸린 눈을 하고 있었다.

"빨리 먹고 가서 좀 자 아리. 피곤하겠다."

점심식사 후에 수아가 108호로 들어가려고 손잡이를
잡으려는 순간 코너가 안에서 문을 열고 나왔다.

"놀래라. 수아 왔구나. 밥은 먹었어?"

"응 방금 먹었지. 그 사람 좀 어때?"

"그대로야. 환기시키려고 창문을 좀 열었어. 조금 이
따가 창문과 커튼 좀 닫아줄래? 식사 좀 하고 올게."

"응, 그럴게. 근데 커튼은 열어도 되지 않아? 빛이 들
어와야 좀 빨리 깰 수도 있는 거 아닌가?"

"음... 하긴, 그렇게 하자. 나갈 때 창문만 닫아줘!"

"참, 저 사람 주머니도 다 살펴 본거지?"

"응, 다 살폈고, 아무것도 없었어."

"이 사람 피검사 결과는 나왔어? "

"응, 전반적으로 좋지는 않아. 빈혈도 좀 있고. 신장
쪽도 제대로 살펴봐야 할 것 같아."

"그렇군. 다른 부분은 괜찮을까?"

"혈중 칼슘수치가 낮아. 근육 경련 같은 것도 있는 것
처럼 보이고. 몸이 많이 차가워. 그게 다른 증상에 영
향을 준 건지는 알아봐야겠어. 또 저 칼슘증도 의심되
지만 소통이 불가능하니 제대로 확인하기 어렵지. 깨
어나더라도 조심스럽게 움직여야 할거야."

열린 창문으로 미세한 바람이 불어왔다. 오후의 바람
치곤 상쾌했다. 그의 팔을 잡고 조금 흔들어 보았으나
아무런 반응이 없었다. 수아는 침대 옆 테이블 의자에
무너지듯 앉아서 그를 응시했다. 그는 어떻게 보면 곧
깨어날 것 같았고 또 다르게 보면 영영 깨어나지 않
을 것 같았다. 오후의 햇살이 그의 얼굴을 가득 비추
고 있었다. 그의 표정도 햇살처럼 온화해 보였다. 잠
시 시간이 멈춘 듯 했다. 수아가 커튼을 다시 닫으려
는데 식사를 마친 코너가 들어왔다.

"별일 없었지? 나 곧 또 나가 봐야 돼. 다음주까지 약
상자 정리할 일이 태산이다."

"코너 이 사람, 깨어날까?"

수아가 다시 의자에 앉으며 진지하게 물었다. 그 말에 코너가 테이블에 걸터앉으며 말했다.

"내가 기억하는 꿈 중에 가장 오래된 꿈이 있는데..."

수아가 멀뚱멀뚱 다음 이야기를 기다렸다.

"초등학교 다닐때였을거야. 학교에 지각해서 운동장을 가로질러 마구 뛰어서 건물 안으로 들어간 거야."

"그래서?"

"복도에서 까치발을 하고 교실 문에 달린 창으로 안을 들여다보니 이미 수업이 시작되었더라고. 급한 마음에 어서 들어가려고 문 손잡이를 잡고 옆으로 밀었는데 열리지 않았어. 그래서 문을 두드렸지. 누구라도 그 소리를 듣고 문을 열어주길 바란거지. 그런데 아무도 내게 신경을 쓰지 않더라고. 나는 그 상황이 이해가 가지 않아서 미친듯이 문을 더 두드렸어."

"그래서 결국 누가 열어줬어?"

"친구들과 선생님은 그냥 수업에 열중할 뿐이었어. 누구도 내 소리를 들을 수 없었던거야. 마치 내가 세상에 없는 사람인 양 말야. 아니면 내가 있던 복도와 교실 안이 완전히 다른 세상인 것 같기도 했어."

"무서웠겠네. 헌데 꿈 얘기를 꺼낸 이유라도 있어?"

"응, 닿을 수 없다는 것이 그렇게 무섭더라는 걸 말하고 싶었어. 이 사람을 보고 그 꿈이 다시 생각났거든. 그냥 그랬어. 가볼게."

수아가 커튼을 닫으며 말했다.

"그래 나가 봐. 나는 조금 더 지켜볼게."

"금방 깰 것 같지는 않으니 그리 바짝 긴장하지 않아도 될 거야, 수아. 근데 커튼 여는 것이 좋다며?"

수아는 잠시 더 그를 지켜보다가 방에서 나와 부둣가로 향했다. 아리와 함께 트럭으로 움직일때 보다 힘들고 시간이 걸렸지만 마음은 오히려 편했다. 그녀는 동물 우리를 해체한 나무들을 모아둔 곳에 가서 목재 더미 중 한 개의 밧줄을 풀고 나무막대 하나를 빼냈다. 테르낭이 놓아 두었던 톱은 다행히 그 자리에 그대로 있었다. 수아는 톱으로 그것을 한뼘 정도 길이로 잘라서 밧줄과 함께 들고 그 사람이 발견된 장소로 힘들게 걸어갔다. 그 가방은 아직 거기에 있었다. 수아는 밧줄로 나무조각 한가운데를 단단히 묶고 가방이 걸려있는 곳을 유심히 바라보았다.

'가능해, 가능해.'

수아는 그곳을 향해 나무조각을 힘껏 집어던졌다.

'수아, 힘이 그것 밖에 안돼? 더 힘껏 해야지!'

두번째 던진 것은 적당한 높이로 올라갔으나 방향이 맞지 않았다.

'거 봐, 할 수 있다고 했지. 그런데 조금 더 오른쪽으로 던졌어야지!'

세번째 던졌을 때는 밧줄 끝이 오른 팔에 걸려서 높이 날아가지 못했다.

'왼손으로 밧줄의 끝을 잡고 던져야겠어.'

네번째 던졌을 때는 밧줄 끝을 제 때 놓지 않은 바람에 나무조각이 중간에서 당겨져 바로 떨어졌다. 다섯번째는 나무조각이 가방을 살짝 건드렸다.

'그래, 할 수 있다니까! 어휴 팔이야.'

여섯번째는, 일곱번째는, 여덟번째는, 아홉번째는... 수아는 스무번째까지 머릿속으로 세고 그 이후엔 수를 헤아리지 않았다. 이제 수아의 눈엔 그곳만 보였다. 나무조각이 드디어 가방 옆 나뭇가지에 걸렸다.

'걸렸어. 잘했어 수아. 천천히, 천천히 나무조각을 가방 쪽으로 당겨야 해.'

조금 전까지 빠질 것 같던 두 팔도 이제 남의 것인양 더이상 아프지 않았다. 밧줄의 끝은 다행히 수아의 팔에 닿을 정도 길이에 늘어뜨려져 있었다. 수아는 어릴적 아빠가 거실 바닥에서 가만히 있던 파리를 컵으로 덮어서 잡는 모습을 본 적이 있었다. 아빠는 먼 발치에서 자신에게 다가오려는 수아에게 오지 말라는 손짓을 한 후 파리의 머리부분 위에서 컵을 가만히 들고만 있었다. 결국 그 컵이 파리를 가두지 못했다면 수아는 아빠의 손이 영원히 멈춰 있다고 생각했을 것이었다. 수아는 그 시간이 길고 지루했다. 아빠는 다른 존재를 얻으려면 그 존재의 시간 속으로 들어가야 한다고 말했었다. 당시에는 그 말을 제대로 이해하지 못했지만 수아는 지금 그 기억을 되살리고 있다. 그녀는 천천히 나무조각을 당겨서 그 가방을 모래 위에 떨어뜨리는 데 성공했다. 비로소 그것이 보로나에 안착한 것이었다. 수아는 그 자리에 풀썩 주저앉았다. 밧줄은 땀에 절었고 온몸은 땀에 젖었다. 주변은 이미 어두웠다. 해는 한참 전에 이미 넘어갔으며 허기도 오래전에 사라졌다. 그때 저 멀리서 시작된 트럭의 불빛이 수아의 앞에 멈춰섰다.

"수아! 여기 있을 줄 알았다."

"어떻게 여기까지 왔어?"

아리가 떨어진 가방과 코코넛 가지 위를 번갈아 쳐다 보더니 가방을 집어들곤 트럭에 넣으며 말했다.

"고생했다. 타!"

수아가 말없이 손으로 밧줄과 나무조각을 가리켰다. 아리가 그것들도 트럭에 싣고는 주저앉은 수아를 일으켜 차에 태우고 사무실로 향했다. 오분쯤 후에 연구소에 도착한 둘은 건물로 들어갔다. 아리가 조금 퉁명스런 말투로 물었다.

"그 가방 칼슨한테 가져다 줄거지? 아니면 네이키?"

"그래야 할까?"

"아니면 원장한테 보고하든가. 그러면 원장이 창고관리에게 보내라고 하겠지."

"창고관리직은 내년 초에 온다고 했잖아."

"맞지, 그래서 그 사람이 오기 전까진 네이키가 그 일 당담한다고 했었잖아."

"그래, 누구에게든 갖다주지 뭐. 됐지?"

"그 가방이 뭐가 그렇게 중요해? 그 사람은 뭐가 그리 궁금하고?"

"그냥, 아니 나도 잘 모르겠어."

"물어본 내가 바보다. 배고프지? 식당에 가자!"

"지금이 몇신데 식당엘 가? 말도 안되는 소릴!"

"멀린이 너 꼭 데려오랬어. 1인분 남겨 뒀다고."

수아가 가방을 자신의 방 테이블 위에 두고 아리와 함께 식당에 갔을때 주방에 있던 멀린이 나와 저녁 메뉴로 나왔던 볶음밥과 으깬 감자를 식판에 담아 수아 앞에 놓으며 말했다.

"어서 먹어. 도대체 지금이 몇시야, 수아?"

"고마워요 멀린."

"알겠고, 근데 이 시간까지 어디 있던 거냐고?"

"그 사람 발견된 곳에 있었어요."

"거길 왜?"

수아를 옆에서 물끄러미 지켜보고 있던 아리가 수아 대신 대답했다.

"그럴 일이 있었나보죠."

"수아한테 물은거야!"

그러자 이번엔 수아가 먹던 숟가락을 놓으며 말했다.

"그냥요."

멀린이 물었다.

"왜, 맛이 없어?"

"아니, 그런게 아니라... 소화가 잘 안되나봐요. 이거 방에 가져가서 이따가 마저 먹을게요."

"마음대로 해. 속상하다 정말!"

멀린이 조금 화난 말투를 내뱉곤 주방으로 가자 수아가 접시를 들고 일어나서 조용히 아리에게 말했다.

"고마웠어. 아리 아니었으면 아직도 나 거기 어딘가에서 기절해 있을지도 몰라. 피곤할텐데 어서 가서 자."

"그래, 너도 딴생각하지 말고 푹 쉬어."

수아가 방에 들어와 스탠드를 켜고 벽시계를 보니 열시가 다 되어 있었다. 그 가방은 태양 아래선 검정색으로 보였지만 지금 살펴보니 짙은 녹색이었다. 수아는 복도에 아무도 없는 것을 확인한 후 108호로 문을 열고 조용히 들어가서 스탠드를 켰다. 오전에 그 방을 나올 때와 마찬가지로 그는 여전히 잠든 것처럼 보였고 테이블 위엔 코난이 두고 간 물잔만 하나 덩그러니 놓여있을 뿐이었다. 조금 열린 커튼 사이로 들어온 달빛이 그의 얼굴에 닿아 있었다. 수아는 달빛을 따라 그의 이마를 만져보았다.

'이 사람 왜 깨지 않는 걸까? 이봐요 당신, 왜 깨어나지 않는 거예요?'

수아는 이 사람에 대한 자신의 관심을, 그냥 원장이 부탁했기 때문이라던가 아니면 그냥 순수한 호기심이라고 애써 생각하고 싶었다. 수아는 잠시 후 자신의 방으로 다시 돌아와 테이블 의자에 앉았다. 수아는 이 가방이 틀림없이 그의 것이라고 판단했지만 다른 사람들도 그렇게 생각할지는 모르는 일이었다. 어쩌면 그들은 아리의 말처럼 예전에 누군가가 서쪽 초소 옆 절벽에서 떨어뜨린 것이라는 말에 더 공감할 것 같았다. 하염없이 가방을 응시하고 있으니 마치 세상엔 자신과 가방 단 둘만 존재하는 것 같았다. 잠시 후 가방으로부터 어떤 소리가 들리는 것 같이 느껴졌다.

'넌 누구니? 내가 너한테 왜 그렇게 중요한 건지 넌 아니? 그걸 모른다면, 보는 것을 믿을 자신이 없고 믿는 것을 말할 자신이 없다면 아무짓도 하지 말고 날 내 주인에게 돌려줘. 네가 알고 있는 그 사람에게로 말이야. 난 연약한 존재인 너를 더이상 혼란에 빠뜨리고 싶지는 않아.'

수아는 온몸으로 그 소리를 느낀 후 마음이 어지러웠다. 벽시계는 어느새 밤 열한시를 가리키고 있었고 백열전구에서 나는 <삐~>하는 소리는 거대한 삽으로 귀 속을 후벼 파는 듯 수아를 괴롭혔다.

'난 한 수아야. 한국에서 왔어. 내 마음이 왜 이런지는 모르지만 너와 네 주인이 너무 궁금해서 미치겠어! 그리고 난 연약하지 않아. 연약한 사람은 살던 곳을 떠나 이 먼곳까지 오지 않는다고! 그래, 나는 네 주인이 그 사람이라고 생각해. 하지만 그는 깨어나지 않고 있잖아. 그는 그 높은 나무 위에 너를 방치했지만 나는 너를 구해줬어. 식사도 거르고 비오듯 땀을 흘려가며 너를 여기로 데려왔다고. 그러니 나는 내가 하려던 것을 할 자격이 있다고 생각해!'

수아는 거칠게 가방 덮개를 열고 손을 집어넣어 안에 잡히는 것을 꺼냈다. 그 안에는 표지가 해진 공책과 연필만한 나뭇가지 같은 것이 들어 있었다. 그건 활처럼 휘어져 있었고 끝이 뾰족했다. 수아가 천천히 공책을 열어보니 안쪽은 알수 없는 기호와 낙서 같은 것들로 채워져 있었다. 그런 것은 뒤로 몇장 더 그려져 있었다. 갑자기 피로가 몰려와 눈꺼풀이 무거워졌다.

"별 것도 아니구만!"

수아는 공책을 덮은 후 나뭇가지와 함께 다시 가방에 넣었다. 볼을 두어번 부비고 일어나 그것을 캐비넷에 던져넣고는 아무렇지 않은듯 침대에 누웠다. 그리곤 두어번 발을 동동 구르다 다시 일어나 앉았다. 빨리 새아침이 오고 그 하루가 빠르게 지나가서 지금 흔들리는 이 감정들이 안정되었으면 좋겠다는 생각이 간절했다. 벽시계의 바늘은 이제 새벽 한시를 조금 넘기고 있었다. 그녀는 잠시 심호흡을 하고는 가디건을 걸친 후 조용히 방문을 열고 복도로 나가서 108호의 손잡이를 돌렸다. 심장이 터질것만 같았다. 방은 커튼 사이로 들어온 달빛과 그의 숨소리로 가득했다. 수아는 그가 누워있는 침대 옆 의자에 앉아 테이블에 엎드려 눈을 감았다.

'벌레들아 울어라. 바람에 불어라. 천둥아 쳐라.'

수아는 바람과 별과 신의 도움을 받아서라도 자신을 혼돈에 빠뜨리는 그의 숨소리에서 벗어나고 싶었지만 그를 어두운 방에 혼자 두고 싶지는 않았다.

그의 이름

얼마 후 눈을 뜬 수아가 멍한 눈으로 고개를 돌려보니 달빛에 비친 벽시계 바늘이 새벽 다섯시 오분을 가리키고 있었다. 어깨와 목이 빠질 것처럼 뻐근했다. 방 안은 어둠속 고요로 가득했기에 수아는 아주 작은 소리, 그러니까 벌레가 기어가는 소리라던가 별빛이 반짝이는 소리가 자신을 깨웠을 수도 있다고 생각했다. 그녀가 허리를 펴서 자세를 고쳐잡고 천천히 그가 누워있는 침대 쪽으로 고개를 돌렸는데 그가 상체를 일으키고 앉아서 자신을 바라보고 있는 것이 아닌가? 그 실루엣을 보는 순간 수아는 너무 놀라서 의자에서 떨어질 뻔했다. 허둥지둥 자리에서 일어나 뒷걸음쳤다. 그러나 그는 미동도 하지 않았다. 그의 표정이 궁금해 졌다. 수아는 잠시 호흡을 가다듬고 조용히 말했다.

"저... 부 부 불을 켜도 될까요?"

그는 대답하지 않았다. 수아는 손을 뻗어 테이블 위 스탠드의 스위치를 켰다. 그리고 그의 얼굴을 유심히 바라보았는데 그의 눈에서 눈물이 흐르고 있었다.

"왜, 왜 울어요?"

수아는 테이블 위에 있던 티슈를 한장 꺼내어 조심스레 그에게 다가가 눈물을 닦아주었다. 그가 말없이 수아를 올려다보자 수아는 무언가에 홀린 듯 살포시 그를 안아주었다.

'왜 울어요? 불쌍한 사람.'

그는 수아의 허리를 감싸고 조용히 흐느꼈다. 그런데 갑자기 시간이 멈춘 것 같았고 잠시 후 수아는 그의 몸에서 뭔가 뜨거운 것이 자신에게 전해지는 것 같다는 느낌이 들었다. 그 순간 수아는 깊은 잠에 들었다가 순식간에 깬 것 같은 몽롱함을 느꼈다. 그가 허리를 잡아주지 않았다면 아마 넘어졌을 것이었다.

'무슨 일이지? 잠깐 정신을 잃었던 것 같은데...'

그 사이 그는 흐느낌을 멈추었다.

'당신 괜찮아요.'

"예?"

수아는 그가 뭐라고 한 것 같아 놀란 눈으로 그를 쳐다보았지만 그의 다문 입을 보고는 이내 자신의 착각이라고 판단했다.

'그럴 리 없지, 내가 잘못 들었겠지.'

그는 손가락으로 창밖을 가리켰다. 수아가 커튼을 열

어 주었다. 그의 손가락 끝은 여명을 가리키고 있었다.
수아가 차근차근 말했다.

"창문 밖에 뭐 있어요? 해가 뜨고 있어요."

그녀의 말에도 그는 여전히 자세를 유지하고 있었다.

"저거 보러 갈까요?"

수아가 그렇게 말하고 그의 눈을 쳐다보았다. 세상에
안 가본 곳이 없을 것 같았던 그의 신발은 코너가 침
대 아래 두었기에 수아는 테이블 옆에 있던 슬리퍼를
침대 아래 가져다놓고 말했다.

"일어설 수 있겠어요? 걸을 수 있겠어요?"

그가 이불을 걷고 조심스레 다리를 내려 슬리퍼를 신
었다. 수아는 그의 두 손을 잡아 일으켰다.

"새벽 바람이 차가울 거예요."

수아는 입고 있던 가디건을 벗어 그의 등에 덮어 준
후 그의 손을 끌고 복도로 나와 뒷문으로 향했다. 수
아는 왠지 모를 흥분감에 휩싸인 나머지 몸이 너무
가벼워져서 마치 발이 땅에서 떠서 걸어가는 것 같다
고 생각했다. 처음엔 힘들어 보였던 그의 걸음걸이도
차츰 좋아졌다. 둘은 뒷문으로 빠져나가 오른쪽으로
난 내리막길을 걸어 동쪽 초소로 향했다. 그곳은 연구

소에서 가장 일출이 잘 보이는 곳이었다. 수아는 그의 얼굴을 제대로 보기 위해 고개를 돌렸지만 그는 앞만 보고 걸어갈 뿐이었다. 수아는 오랜만에 걷는 그가 힘들어하지 않도록 그의 발걸음에 맞추어 천천히 걸었다. 10분쯤 걸어서 동쪽 초소 앞 벤치에 다다랐을 때 여명이 보로나를 물들이고 있었다. 둘은 나란히 벤치에 앉아 해를 바라보았다. 약간 썰렁함을 느낀 수아는 이 남자의 어깨에 기대고 싶다는 생각을 했다. 아니면 이 남자가 자신의 어깨에 기대면 어떨까 상상해 보았다. 그는 잠시동안 태양을 응시하더니 눈을 감고 크게 숨을 들이켰다. 수아는 유심히 그 모습을 지켜보았다.

'당신은 누구예요? 어디에서 왔어요?'

하지만 정작 수아가 궁금한 건 자신이 왜 이 사람에 대해 이렇게 마음을 쓰고 있는지에 관한 것이었다. 적도의 태양이 완전히 수평선에 올라오자 수아가 그를 보며 조용히 입을 열었다.

"이제 들어가요 우리."

이제 곧 평범한 하루 일과를 시작할 동료들에게 자신의 흥분된 표정을 보이고 싶지도, 심장소리를 들리게 하고 싶지도 않았다. 건물로 돌아왔을 때 어두웠던 복도가 아침 햇살로 서서히 채워지고 있었다. 저 멀리서 이쪽으로 오고 있는 누군가가 보였다.

"수아, 수아 맞지?"

"코너?"

"응, 옆에 있는 사람은 누구야? 아리야?"

코너의 물음에 수아가 대답 대신 턱으로 자신의 오른손을 잡고 있는 그 남자를 가리켰다. 코너가 가까이 다가와서 그 사람의 얼굴을 확인하고는 화들짝 놀라며 한걸음 뒤로 물러났다.

"그, 그, 그..."

"그 사람 맞아."

"아, 아, 안녕하세요?"

코너의 인사에도 그는 무표정이었다. 그러자 코너가 수아를 다시 쳐다보며 물었다.

"어, 어떻게 한거야?"

"수아!"

그때 중정 쪽에서 아리가 부르는 소리가 들렸다. 수아가 그를 잡고있던 손을 놓고 아리를 쳐다보았다.

"응, 아리."

"왜 이렇게 행동해?"

아리가 그의 등에 둘러있는 수아의 가디건에 시선을 고정한 채 다그치듯 말했다. 수아가 가디건을 다시 가져와 입으며 말했다.

"내가 뭘 했기에!"

"이 사람 깨어났으면 바로 코너에게 말했어야지!"

"코너는 가만히 있는데 네가 왜 이래?"

"어제 밤에는 어디에 있었던 거야?"

"뭐? 아니, 여기서 이러지 말자. 이 사람 불편해 해."

수아는 당황해하는 아리와 코너를 복도에 남겨둔 채 그 남자의 손을 잡고 식당으로 향했다. 주방의 벽시계는 일곱시를 가리키고 있었다. 아침 식사에 내놓을 채소를 볶고 있던 멀린이 놀란 눈을 하고 와서 수아와 남자를 번갈아 보며 작은 소리로 수아에게 말했다.

"어... 어떻게 된 거야?"

"이 사람 무척 배고플 거예요. 혹시 지금 먹을만한 것이 있을까요? 어제 먹다 남은 것이라도 좋아요."

멀린이 이번엔 입모양을 보지 못했다면 알아듣지도 못 할만한 작은 소리로 물었다.

"이 사람 언제 깨어난 거야?"

수아가 남자를 의자에 앉히고 나지막이 말했다.

"두시간쯤 전에요."

멀린이 다시 조용한 소리로 물었다.

"저 사람 우리 얘기 알아들어?"

"아마도요."

"그럼 대화가 통한다는 거네?"

"그렇진 않을 거예요."

"그건 뭔 소리야?"

멀린이 그렇게 말하며 어제 저녁 메뉴인 보리로 만든 빵과 스프를 데워 함께 내놓았다. 수아가 천천히 그의 등을 토닥이며 말했다.

"이봐요. 배고플텐데 이거 먹어봐요!"

"얘기 좀 하자. 수아."

식당 문에 기대고 서 있던 코너가 말했다. 수아는 멀린에게 그 남자를 잘 부탁한다는 눈짓을 남기고 코너와 아리를 따라 그 남자가 누워있던 방으로 갔다. 코너가 수아에게 물었다.

"네 말대로라면 이 사람 다섯 시경 깨어났단 거네?"

"아마 그럴꺼야. 근데 이 사람 열 없는 거 맞아? 아닌 것 같던데..."

"처음엔 오히려 체온이 낮은 것 같다고 했지. 지금 상태를 봐도 열이 있는 것 같지는 않아, 근데 왜 물어?"
이번엔 듣고 있던 아리가 말했다.

"걱정되어서 그랬겠지."

코너가 수아에게 다시 물었다.

"그 사람 이마가 뜨거웠어?"

"아니, 그냥... 그런 거 같아서..."

"어딜 만져 본거야?"

"어... 잠깐 소 손을 잡아 봤어. 근데 좀 뜨겁게 느껴
져서... 아니면 다행이고..."

이야기 중에 멀린이 방문을 열고 말했다.

"그 사람 식사 끝났다! 많이 안 먹던데?"

그러자 코너가 말했다.

"원장님께 가자 수아. 이 사람 깨어나는대로 보고하라
고 했잖아."

수아와 아리, 코너는 그 사람을 데리고 원장실에 갔다.

"오래도 주무셨군, 그래도 깨어나서 다행이오. 얼마나
걱정했는지... 여기가 어딘지는 알죠?"

그가 대답이 없자 원장이 코너를 보며 물었다.

"이 사람 말 못해요?"

코너는 조용히 고개를 돌려 수아를 쳐다보았다. 그러

자 원장이 이번엔 수아에게 물었다.

"수아가 아는거요? 어느나라 사람인가? 이름은 뭐고?"

수아는 잠시 생각에 잠긴 듯 하더니 입을 열었다.

"이 사람 자기가 어디에서 왔는지 모를 겁니다. 자신도 그걸 알고싶을 거예요."

"근데 그걸 수아는 어떻게 아는건가? 말을 못한다며."

"그 그냥..."

원장이 이번엔 아리를 보며 말했다.

"잡지사 기자가 온다는 날이 언제라고 했죠?"

"내일 오후입니다."

수아가 아리에게 입모양으로 물었다.

"무슨 기자?"

원장이 말했다.

"다행이네. 이 사람 안 깨어났으면 그 사람들 귀한 시간에 헛수고할 뻔 한거 아닌가?"

아리가 작은 소리로 수아에게 말했다.

"칼데라."

"칼데라?"

원장이 이번엔 코너를 쳐다보고 물었다.

"이 사람 건강은 괜찮은거죠?"

"네, 그런 것 같아요."

"이 사람 데려갈 배는 언제 온다고 했죠?"

"원래 29일 월요일로 약속했었는데 갑자기 복잡한 일이 생겨서 미루어질 것 같다고 다시 전해왔습니다."

"그 사람들 뭔 일을 그렇게 해. 그럼 이 사람 그동안 뭐하지? 그냥 방에 가만히 있으라고 해야 하나? 여하튼 깨어났으니 수아는 오늘부터 다시..."

그때 수아가 원장의 말을 끊고 말했다.

"이 사람 아직 도움이 더 필요해요. 제가 며칠 더 돌보게 해 주세요."

원장이 코나와 아리를 번갈아보며 말했다.

"둘 생각은 어떤가?"

셋이 원장실에서 나온 후 코너는 그 사람을 다시 108호로 데려갔고 아리와 수아는 중정 벤치로 가서 앉았다. 아리가 먼 구름을 보며 말했다.

"아까는 미안했어."

"뭐가 미안해?"

"짜증낸 거. 네게 꼭 자랑하고 축하받고 싶은 일이 있었는데 어제는 그런 얘기 꺼낼 여건도 아니었고, 네가 예전처럼 우리 일에 그리 관심있어 하지도 않는 것 같기도 하고 그래서..."

"뭔데?"

잠시 침묵이 흐른뒤 아리가 다시 입을 열었다.

"생전 처음 보는 새를 어제 찍었어. 어제 네가 코코넛 나무숲 근처 모래사장 갔을때."

"어떤....새?"

"머리 양 옆에 노란색 머리깃이 있는 새였어. 꼭 고양이 귀처럼 생겼더라고. 티토한테 받은 책에도 없던 새야. 세시간 넘게 쫓다가 간신히 찍었지."

"축하해, 어서 그 사진 봤으면 좋겠네. 근데 내일 칼데라 기자가 오는거야? 그 잡지사 말이지?"

"응, 이 사람 발견된 날 그 친구한테 연락했어. 그 친구 항상 특종을 바라거든. 그랬더니 당장 이 사람 인터뷰를 하러 온다더군."

"입을 안 여는데 어떻게 인터뷰를 하려고?"

"그러게나 말이다. 그런데 아까 원장실에서 말한 게 다는 아니지?"

수아가 조금 시간을 가진 후 대답했다.

"글쎄?"

"밤에 둘이 무슨 일 있었지?"

"무슨 소리야? 도대체 무슨 생각하는 거야?"

"아니, 네가 그 사람 마음을 아는 것 같아서..."

"내가 어떻게 알겠... 아니, 그런 것 같기는 해."

"어떻게 그걸 알 수 있어? 어떻게 그렇게 된 거야?"

"아까 말했잖아. 손을 잡아봤다고... 그때부터 그렇게 된 거 같아."

"손을 잡은 후에 마음을 읽게 되었다고?"

"소,,, 손을 잡았을 때 뭔가 전해진 것 같았어. 뭔가 뜨거운 것이..."

아리는 퉁명스럽게 수아의 말을 그대로 되뇌었다.

"손을 잡았을 때 뭔가 전해진 것 같았다?"

"안 믿는구나? 내가 너한테 숨길 것이 뭐가 있겠어?"

"그래, 그럴 거 없겠지. 우리 사귀는 것도 아닌데 뭘."

수아가 고개를 돌려 아리를 쳐다보며 말했다.

"그건 또 무슨 소리야. 나 좋아했어?"

"그 가방은 어떻게 할꺼야?"

아리가 말을 돌렸다.

"혹시 다른 사람한테 그 가방 얘기했어?"

"걱정 마. 아무한테도 얘기하지 않았으니. 하지만 이상한 행동은 더이상 하지 않기를 바란다."

"내가 그걸로 뭘 하겠어? 잠깐 보다가 그 사람에게 돌려주거나 규정대로 창고에 넣어놓을거야."

"나 케빈한테 가 봐야 돼. 먼저 일어난다."

수아는 아리가 떠난 중정에 조금 더 앉아있다가 복도로 들어갔다. 그때 막 108호 문을 닫고 나오는 코너와 마주쳤다. 수아가 조용히 물었다.

"그 사람 지금 뭐해?"

"한참을 소파에 앉아서 창밖을 보는가 싶더니 어느새 눈을 감고 가만히 있더라고. 어색해 죽는 줄 알았네. 잠든 것 같아서 조용히 나온거야. 이러다 아침식사 시간 놓치겠다. 빨리 가자!"

"아, 아냐. 난 좀 잘게. 너무 피곤하다."

수아가 잠에서 깨었을 때 벽시계는 오후 여덟시를 가리키고 있었다. 수아는 그의 근황이 궁금하여 당장이라도 108호로 달려가고 싶었지만 더이상 다른 이들에게 이상하게 보이고 싶지는 않았기에 그렇게 마음내키는대로 행동하지는 않기로 했다. 수아는 애써 태연한 척 식당으로 향했다. 배식구로 머리를 내민 멀린이 수아를 보며 마땅찮은 말투로 말했다.

"왜 이제 와! 아침도 점심도 굶고!"

"죄송해요. 요 며칠 너무 피곤해서요."

수아가 서둘러 식판에 음식을 담으며 말했다. 멀린이 이번엔 걱정된 표정을 지으며 말했다.

"조금만 더 늦었으면 주방 전등 끄고 나갈 뻔 했잖아. 어서 먹어. 배고프겠다."

수아가 식당을 나왔을 때 네이키와 오빈이 중정 청소를 마치고 들어오고 있었다. 수아를 본 오빈이 말했다.

"수아, 저녁식사 한 거지? 멀린이 걱정하더라. 수아가 아침부터 굶었다면서."

수아는 자신의 방으로 돌아와 스탠드를 켜고 캐비넷에서 떨리는 손으로 그의 가방을 다시 꺼냈다. 그리고 가방에 손을 넣어 공책을 빼내어 펼쳐보았다. 마치 큰 죄라도 짓고 있는 것처럼 생각되어 수아의 심장은 걷잡을 수 없이 쿵쾅대고 있었다. 몇 분의 심호흡 끝에 겨우 안정을 찾을 수 있었다. 그러자 어제와는 달리 세 개의 그림이 선명히 눈에 들어왔고 알 수 없던 그 기호들도 자신에게 무언가 전달하려는 것 같다는 느낌이 들었다. 수아는 그 기호들에 집중해 보았다.

'이상한 꿈이야, 이건 그 사람의 이상한 꿈이야.'

수아는 공책을 덮고 가방에 다시 넣은 후 자리에서 일어났다. 벽시계의 바늘은 열시를 넘기고 있었다.

'이건 내 것이 아니니 그 사람에게 돌려줘야 해.'

수아는 가방을 들고 방에서 나와 그가 있는 108호 앞에서 잠시 머뭇대다가 조용히 문을 열었다. 열린 커튼 사이로 들어온 은은한 달빛이 작은 소파에 폭 묻힌 그의 몸을 덮어주고 있었다. 그가 다시 잠이 들었다고 생각한 순간 어디선가 이런 소리가 전해진 것 같았다.

'스탠드를 켜도 좋아요.'

수아가 놀라서 가방을 테이블 위에 올려놓고 스탠드를 켰다. 그는 눈을 뜨고 있었지만 촛점이 없었고 갑작스레 켜진 스탠드 불빛에도 눈을 찡그리지 않았다.

'당신을 기다렸어요.'

수아는 그렇게 전달된 무엇에 뒤를 돌아보고 다시 그를 보았다. 몹시 당황스런 이 상황을 이해해보려 했다.

"당신이 말한 거 맞죠?"

'여기 또 누가 있나요?'

하지만 여전히 그의 입은 굳게 닫혀있었다.

'어떻게 된 거지? 왜 그의 소리가 들리는 것 같지?'

'그냥 이렇게 된 거요.'

'내 생각이 들려요? 어떻게 된 거예요? 어떻게 당신 생각을 내가 알게 된 거냐구요?'

'당신도 내게 그렇게 하고 있잖아요?'

수아의 더 복잡해져 머리를 휘휘 저으며 생각했다.

'이건 아니야. 이건 아니야.'

'이건 당신의 꿈도, 내 꿈도 아니오. 난 당신과 대화하고 싶지만 준비가 안 되었다면 더 기다릴 수 있어요.'

수아는 테이블 의자에 앉아 큰 한숨을 쉬고 말했다.

"그, 그럼 물어볼게요."

'소리내지 않아도 돼요.'

'아, 아아아. 그렇지... 당신은 말 못해요? 말 못하는 사람이에요? 아니, 우리말 못 알아들어요?'

'우리가 지금 언어로 소통하고 있소?'

수아는 자신이 이 사람과 어떤 방법으로 소통하고 있는건지 곰곰이 생각했다.

'우린 특정한 언어로 소통하는 것이 아니오. 그냥 서로의 뜻이 전달되는 거지. 난 말하는 방법을 잊어버렸지만 이곳에 온 후 당신과 여러 사람을 만나 학습을 하여 어눌하게나마 말할 수 있어요. 하지만 내게 말을 시킨다면 모두들 답답해 할 겁니다.'

"그럼 말해 봐요. 답답해도 좋아요. 당신은 누구예요? 이름은 뭐예요? 어디서 왔어요?"

"아... 난... 이.. 이름, 이름을 모르겠.. 모르."

'아니, 되었어요. 이름도 기억 못하는 모양이군요. 당신을 뭐라고 부르면 좋겠어요?'

'로빈이라고 부르면 어떻소?'

수아는 머리를 한대 얻어맞은 것 같았다.

'왜? 왜 갑자기 그 이름이 생각난 거예요?'

'그냥 생각난거요. 아니면 SN1961F 라고 해도 좋고.'

수아는 의자를 돌려 그 사람을 정면으로 바라보았다.

'이게 꿈인가요?'

'아까 아니라고 했잖소. 나에 대해 알고 싶다면 당신이 먼저 내 질문에 답을 해야 할 겁니다.'

'복잡하지만 일단 알았다고 할게요. 뭐든 물어봐요.'

이번엔 그 사람이 수아를 정면으로 응시했다.

'여기가 지구라고 불리는 곳 맞소? 아까 보았던 건 태양이라 불리는 거고, 지금 저기 떠 있는 것은 달이라고 불리는 것 맞아요?'

'그래요. 맞아요.'

'그럼 여기는 보로나라는 섬 맞아요?'

'잘 아시네요.'

'다행이네요. 원래의 자리로 되돌아와서.'

"당신이 예전에도 여기에 있었다는 거예요?"

'당신 지금 흥분하거나 격앙되어 있소?'

수아는 답답함을 누르고 호흡을 가다듬었다.

'아니... 그랬... 이젠 괜찮아요. 당신 질문이 너무 터무니 없는 것 같아서...'

'흥분 상태라면 괜찮아질때까지 조금 더 기다리겠소.'

"아니, 괜찮, 괜찮다구요.'

'평화가 찾아왔나요?'

'예? 아니오... 어디에 말이에요?'

'지금이 언제죠?'

'언제...? 계절 같은 거 묻는 건가요?'

'몇 년인가요?'

'당신... 과거나 미래에서 왔다고 말하고 싶은 거예요?'

'몇 년이냐고 물었소. 조금더 기다릴까요?'

"1969년!"

'1969년.'

그는 이렇게 되뇌이고 몇차례 긴 한숨을 쉬었다. 그래서 수아가 걱정스레 물었다.

'당신 괜찮아요?'

'괜찮아요. 그럼 내게 궁금한 걸 물어봐요. 이젠 대답할 수 있을 것 같군요.'

'당신은 어느나라 사람인가요? 아니, 지구인 맞아요?'

수아는 이런 질문을 하는 지금 이 순간이 정말 꿈이라고 생각될 만큼 이상하게 느껴졌다.

'내가 어느나라 사람이었는지는 별로 중요하지 않아요. 기억나지도 않고. 그리고 지구인 맞아요. 아니 한때 지구인이었다고 해야 하나...'

'이름은 정말 기억 안나요?'

'잃어버렸어요. 로빈이라 부르라고 했잖아요?'

'선택적 대답이군요.'

'일부는 당신 말이 맞을지도 모르지. 내가 상실을 선택한 걸수도 있고.'

'내가 어떻게 당신의 마음을 잃는거죠? 당신 무슨 능력이 있죠? 모른다는 대답 말구요.'

'오늘 새벽에 당신이 나를 안아주었을 때 내 안의 무엇이 당신에게 전달된 것 같아요.'

'그렇죠? 그럼 당신은 다른 이들에게 마음으로 자신을 이해시키는 능력을 줄 수 있는 건가요?'

'내가 그 능력을 다른 이들에게도 발휘할 수 있을지는 모르겠어요. 내가 아는 건 지금까지는 당신이 유일하다는 거요. 그리고 그 능력은 원래 내것이 아니오. 누군가로부터 전달받은 것이오.'

'그게 누구예요?'

'자신을 <포>라고 소개한 나무인간이오.'

'나무인간?... 아니, 처음부터 물어볼게요.'

'처음? 과연 처음이란게 뭘까요?'

수아는 책상 위에 놓았던 가방을 들어보이며 물었다.

'복잡한 거 싫어요. 이거 당신 것 맞죠?'

'맞아요.'

'가방 안의 공책에 무언가 쓰여 있던데, 그거 당신이 쓴 거 맞죠? 아니, 그런 거라고 해야 되나...'

그는 대답 대신 창밖을 바라보았다. 수아가 또 물었다.

'내가 지금 당신과 제대로 소통하고 있는 것이 맞죠?'

'맞을거요. 내가 당신의 질문을 제대로 전달 받았으니 당신이 받은 것도 내 대답이 맞을거요.'

'이게 다 뭐예요?'

수아가 이번엔 그에게 공책을 펴보이며 물었다.

'그건...'

'사람들이 당신 입만 바라보고 있어요. 내일은 기자가 와서 말 못하는 당신을 힘들게 할 겁니다. 혹시 세상에 전할 말이 있다면 내게 말해줘요. 당신이 숨기를 바라지 않는다면요. 당신을 돕고 싶어요.'

그가 잠시 생각에 잠기는 듯 하더니 곧 수아의 마음에 대답이 전해졌다.

'그 내용들은 다른 세상의 방식으로 기록된 것이라 이곳의 사람들은 이해할 수 없을 거요.'

'당신은 왜 아무도 이해 못할 기호로 기록한 거예요?'

'그건 내가 쓴 것이기도 하고 내가 쓰지 않은 것이기도 합니다. 당신이 이해하도록 말하기 어려워요.'

수아는 공책의 첫 장을 그의 앞에 펼쳐놓으며 말했다.

'그럼 같이 보며 이야기하면 되겠네요.'

'지금의 내가 그 기호들을 온전히 해석할 수 있을까? 다른 세상의 경험을 그곳의 기호로 적어놓은 그것들을? 그렇지 않을 거요. 아무리 내가 적었다 해도 그 세계와 다시 가깝게 가지 않는 이상 제대로 해석하기 힘들다는 걸 난 알아요. 그러니 공책 속의 그림을 내게 보여주고 설명을 요구해도 당신이 보고 추측하는 것과 크게 다르지 않을 겁니다.'

수아가 공책을 덮었다.

'그럼 다른 세상 이야기가 아니라 보로나에서 일어났던 일들은 기억하겠죠? 여기에 있었다면서요?'

'난 기억력이 좋은 사람이지만 내 기억을 아무도 믿지 않을 겁니다. 날 걱정해 주는 당신 조차도 말이오.'

'괜찮아요. 듣고 싶어요.'

'큰 전쟁이 있었어요. 난 참전을 하게 되었는데 내가 탄 배가 유탄을 맞고 침몰되었고 난 정신을 잃었소. 얼마가 지났는지 모르지만 내가 물살에 휩쓸려 도착한 곳이 여기더군. 주위는 온통 다쳐 누워있는 군인들의 비명소리로 가득했소. 여러 사람들이 그들을 치료하고 있었어요. 여긴 작은 섬이었는데 보로나가 이 섬의 이름이라는 그 다음날 알았소.'

수아가 복잡한 마음을 가다듬고 전했다.

'난 그렇게 생각하지 않지만 그 말을 사람들에게 그대로 전하면 당신을 미친 사람으로 볼겁니다. 하지만 이 공책이 당신이 전달하려는 말의 증거가 된다면...? 그러려면 거기 적힌 내용들을 파악해야 하겠지만...'

'그 공책은 당신이 가져요. 내겐 더이상 필요 없소. 아니 어쩌면 처음부터 내 것이 아니었을지도 모르지.'

'그것을 내게 달라고 꺼낸 얘기가 아니에요.'

'난 원치않는 전쟁에 참여했고 어떤 증세를 앓게 된 계기로 이상한 세상에 다녀오게 되었소. 나를 측은히 여기는 사람으로부터 받은 공책에 그 이야기들을 남길 수 있게 되었고 공책이 담긴 가방은 다행히 당신에게 발견되어 지금 여기에 안전하게 있는 것이잖소. 당신이 아니라면 누가 그 가방을 찾으려 했을까? 그리고 만약 다른 사람이 그 가방을 발견했다해도 그게 과연 나에게 돌아올 수 있었을까?'

'무슨 얘기를 하고 싶은 거예요?'

'공책에 적힌 건 미지의 이야기들이오. 그것들은 생생하게 살아있기에 자신들을 드러내기 위해 어떤 노력도 마다하지 않을거라는 걸 난 알아요. 내가 해줄수 있는 건 그것들이 흐르고자 하는 쪽으로 물꼬를 터주는 것뿐입니다. 그 방향이 당신을 향하고 있다는 걸 지금 일어나는 모든 일들이 보여주고 있는거요.'

이야기는 얼마간 더 이어졌다. 긴 대화를 마치자 벽시계의 바늘은 거의 자정을 가리키고 있었다. 수아는 108호를 조용히 나와 자신의 방으로 가서 침대 옆 캐비넷에 공책이 든 초록색 가방을 다시 집어넣었다.

인터뷰

다음날 아침 식사를 마친 후 수아와 아리는 함께 서쪽 벤치에 가서 앉았다. 아리가 먼저 입을 열었다.

"너 어제 밤에도 거기에 있었지?"

"어디?"

"108호."

"응. 날 몰래 지켜보기라도 한거야?"

"그게 무슨 소리야. 네 방문이 열려 있었는줄도 모르는구나? 그래서 알게 된거야."

"뭐가 궁금한거야?"

"거긴 또 왜 갔던 거야? 너 설마..."

"무슨 생각해! 그런 거 아냐!"

"그래, 그런 건 아니겠지. 근데 집착이 너무 과한 거 아냐? 곧 떠날 사람이잖아."

"나한테 너무 신경쓰지마, 아리. 그 사람 불쌍해서 도와주려는 것 뿐야. 다른거 없어."

"대화는 좀 나누어봤어?"

"응."

아리가 먼 구름을 보고 큰 한숨을 쉬며 말했다.

"오늘 칼데라에서 기자 오는 거 알고있지?"

"칼데라?"

"내가 여기 오기 전에 입사하고 싶었다던 그 회사 있잖아. 기억안나?"

"아. 근데 왜?"

"그 사람 인터뷰하기로 했잖아. 수아 머리가 어떻게 된 거 아냐?"

"아, 아 맞네 맞아. 기억난다."

"그나마 그 사람 대화가 가능하다니 다행이긴 하지만 네 머리가 더 걱정된다."

"그 사람 인터뷰가 가능하지는 않을거야."

"그건 또 무슨 소리야? 대화를 나누었다며."

"음... 마음의 대화를 나누었다고나 할까..."

"마음의 대화? 알아듣게 얘기해 봐."

"말 그대로야. 정말 마음으로만 대화를 나눴어. 텔레파시, 뭐 그런 말 들어봤겠지?"

"텔레파시로 대화를 나눴다고?"

"뭐. 그게 꼭 그건지는 모르겠지만 뭐 그게 아니라고 할 수도 없고..."

"그래, 그랬다고 쳐. 근데 그 사람 이름은 뭐래? 어느

나라 사람이고? 나이는 몇 살인거야? 입고 있던 옷은 군복이 맞는 거야?"

"그런 건 다 잊어버렸나 봐. 아니 기억하지 못한대. 아니, 더이상 중요하지 않아서 이제는 기억할 필요가 없는거래."

"그 사람하고 며칠 붙어있다 보니 너까지 이상해 진 거 아냐? 너 지금 아무소리나 지껄이는 것처럼 보이는거 알고는 있지?"

"너한테 그렇게 들려도 내 말이 거짓은 아냐. "

"그, 그래. 네 말대로 너와 텔레파시로 대화를 나눈 것이 사실이라고 치자. 그런데 그걸 기자한테 어떻게 증명할 수 있어? 그럼 그 사람 다른 사람과도 텔레파시로 대화할 수 있다는 거야?"

"그건 아닐꺼야."

"증명할 수 없다는 거지?"

"아, 아니 그게 아니라 다른 사람과는 그렇게 대화할 수 없을 거라고."

"그걸 네가 어떻게 아는데?"

"그, 그냥 그럴 것 같아."

"그러니 증명할 수도 없겠지."

"그가 왜 그날 거기에서 그렇게 발견되었는지 다른사람에게 설명할 수 있으면 되는 거 아냐? 텔레파시건 뭐건 간에 말이야."

수아가 다소 큰 소리로 말하자 아리가 기가 막힌 듯 호흡을 가다듬고 말했다.

"너, 지금 그게 말이 된다고 생각해? 그 사람이 네게만 전했다는 이야기를 사람들이 믿을까?"

"나 들어갈래. 난 미치지도 않았고 거짓말하지도 않았어. 내가 여기서 너에게 공격받을 이유는 없어."

수아는 더 할말이 없다는 듯 자리에서 일어났다.

"수아, 흥분하지 말고 앉아 봐. 좀 당황스러워서 그래. 화내는 것처럼 들렸다면 사과할게."

아리가 수아의 손을 강하게 잡아끌며 말했다. 수아는 다시 벤치에 앉았다.

"네가 이해하지 못할 수도 있어, 아리. 너뿐 아니라 다른 누구라도 그럴거야."

"그래, 그 사람 말을 좀 들어보자. 아니 생각을 들어보자고 해야 하나?"

수아는 호흡을 가다듬고 말했다.

"그 사람은 전쟁 중에 여기에 도착했대."

"전쟁? 태평양 전쟁?"

"아마도..."

"그렇게 나이들어 보이지는 않던데..."

"여기서 머물던 중 한 간호사한테 자신이 겪고 있는 남다른 증상을 호소하고 도움을 청했다는 거야."

"그럼 전쟁 중에 여기에 만들어졌다는 야전병원에 도착했다는 이야기인 거지?"

"응."

"믿는다고 말할 수 없는 거 알지?"

"믿고 안 믿고는 네 자유야."

"간호사한테 호소했다는 남다른 증상은 뭔데?"

"눈에서 별이 보이기 시작하면 얼마 후 예외없이 두통이 찾아온다는 거야."

"그래, 그런 사람도 있을 수는 있겠지."

"그런데 며칠 후 하늘로 올라갔다는 거야."

"뭐가?"

"자기 자신이."

"그 사람 자신이?"

이번엔 아리가 어이없다는 듯 벌떡 일어났다.

"더 듣기 싫으면 얘기 그만할게."

아리가 다시 앉으며 말했다.

"그러니까 너는 그 사람 얘기, 아니 그 사람 마음의 소리를 믿는다는 거지?"

그 말에 수아가 아리의 눈을 한참이나 쳐다본 후에 입을 열었다.

"나도 잘 모르겠어. 그런데 난 그 사람이 미쳤거나 거짓말을 하는 거라고 생각하지는 않아."

"그럼 믿는다는 거네. 그래, 계속해 봐."

"그렇게 그 사람은 구름 위 아득한 곳까지 올라갔다가 한참이 지난 후 어딘가로 내려온다는 거야. 그런데 그 곳은 여기가 아닌거지."

"보로나가 아니라고?"

"지구가 아닌거야."

이번엔 아리가 허탈하게 웃으며 말했다.

"계속해 봐."

"그렇게 계속 웃을 거야?"

"어떻게 안 웃어? 아니, 안 웃을게. 그래서?"

"그런 식으로 여러 세계에 다녀온 후 다시 여기에 떨어진 거지. 아니, 내려왔다고 해야지."

"여기? 지구에?"

"응, 여기, 그 해변에."

"하늘에서 내려와서 물에 젖지 않은거란 얘기지?"

"그래, 당연히 그 가방도 그 사람 것이고."

"코코넛 나무에 걸려있던 가방?"

"응."

"그거 열어봤어?"

"응."

"안에 뭐가 있었어?"

"공책."

"거기엔 뭐가 써 있었고?"

"그 사람이 다녀온 세상에 관한 이야기와 그림."

"그걸 읽어보면 되겠네."

"그림은 볼 수 있지만 읽을 순 없어. 알수 없는 기호들로 되어 있거든."

"그렇다면 너도 읽을 수 없었겠네."

"아직은."

"아직은? 여하간 네 말이 맞다면 그 공책이 사람들을 이해시키는 실마리가 될 수는 있겠네."

"그 가방 내게 줬어."

"뭐?"

"자기에겐 더이상 필요 없대."

"뭐라 말이 나오지 않네. 그 사람 또 다른 세상에 갈 것 같지는 않나보네? 아니면 뭔가 기록하는 일이 이제는 싫어졌거나."

"그렇게 되나? 근데..."

"뭐가 더 있어?"

"그 사람 내 속마음을 꿰뚫어 보는 것 같았어."

"이미 마음으로 대화하고 있다며? 그럼 어짜피 네 마음을 다 안다는 거 아냐?"

"그것과는 달라. 마음으로 소통한 건 맞지만 분명히 우리는 질문과 대답의 방식으로만 소통하고 있었어. 그런데 내가 전하려 하지 않은 내용들까지 알고 있는 거야. 전할 마음조차 없었던 거."

"너에 대해 뭘 알고 있었는데?"

"로빈."

그 말에 아리가 잠시 움찔했다.

"로빈? 그 새?"

"응, 꼭 그 새를 얘기한 건 아닌 것 같고... 굳이 자기에게 이름을 지어주고 싶다면 로빈이 어떠냐는 거야."

"그럼 우연이겠지. 로빈이 그리 드문 이름도 아니고."

"그것뿐 아냐. SN1961F 도 알고 있었어."

"말도 안돼!"

오후 두시경 문짝에 <칼데라>라고 적혀있는 OH-6 기종의 헬기가 큰 소리를 내며 부두 옆 공터에 착륙했다. 괌에서 필리핀으로 향하던 100톤급 <메이 퀸> 호가 보로나 인근을 지날 때 갑판에서 출발한 헬기였다. 수아와 칼슨, 해나, 아리, 타레스가 제이드로부터 그 소식을 듣고 부두로 향했다. 거기서 두 남자가 내렸다. 아리는 바람처럼 뛰어가서 그 중 한 사람과 부둥켜 안고는 둘을 동료들에게 데려왔다.

"내가 전에 얘기했던 기자 친구 도미노야. 이쪽은 헬기 조종사겸 카메라맨 에드, 이 친구들 배고플 거야."

다섯은 인사를 나누고 곧바로 식당에 갔다. 도미노의 손엔 공책과 펜이, 에드의 손엔 카메라가 들려 있었다. 멀린은 이미 상을 차려놓았다. 도미노와 에드가 식사하는 동안 아리는 도미노 옆에 앉아있었고 멀린은 수아와 칼슨, 해나와 함께 옆 식탁에 앉아있었다. 아리는 둘이 식사하는 동안 수아에게 들었던 이야기를 기억나는대로 도미노에게 전했다. 네시에 수아와 아리,

도미노, 에드는 108호에 들어갔다. 그 사람은 누워있다가 일어났고 방에서 그 사람을 살펴보던 코너는 자리를 비켜주었다. 수아는 그 가방을 테이블에 놓고 그 사람에게 지그시 눈을 맞추며 말을 전했다.

'괜찮아요. 거기 그대로 있어도 돼요.'

수아는 침대 발치에 있는 1인용 소파에, 도미노는 테이블 의자에 앉았고 에드와 아리는 문가에 섰다. 에드는 카메라 앵글을 통해 그 남자를 보고 있었다. 도미노가 그 사람과 수아의 눈을 번갈아 쳐다보며 말했다.

"자, 시작할까요?"

그는 대답 대신 고개를 끄덕였다. 도미노는 수아를 바라보며 말했다.

"먼저 당신에게 물어볼게요."

"아 저요?"

"그래요. 이름이..."

"수아, 한 수아."

"여기에 온 지는 얼마나 되었죠?"

수아가 아리를 쳐다보며 말했다.

"왜 내가 질문을 받아야 되는거지?"

이 말에 도미노가 답했다.

"전달자의 신상을 밝힌다면 더 많은 독자들이 신빙성을 가지고 이 글을 읽을겁니다."

"알겠어요. 올 여름에 왔어요."

도미노가 수아의 말을 받아적으며 말했다.

"그렇군요. 한 수아, 1969년 여름 입사... 여기서는 주로 무슨 일을 하죠?"

"새들 사진을 찍어요."

"그러니까 아드아브 조류연구소에서 새들 사진을 찍는 업무를 한다는 거죠?"

"맞아요."

"이 남자를 처음 본 건 언제인가요?"

"크리스마스, 그러니까 그제 아침이에요."

"어디서요?"

"보로나 서쪽 해안... 아니 108호에서요."

"알겠습니다. 전달자에 관한 질문은 이 정도면 된 것 같아요. 그럼 이번엔."

도미노가 그 사람에게 고개를 돌렸다. 그가 한숨을 쉬고 나서 수아를 지그시 쳐다보고 고개를 끄덕이자 수아가 비로소 입을 열었다.

"물어보세요."

"그, 그게 당신이 결정해서 말한 건가요? 아니면 저 사람이...?"

도미노가 손가락으로 그 사람을 가리키며 물었다.

"그건 중요하지 않아요. 누구에게 물어도 결국 내가 판단하고 답을 할 겁니다."

수아의 말투는 단호했다. 그 사람의 의견은 수아를 거쳐서 오는 것이기에 당연하게도 도미노의 질문에 대한 대답은 매번 한 박자가 늦었다.

"그러니까 그 사람의 대답을 수아가 한다는 거죠?"

"그래요."

도미노가 반신반의하며 그를 보고 물었다.

"이름이 뭡니까?"

"기억나지 않습니다. 다만 로빈이라고 불러도 좋소."

"로빈, 당신은 어느나라 사람입니까?"

"기억나지 않습니다."

"당신이 할 수 있는 말은 무엇인가요? 어느나라 말이라도 좋으니 당신의 목소리를 들려줘요."

수아가 그 사람을 쳐다보았다.

"아베스 비스 루쿠스 비스..."

"이게 어느 나라 말입니까? 무슨 뜻인가요?"

"다른 나라가 아니라 다른 세상, 이데티스의 말이라고 해 두죠. <당신이 나를 보듯 나도 당신을 보고 있소> 라는 뜻입니다. 아니 그 뜻으로 내가 이해한겁니다."

"누구한테 들은 말인가요?"

"자신을 <포>라 부르는 나무인간이오."

"나무인간이 뭔가요?"

수아는 그의 초록색 가방에서 공책을 꺼내어 도미노에게 <포>가 그려진 부분을 펼쳐 보여주었다. 아리와 에드도 다가와서 공책을 자세히 들여다 보았다.

"그림 옆의 기호같은 건 뭔가요?"

"그 세상에서 경험했던 내용들이 적혀있을 겁니다."

"적혀있을 겁니다? 당신이 쓴 것인데 마치 남이 쓴 것처럼 말하는군요."

그 사람은 대답대신 고개를 돌려 창밖을 쳐다보았다.

"이게 어느 나라... 아니 어느 세상의 글인가요?"

"조금 전에 얘기 했잖소?"

"이데... 뭐라는 나라, 아니 세상의 문자라는 거죠?"

"그 세상의 이야기를 내 기억 속에 집어넣기에 가장 적합한 형태로 기호화 한 것입니다."

"왜 당신은 수아에게만 뜻을 전달해 주는 거죠? 나에

게도 당신의 마음을 전달해 줄 수 있나요?"

"나는 포와 동화된 후에 그와 소통할 수 있게 되었고 수아 역시 나와 동화된 후에 소통하게 된 거요. 난 그 렇게 알고 있소."

"동화된다는 게 뭔가요?"

"두 존재가 서로 완벽한 신뢰와 믿음을 갖게 된 상태를 말하는 거요."

"알겠어요. 난 기자로서 객관적으로 판단해야 하니 당신과 동화될 거라는 기대는 포기하지요. 당신은 몇 개의 세상에 다녀온 건가요?"

"그 공책에 세 개의 그림이 있을 거요. 난 그 세 개의 세상에 다녀온 겁니다."

"그 세상들을 경험하고 여기에 왔단 말이죠?"

"그렇소."

"그 세상에 다녀오기 전에는 어디에 있었나요?"

"바로 여기에 있었소."

"여기? 지구 말인가요?"

"이곳 보로나요."

"아, 여기... 여기 있었다가 다른 세상에..."

"맞아요."

"그런데 왜 여기 직원들이 당신을 모르는 거죠?"

"난 큰 전쟁에 동원된 군인이었어요. 내가 탄 배가 부서진 것까지는 기억이 나지만 정신을 차려보니 이 섬에 와 있더군요. 직원들이 있던 시기와 다르오."

"큰 전쟁? 설마 제 2차 세계 대전을 말하는 건가요?"

"당신들이 그 전쟁을 뭐라고 부르는지는 모릅니다."

도미노가 하나도 믿기 힘들다는 표정으로 고개를 절레절레 저으며 아리를 쳐다보았다. 아리 역시 이해할 수 없다는 듯 고개를 가로저었다.

"혹시 그 때가 언제였는지 기억 나시나요? 전쟁이 있었다던 해 말입니다."

"1940년대로 기억합니다."

"그럼 당신은 몇살인가요?"

"지금이 몇년도라고 했죠?"

"1969년입니다."

"그럼 난 50살 가까이 되었을 겁니다."

도미노가 수아에게 지금 저 사람의 대답을 제대로 전하고 있는 것이냐고 입모양으로 물었다. 수아는 조용히 고개를 끄덕였다.

"잠시 쉬겠습니다."

도미노가 진이 빠진 듯 한숨을 쉬며 말했다. 그 사람과 수아는 그대로 앉아있었고 도미노는 아리를 복도로 데리고 나갔다. 촬영을 하던 에드도 따라 나왔다.

"아리, 이게 말이 돼?"

아리도 한숨을 쉴 뿐 별 말이 없었다.

"저 사람 미친거 아냐?"

"아냐, 아닐거야."

"너는 저게 믿어진다고? 너도 주름살 하나 없는 저 사람이 쉰살로 보여? 너까지 이상해진 것 같은데?"

"나도 모르겠어. 그런데 저 공책에 적힌 내용들이 있잖아. 그걸 무시할 수는 없을 것 같은데..."

"저 정도의 상상력이면 무슨 이야긴들 못 만들겠나? 그리고 공책의 그림은 저 사람이 그린건지 수아가 그린건지 아니면 다른 사람의 작품인지 누가 알겠냐고? 인터뷰는 이제 마무리해도 되겠네. 그냥 저 사람이 어느날 정신을 잃은 채 보로나 서쪽 해변에서 발견되었다는 사실만 적어야겠어. 대화로는 소통이 불가능하니 이곳에 오게 된 이유는 알수 없다고 적어야지 뭐."

그 말에 아리가 말했다.

"저 사람의 이야기를 믿든지 말든지는 자네 자유지만

적어도 여기 오게 된 경위를 본인이 설명하려고 하잖아. 최소한 그 내용이라도 실어야 하지 않나?"

"어짜피 저 사람이 자기 입으로 대답한 것도 아니잖아. 수아가 자기 마음대로 답한 걸수도 있고, 모든게 수아의 상상일수도 있어. 내 말에 반박할 수 있어?"

아리가 다시 한숨을 쉬었다. 도미노가 아리의 팔을 툭 치며 다시 입을 열었다.

"나도 모르겠다. 어렵게 왔으니 하던거 마저 할게. 회사에서 욕 먹더라도 양은 채워야지."

셋은 다시 방으로 들어가 인터뷰를 재개했다.

"당신은 서쪽 해변에서 발견되었다는데 근처에는 배 같은 것도 없었고 몸에는 물 한방울 묻어있지 않았다고 들었습니다. 이곳에 어떻게 온 겁니까? 당신이 있었던 그 이상한 세계에서 말입니다."

"하늘에서 내려왔어요."

"하, 하늘에서 내려왔다구요? 어떻게요?"

"눈에 뭔가 별 같은 것이 반짝이면 얼마 후 두통이 찾아옵니다. 두통을 견디다 보면 어느샌가 내 몸이 가벼워져요. 깃털처럼요. 그리곤 몸이..."

도미노가 말을 받았다. 이젠 놀라지도 않았다.

"몸이 깃털처럼 가벼워져서 하늘로 올라가겠군요?"

"맞습니다."

"당신은 세 개의 세상을 다녀왔다고 했잖아요. 그럼 다른 세상들에는 어떻게 갔던 건가요?"

"구름을 한참 지나 올라가서 하늘에 머물다보면 서서히 두통이 가라앉아요."

"얼마나 지난 후에요?"

"잘 모르겠어요. 몇 일인지 몇 주인지, 아니면 몇 달, 몇 년인지..."

"두통이 완전히 가라앉으면 무슨 일이 벌어지나요?"

"서서히 몸이 내려갑니다. 올라갈 때와 마찬가지로 아주 느리게요."

"얼마나 느리게요?"

"아주 아주 느리게요."

"그렇게 내려오는 시간도 얼마나 걸린건지 모르겠다고 하시겠죠? 그렇게 두 번째 세상으로 내려간 겁니까?"

"맞습니다."

"세 번째 세상도 그렇게 갔겠고?"

"맞아요."

302

"그럼 그 그림들은 언제 그린거예요? 이 섬에 정신을 잃은 채 도착한게 사실이라면 모두 그 이상한 세상에서 그렸겠군요?"

"모두 다 세 번째 세상의 하늘에서 그린겁니다."

"아 그러니까 구름 위에 올라가서 그렸다는거죠?"

"그렇소. 구름보다 한참 위요."

"그곳에선 공책이나 펜도 아래로 떨어지지 않는 모양이지요? 당신처럼요."

"공책은 내가 잘 쥐고 있어서 괜찮았지만 연필은 여전한 두통으로 힘들어하다 놓쳐서 아래로 떨어졌소. 그래서 그 세상 속에 남겨졌어요."

"다른건 다 떨어지는데 오로지 당신만 깃털처럼 가벼워서 떠있는 거군요?"

"그런 셈이지요."

"그리고 운 좋게도 세 가지 세상의 기록을 모두 완성한 후에 연필이 떨어진거구요?"

"아닙니다. 안타깝게도 연필은 첫번째 이야기를 기록하던 중에 떨어졌소."

"그럼 무엇으로 썼다는 건가요?"

"음... 잘 기억나지 않아요."

"참 편리하게 대답하는군요. 그러잖아도 연필로 쓴 것 같지 않아서 무엇으로 썼을까 궁금했는데... 그래서 여기가 당신에겐 네 번째 세상입니까?"

"여기는 내가 처음 떠났던 보로나가 아니오? 그러니 이곳은 네 번째 세상이라기보다는 세 번의 여행 후 본래의 자리로 돌아온 것으로 봐야할 것 같군요."

"또 눈 앞에 별이 보이거나 그로인해 두통이 찾아오면 다시 하늘로 올라가겠군요?"

"만약 내 바람대로 본래의 자리로 돌아온 것이 맞다면 다시는 그런 일이 일어나지 않으면 좋겠어요. 난 예측 가능한 세상에서 살고 싶어요."

"마지막 질문입니다. 이 기사를 읽는 사람들에게 당신의 정신이 온전하다는 걸 확인시켜 줄 수 있겠어요? 그들이 당신이 전한 이야기가 사실이라고 생각할 만한 증거 같은 것을 가지고 있는지를 묻는 겁니다."

"어려울거요. 이건 믿음의 문제니까요."

"알겠어요. 이것으로 인터뷰는 마치죠. 수고많으셨어요. 이제 다른 이야기 할게요. 이곳의 방침대로라면 당신같은 이방인은 바로 본국으로 송환되어야 한다는 군요. 며칠 만에라도 이렇게 깨어난 것은 천만다행이지만 자신이 어느나라 사람인지 기억을 못한다고 하니 내일 우리와 같이 쾀으로 갑시다. 이게 무슨 상황인지 당신이 이해하지 못해도 상관없어요. 이건 엘리아머 재단이 우리 칼데라 직원에게 특별히 부탁한 사항입니다. 당신은 큰 병원에 가서 정밀 진단을 받게 될 거예요. 비용은 재단에서 지불할 겁니다."

"이 몸은 어디로 가도 상관없소. 어느 곳에 있더라도 그 증세가 찾아오면 다시 하늘로 올라갈 확률이 크지만... 그래도 이곳에 아는 사람들이 생겼으니 내가 원하는 곳에서 지낼 수 있다면 여기에 남고 싶소."

"당신 뜻대로 이곳에 남겨진다 해도 또 그 증세가 시작되어 이상한 곳으로의 여행들을 마치고 오면 아마도 먼 훗날이 되겠죠. 그럼 어짜피 지금 눈 앞에 있는 사람들을 그때는 볼 수 없을 겁니다."

"미래의 일은 아무도 모르오."

'그때 내가 당신을 다시 만날 수 있을까?'

그 사람은 마지막으로 조용히 수아에게 고개를 돌린 후 이렇게 전했다.

"저 사람, 지금 당신에게 뭐라고 한 겁니까?"

"아, 아무말도 안했어요."

세 시간이 넘는 인터뷰가 끝나자 그 사람은 쓰러지듯 침대에 누웠다. 모두들 늦은 저녁을 먹으러 식당에 갔고 수아는 저녁식사를 담은 쟁반을 108호로 가져와 그의 침대 옆 테이블에 올려 놓고 의자에 힘없이 앉았다. 아리와 도미노, 에드는 늦은 시간까지 식당에서 회포를 풀었다. 그날은 케일이 멀린 대신 식당을 지키며 그들과 이야기를 나누었다.

"달빛이 청명한 밤에 새 둥지들을 보고 있으면 지금이 과연 1900년대가 맞나 하는 생각이 들지. 그 옛날 공룡이 살던 시대가 아닐까 하는 생각도 들고. 모두들 잠든 그 시간에도 로니로 새끼 한두 놈은 소리를 내지. 무슨 이유인지 그놈은 잠들 수 없었던 거지. 그 소리가 어찌나 깊게 내 심장을 후벼 파는지..."

아리의 이야기에 도미노가 한마디 했다.

"여기서 지내더니 시인이 다 되었군 그래. 덕분에 잠자리에 들기 전에 해야 할 일이 생겼네. 보로나의 새들이 밤을 어떻게 보내는지 알아봐야겠어!"

아리가 그 말에 중정 쪽으로 난 창으로 어두운 하늘 속 구름의 움직임을 보고는 이렇게 말했다.

"안 되겠네 친구, 오늘은 어렵겠어!"

검은 하늘과 검은 바다

늦은 저녁부터 달을 가렸던 구름이 새벽 무렵엔 천둥소리를 내더니 곧 폭풍우를 퍼부었다. 도미노와 에드는 새들을 관찰하기는커녕 타고 온 헬기가 밤새 무사한지 전전긍긍하며 보내야 했다. 헬기는 필리핀 다바오에서 하루를 정박하고 괌으로 돌아가는 <메이 퀸>호에 오전 10시 45분에 복귀했어야 했지만 결국 출발하지 못했다. 비바람은 오후 세시가 되서야 멈추었고 네시쯤엔 뜨거운 해가 다시 모습을 드러냈다. 주머니에서 배의 시간표를 꺼내 살펴보던 에드는 내일 이른 오후에 인근을 지나는 <이푸가오>호에 오르면 되겠다고 했다. 원장은 그날 늦은 오후에 직원회의를 열어 그 사람의 거취에 대해 논의했다. 당연히 떠나보내야할 것이었지만 내일 보낼지 아니면 조금 더 경과를 지켜보고 결정할지에 관한 의견을 나누는 자리였다. 수아와 케일을 제외한 모두는 가급적 일찍 그 사람을 보내는 것이 좋겠다고 말했다. 다수결에 따라 그 사람은 본인의 의지와 상관없이 내일 보로나를 떠날 수밖에 없게 되었다. 원장은 그 사람이 배를 탈 수 있도록 그의 신용에 대해 엘리아머 재단에서 보증을 서겠다고 했다는 말을 전했고, 그의 기억이 돌아올 때까지 당분간 재단에서 보호하겠다는 말도 했다고 덧붙였다.

"수아, 그 사람에게 직원회의 결과를 전하시오."

원장이 이 말을 남기고 나가자 직원들 대부분은 식당으로 향했다. 아리가 수아의 팔을 가볍게 치며 말했다.

"수아, 괜찮지? 그 사람 데리고 식당으로 와!"

수아에겐 그 사람은 아직도 날갯짓을 해 본 적 없는 어린 새였지만 직원회의에서 이렇게 결정이 난 이상 그를 자신의 마음 속 둥지에서 떠나보낼 수 밖에 없다고 생각했다. 그 사람 때문에 노심초사했던 며칠 간의 마음졸임을 생각하면 한편으론 후련하기도 했다.

수아가 108호의 문을 열었을때 어둠 속에서 먼저 눈에 띈 것은 손도 대지 않은 점심 식사였다. 점심 직후에 수아가 가져다 놓은 것이었다. 그는 언제 일어났는지 소파에 앉아 어둠이 내려앉은 중정을 물끄러미 바라보고 있었다. 수아는 테이블 의자에 조용히 앉았다.

'당신은 내일 떠떠떠...'

뭔가 전과 달랐다. 머릿속 투명한 벽이 가던 길을 가로막아 앞으로 나가지 못하는 느낌이었다.

"미안하오."

"예? 지, 지금 말한 거예요?"

"그래요. 그동안 미안했고 고마웠어요."

"이제 말 잘하는군요?"

"당신과 소통하면서 예전처럼 말로 대화하는 방식을 어느정도 익혔다고 생각해도 좋아요. 아니면 잊었던 발성법을 기억해 냈다고 생각해도 좋고."

"다행이에요. 그런데 왜 다른 방법이 막힌거죠?"

"다른 방법?"

"마음으로 하던 거요."

그 사람은 고개를 창밖으로 돌리며 말했다.

"내 머리가 다시 복잡해졌어요. 그래서 당신한테 집중할 수 없었나봐요."

"그, 그게 무슨 말이에요? 그동안 미안했고 고마웠다는 말은 또 뭐구요?"

"그보다 당신이 내게 하려던 얘기를 먼저 듣고 싶어요. 내가 내일 이곳을 떠나는 것으로 결정난 모양이죠?"

"맞아요. 당신은 내일 떠나야 해요. 큰 병원이 있는 곳으로요. 거기에 가면 당신이 누군지, 그리고 당신에게 왜 그런 증세가 생긴건지 알 수 있을 지도 몰라요.

거기서도 마음 편하게 먹고 인터뷰 할 때처럼 사람들에게 모든 걸 털어놓으면 될 거예요."

"아까 내가 모든 걸 털어놓은 건 아니오. 그것이 당신에게 미안했다고 말한 이유예요."

"정말요? 뭘 더 숨길 것이 있어요?"

"포와 헤어질 때 그는 가장 귀한 걸 내게 주었소. 그것까지 그 사람들에게 털어놓고 싶지는 않더군."

"귀한 거, 그게 뭐예요?"

"내가 다녀온 여러 세상의 이야기를 기억하고 세상에 전할 수 있는 유일한 도구요."

"이야기를 기억하고 세상에 전할 수 있는 도구?"

"그는 그걸 내게 줄 때 고통스러워 했소."

"글쎄 그게 뭐냐구요?"

"당신은 그걸 나뭇가지라고 생각할 수도 있었겠지."

수아는 그의 가방에 공책과 함께 들어있던 끝이 뾰족한 모양의 작은 물체를 떠올렸다.

"그거 그냥 나뭇가지 아니었나요?"

"내 공책 속 이야기는 그것과 내가 함께 기록한 거요. 그것이 내 기억을 아직 가지고 있을 겁니다."

"좀 더 자세히 말해봐요."

"그보다 몇 시간 전부터 눈앞에 다시 별이 보이기 시작했어요. 머리도 다시 아파오기 시작했고..."

"그, 그래요? 내일 여길 떠나서 큰 병원에 가게 되면 정밀검사를 받을 수 있을 거예요."

"내가 그 이야기를 하는 것 같소?"

"그 그럼 다시...?"

"몇시간 남지 않은 것 같군요. 인사도 못하고 갑자기 당신과 헤어진다면 슬플거요. 그래서 끝인사와 함께 고마웠다는 인사도 지금 전하는 겁니다."

수아는 새를 떠나보냈던 것처럼 그도 떠나보내야 할 것을 알았지만 아직 마음의 준비가 되지는 않았다.

"배고플텐데 왜 이시간까지 식사를 안 했어요? 어서 식당에 가요, 우리!"

"얼마 남지 않은 소중한 시간을 그렇게 낭비하고 싶지 않아요. 조용히 기다릴거요. 당신은 늦기 전에 식당에 가서 동료들과 함께 식사해요."

"그동안 당신이 떠나버리면요? 나에게 한 곳에 정착하지 못하고 계속 낯선 곳으로 떠나야 하는 운명이 주어진다면 난 그런거 못 견딜 것 같아요. 그런데 당신의 그 망할 전조증상은 여기에 머무는 그 짧은 시간에서조차 어서 떠날 준비를 하라고 재촉하는군요. 신은 왜 당신에게만 이렇게 가혹하고 잔인하죠?"

"난 이미 그 삶을 받아들였어요. 그래서 당신을 만나기 전까지 아무렇지 않았어요. 내가 운명을 바꿀 수 있을까요? 그 전조증상은 고맙게도 당신과 이별할 시간을 미리 알려준겁니다. 덕분에 당신에게 남기고 싶은 말을 다 전했어요. 그래서 난 지금 행복해요."

느지막이 도착한 식당에선 오랜만에 웃음 꽃이 피었다. 멀린은 오랜만에 <앙타>를 만들어 내놓았다. 수고했던 모두를 위한 선물이었다. 도미노와 에드 역시 하루 더 주어진 섬에서의 휴가를 즐기고 있었다. 아리는 수아에게 오늘밤 도미노, 에드와 함께 새들의 둥지를 관찰할 계획이라고 말했다. 이제 모두의 무사안일을 고마워하며 격동의 1960년대를 평화로움 속에 떠나보낼 준비를 하면 될 것이었다. 그래서 수아를 제외한 그 자리의 모든 사람들은 그저 웃고 있었다. 아리가 조용히 수아에게 물었다.

"그 사람은 안 왔어? 모두들 그 사람 기다렸는데..."

수아는 가만히 고개를 끄덕였다. 멀린을 비롯한 다른

이들도 혼자 등장한 수아의 눈치를 살피고 있었다. 하지만 그 사람에게 그 증세가 다시 찾아왔다는 말은 아무에게도 하지 않았다. 식사를 서둘러 마치고 수아가 다시 108호를 찾았을 때 그는 편안히 잠든 것처럼 보였다. 수아는 조용히 나와서 자신의 방으로 갔다.

노심초사하며 방 안을 전전하던 수아가 108호의 문이 열리는 소리를 들은 건 밤 10시가 조금 넘어서였다. 문을 살짝 열어보니 뒷문으로 걸어가고 있는 그의 뒷모습이 보였다. 당황한 수아는 방문을 다시 닫고 복도에서 나는 소리에 귀를 귀울였다. 오빈이 문을 잠궈놓았을 시간이니 그는 나가지 못하고 다시 돌아올 것이었다. 그런데 문이 열리는 소리가 들렸다. 수아는 스웨터를 걸치고 서둘러 복도로 나왔다. 걱정했던대로 그는 이미 사라지고 없었다. 수아는 걸음을 재촉하며 축사를 지나 서쪽 초소로 향했다. 그는 어둠속에서 그곳으로 가고 있을것 같았다. 투명한 달빛은 축사의 지붕과 자갈들, 길 옆의 나무들과 풀들 모두를 선명하게 비추고 있었다. 수아는 서쪽 벤치에 앉아있는 그를 발견한 후 잠시 멈추어 지켜보았다. 그는 검은 바다를 하염없이 바라보고 있었다. 수아는 소리를 내지 않으려 노력하며 그에게 다가갔다. 밤바람이 차갑게 느껴질 때쯤 그가 자리에서 일어났다.

"로빈!"

겨우 수아의 입술을 벗어난 작은 소리였지만, 그는 뒤돌아보았다. 수아가 그에게 다가갔을 때 놀랍게도 그의 두 발은 공중에 떠 있었다.

"내가 당신을 잡으면 당신은 여기 남을 수 있어요?"

수아가 그렇게 말하자 그가 수아를 향해 팔을 벌렸다. 수아도 팔을 벌려 그를 안았다. 그의 몸은 점점 하늘로 올라가고 있었기에 수아는 그를 더 꼭 안았다. 그는 다시 마음으로의 대화를 시도하고 있었다.

'이제 날 놔줘요, 수아.'

그는 그녀를 내려놓기 위해 팔에 힘을 빼고 있었지만 수아는 조금 전보다 더 세게 그를 안았다. 그는 차라리 수아를 힘껏 안아 들어올렸다. 수아는 자신의 발도 땅에서 뜨기 시작하면서 미세한 바람에도 로빈과 자신의 몸이 밀려간다는 것을 느꼈다. 그건 둘에게 위험한 일이었다. 수아가 숨을 내뱉을 때마다 몸이 한뼘씩 하늘로 오르는 것 같았다. 동쪽에서 부는 바람이 둘을 점점 서쪽으로 밀고 있었다. 곧 낭떠러지 위로 이동하게 될 것이었다.

'수아, 더 이상은 안돼요. 이제 나를 놔 줘요. 당신을 위험하게 하고 싶지 않아요!'

하지만 수아는 그를 놓지 않았다. 잔 바람에 둘은 이미 해변가를 벗어나 바다 위까지 밀려나 있었다. 그가 팔에 힘을 더 주고 수아를 꽉 안으려는 순간 그의 왼 팔이 "뚝" 소리를 내며 부러졌다. 그는 소리를 지르는 대신 고통스런 표정을 지으며 오른팔에 더 힘을 주려 했다. 수아는 그 순간 그의 오른팔도 부러질 것이며 수아가 그를 더 세게 안는다면 그의 모든 뼈들이 힘없이 부러질 지도 모른다고 생각했다. 그녀는 더이상 로빈에게 고통을 주고싶지 않았다.

'당신을 놓아주겠어.'

'안돼 수아. 그러지 마.'

'안녕... 로빈.'

영롱한 달빛으로 덮힌 검디검은 바다 위에서 수아는 그를 껴안던 팔을 풀었다. 그때 멀리서 찢어질 듯한 아리의 외침이 들렸다.

"수아!"

여섯개의 이야기

수호천사 이리나즈

나는 얼마나 긴 시간을 홀로, 바닥도 천장도 벽도 없는 그 공허한 허공에서 보낸 것일까? 내가 있던 곳은 어디에 속한 곳이었을까? 누군가 나에게 그 시간이 꿈이었다고 말한다면 난 믿을 것이다. 또 누군가 나에게 그곳이 사후세계라고 말한다고 해도 난 믿을 것이다. 나는 그렇게 하늘에 떠 있다가 어느 순간부터 아주 천천히 내려가기 시작했다. 내가 떠오른 곳은 분명 안타까운 전쟁의 희생자들이 가득했던 어떤 섬이었는데 내려다보이는 곳은 완전히 다른 세상인 것 같았다. 혹시 수백년, 수천년이 흐른 것일까? 이곳은 끝도없는 인간의 욕망이 만들어낸 미래의 도시처럼 보였다. 밤이었으나 주변은 불빛들로 찬란했다. 잠시 후 내 발이 어딘가에 닿았다. 놀랍게도 그곳은 어떤 거대한 존재의 어깨 위였다. 그 높이는 지상으로부터 수백미터 높

317

이는 될 것 같았다. 신기하게도 그때부터 내 몸은 예전처럼 중력의 영향을 받고 있었다. 그래서 나는 다시 이 높은 곳이 두려워졌다. 여기가 어딘지 파악하려고 주변을 둘러보았다. 눈 앞에 보이는 건, 저 멀리 병풍처럼 빽빽하게 지어져 지평선을 가득 메우고 있는 마천루의 숲과 그 앞으로 까마득하게 내려다 보이는 다섯개 도시의 불빛들, 그리고 거대한 존재의 눈 높이에 설치되어 있는 황금색 모노레일이었다. 마천루의 각 층에서는 환한 빛이 새어나오고 있었다. 누가 어떤 방법으로 만든 건지 가늠조차 되지 않는 모노레일은 그 마천루들의 왼쪽 뒤 어딘가에서 시작되어 수 킬로미터를 흘러 거대한 존재의 얼굴 앞에서 칼로 자른 듯 끊겨 있었다. 놀랍게도 그 레일을 지탱하는 기둥은 없었다. 레일은 다섯개 도시들의 상부를 수직으로 거쳐 가도록 설계된 것처럼 자연스런 곡선을 이루고 있었다. 난 거대한 존재의 얼굴을 보고 싶어 고개를 돌렸으나 도시를 내려다 보는 그의 거대한 턱선만 보일 뿐이었다. 그래서 그의 표정을 볼 수는 없었지만 그의 숨소리와 얼굴 주름의 움직임을 통해 다섯 도시에 사는 사람들에 대한 걱정과 근심, 그리고 애정 가득한 마음을 느낄 수 있었다. 그는 그 도시들에 온 신경을 집중하느라 자신의 왼편 어깨에 내려앉은 나를 인지하지는 못한 것 같았다. 어쩌면 내가 자신에 비해 너무 작았기 때문일지도 모를 일이었다. 나는 그런 그를 <도시의 수호신>이라 부르기로 했다. 나도 그의 도시를 지그시 내려다 보았다. 그의 어깨에 처음 내렸을 땐 조금 한기를 느꼈지만 시간이 지나자 오히려 온기가 도는 듯 했다. 얼마 후 그의 시선이 머문 곳은 다섯개 도시 중 두번째 도시였다. 그가 무언가에 집중할수록, 내 눈은 그가 보는 것을 볼 수 있었고 내 귀는 그가 듣는 것을 들을 수 있었다. 물론 이건 나의 착각일지도 모르지만. 도심에서 벌어지는 사건들이 바람처럼 눈 앞에 스쳐 지나가고 참기 힘든 소음과 찢어질 듯한 비명이 내 귓전에 맴돌았다. 괴로웠다. 그에게 집중해서는 안되겠다고 생각했다. 잠시 후 거대한 진동이 느껴졌는데 나는 그것을 그가 괴로워하는 몸짓이라고 이해했다. 잠시 후 그는 고개를 들어 검은 하늘을 쳐다보고는 지그시 눈을 감았다. 내 눈꺼풀도 그를 따라 감기고 있었다. 하지만 나는 눈앞에서 벌어지는 일을 하나도 놓치고 싶지 않았기에 눈을 감지 않으려고 노력했다. 얼마나 시간이 지났을까? 마천루의 뒤쪽 어딘가에서 어떤 하얀 물체가 어둠을 뚫고 모노레일을 따라 이리로 날아오고 있었다. 그 물체는 여인의 모습을 하고 있었는데 하얀 얼굴에선 광채가 났고 키는 보통 사람의 두배는 되어 보였다. 그녀는 모노레일이 끝나는 곳, 즉 그의 얼굴 바로 앞에 멈추어 하늘을 향해 양 손을 펴고 자연스레 두 팔을 벌렸다. 그 모습은 자신을 불러준 존재에게 예의를 갖추어 인사하는 모습처럼 보였다. 그는 그제서야 감았던 눈을 천천히 떴다. 그녀는 하얀 천으로 된 얇은 옷을 입고 같은 소재로 만들어진 듯한 매우 긴 망토를 걸치고 있었는데 망토의 아래 부분이 바람에 쓸리며 모노레일의 끝 부분을 매만지듯 스치고 있었다. 그녀의 마치 모습은 천사와도 같았다.

그때 내가 그녀의 소리를 들을 수 있던 것인지 아니면 그 소리를 들었다고 착각한 것인지 알 수 없는 일이 벌어졌다. 나는 분명 이렇게 듣거나 이해했다.
"존경하는 나의 신이시여. 당신을 항상 그리워하는 이리나즈가 왔어요. 무슨 일로 나를 부르셨나요?"

그러자 그녀에게 전달되었을 것 같은 그의 대답이 내 귀에도 전해졌다.

"네 마을이 또다시 파멸에 이르려 하고 있구나. 무지한 인간들은 결코 해결할 수 없다."

나는 자신을 <이리나즈>라고 소개했던 그녀를 <두번째 마을의 수호천사>라고 부르기로 했다. 그의 마을마다 수호천사가 있는 것이 분명했다. 이리나즈는 신의 말이 떨어지기가 무섭게 몇미터 정도 몸을 하늘로 더 띄우더니 쏜살같이 자신의 마을로 내려갔다. 그녀의 긴 망토는 그녀가 도심의 어둠 속으로 사라진 뒤에도 그녀의 동선을 따라 움직이며 강렬한 여운을 남겼다. 신은 다시 눈을 감았다. 나도 그를 따라 눈을 감았다. 얼마나 긴 시간이 흐른건지 알 수 없었으나 또다시 느껴진 한기로 시간의 변화를 감지할 수 있었다.

천천히 눈을 떠보니 이리나즈가 처음과 같은 모습으로 그와 내 앞에 다시 와 있었다. 하지만 그녀는 아까와는 달리 매우 지치고 힘들어 보였으며 조금 전까지 눈부시게 하얗게 보이던 그녀의 망토 끝이 해졌고 지저분하게 변해 있었다.

"신이시여, 제가 당신의 기대에 부흥한 행동을 했는지 평가해 주시고 만약 잘못이 있다면 꾸짖어 주소서. 기억나지 않는 시기부터 그랬듯이 저는 당신이 명령한다면 나에게 책임이 주어진 당신의 마을에 수 천번, 수 만번 다시 내려갈 준비가 되었습니다."

나는 그녀의 얼굴이 내 코 앞에 있는 것처럼 몰입하고 있었다. 그러니 그녀가 고개를 돌려 나와 눈이 마주친 잠시 동안 나는 숨이 멎는 줄 알았다. 자세히 보니 그녀의 눈에서 별보다 빛나는 눈물 한방울이 흘렀다. 내 착각이 아니었다. 그건 바람을 타고 자신의 도시에 생명수가 되어 곧 떨어질 것 같았다. 얼마 후 그의 입을 통해 땅끝에서 들릴법한 낮은 소리가 들렸다.

"이제 되었다."

그의 대답을 듣자 그녀는 비로소 아무말 없이 몸을 돌려 길고 하얀 여운을 남기며 모노레일을 따라 자신이 왔던 마천루의 숲 뒤로 유유히 사라졌다. 강렬한 빛이 금속에 닿는 소리를 수 천배, 수 만배 확대한다면 이런 소리가 날까? 나는 그녀가 사라질때 그런 소리를 들었다. 얼마 후 안도의 한숨을 쉬고 있는 내 귀에 그의 음성이 들렸다.

"그대도 천사의 눈물을 보았겠지?"

나는 다른 존재가 있는지 확인하기 위해 사방을 둘러보았으나 그의 주변엔 나 말고는 아무도 없었다.

'나에게 묻는 것일까?'

이윽고 신이 천천히 왼쪽으로 고개를 돌려 그의 어깨에 있는 나를 쳐다보았다. 나는 두려움을 뒤로하고 거대하고 푸른 그의 얼굴을 응시했다. 그의 두 눈은 동굴처럼 깊게 파여 있었다.

"여기에 제가 있었다는 걸 아셨군요."

"천사의 시선을 보고 알았다. 그녀가 내 앞에서 다른 곳을 본 것은 처음이었다."

"왜 천사가 저를 보고 눈물을 흘렸을까요?"

"아마도 그대의 외로움을 보았겠지. 나는 눈물이 많은 이를 천사로 만들었으니..."

그는 그 말을 마치고 고개를 정면으로 다시 돌린 후 더이상 움직이지 않았다. 그의 커다란 눈 속에서 불어오는 부드러운 바람이 내 볼을 어루만지고 있었다.

이방인의 섬

내가 내린 곳은 모래바람이 끊임없이 불고 있는 도로 한가운데였다. 오후의 태양이 구름 한점 없는 하늘에서 뜨겁게 내리쬐고 있었다. 모래들로 인해 차선이 제대로 보이지는 않았지만 전체적인 길의 폭으로 보아 4차선 도로인 것 같았다. 모래가 몸에 들어가는 것을 막으려 손으로 코와 입을 가렸지만 큰 도움이 되지는 않았다. 저 멀리엔 거대한 모래산이 보였는데 과연 얼마나 멀리 떨어져 있는 것인지 가늠하기는 힘들었다. 어쩔 수 없이 바람을 등지고 도로를 따라 한참을 걸어가니 버스 정류장이 하나 보였다. 다행히 지붕이 있어서 뜨거운 볕은 피할 수 있었지만 지속적으로 불어오는 모래바람엔 속수무책이었다. 그곳엔 나보다 먼저 도착한 두 사람이 벤치에 앉아 있었는데 둘 다 팔꿈치와 소매 끝 부분이 다 해진 칙칙한 색의 옷을 입고 있었다. 그들은 또한 후드티에 달린 모자로 얼굴을 깊게 가렸지만 할머니와 소녀라는 것을 알 수 있었다. 그들은 내게 조금도 신경쓰지 않는 것 같았다. 그들의 손에는 버스표 같은 것이 들려있었다.

"여기에 버스가 오나요? 버스표는 어디서 구해요?"

내 질문에도 두 사람은 묵묵부답이었다. 내 말은 아마도 모래바람 소리에 묻힌 모양이었다. 난 할머니에게 가까이 가서 더 크게 물어보았다.

"할머니, 여기에 버스가 오는 거예요?"

그래도 할머니는 아무 대답이 없었다. 나는 더이상 묻지 않고 그들 옆에 앉아 옷깃을 세워 고개를 파묻었다. 그런데 얼마 후 어디선가 자동차 엔진음과 바퀴 구르는 소리가 들렸다. 고개를 돌려보니 커다란 버스가 오고 있었다. 잠시 후 버스는 우리 앞에 멈추어 섰다. 할머니와 소녀는 기사의 손에 들고 있던 버스표를 쥐어주고 버스에 올랐다. 그들은 기사에게 목적지 따위는 묻지도 않았다. 버스 안에는 이미 많은 사람들이 있었다. 나는 모래바람을 벗어나기 위해서는 그 버스에 오르는 길밖에 없다고 생각했기에 서둘러 그들을 뒤따라 올랐다. 기사는 표를 달라고 손을 내밀었지만 나는 가련한 표정으로 아무것도 없는 내 두 손을 펴서 보여주었다. 순간 버스에 타고 있던 모든 사람들의 시선이 내게 향하고 있음을 느꼈다. 나로 인해 버스의 출발이 늦어지고 있었기 때문이었을 것이다. 기사가 고개를 뒤로 돌려 승객들을 바라보자 대다수의 승객들이 고개를 끄덕였다. 아마도 승낙의 의미였으리라. 덕분에 나는 무사히 버스에 올랐고 뒷자리 오른쪽 창가 자리에 앉을 수 있었다. 대부분의 사람들이 커튼을 닫고 있었기에 버스의 내부는 무척이나 어두웠다. 나도 남들처럼 커튼을 닫고 지그시 눈을 감았다. 버스는 모래바람을 헤치고 하나밖에 없는 길을 따라 하염없이 달려갔다. 나는 버스가 움직이는 동안 가끔씩 커튼을 조금 열어 밖을 내다보았는데 끝없이 이어지는 모래바람 속 도로 말고는 건물도, 사람도, 나무도 볼 수 없었다. 나는 밀려오는 피곤을 이기지 못하고 깜빡 잠이 들었다. 웅성거리는 소리에 잠에서 깼을 때 많은 사람들이 커튼을 열고 오른쪽 창밖을 내다보고 있었다. 나도 커튼을 열어보았다. 모래바람 사이로 커다란 건축물이 보이기 시작했다. 그 건물의 모양은 하나의 두꺼운 기둥 위에 거대한 알이 사선으로 놓인 형태를 하고 있었다. 그런데 하늘 방향인 위쪽 끝은 마치 무언가로 인해 잡아당겨진 듯 뾰족했다. 그 건축물의 옆면은 거대한 창이었는데 창 전체가 형형색색의 작은 유리들로 구성되어 있어서 마치 중세 유럽의 성당건

축에나 있을 법한 스테인드 글라스를 보는것 같았다. 잠시 후 우리가 탄 버스가 그 건물로 방향을 틀었을 때 많은 사람들의 탄식이 들렸다. 아마도 여기에 탄 사람들은 이 버스가 이곳에 도착하리란 것을 알고 있던 모양이었다. 사람들의 표정으로 보아 이곳은 그들에게 희망의 장소는 아닌 것이 틀림없었다. 두꺼운 기둥처럼 보였던 그곳은 자동차가 빙글빙글 돌며 올라갈 수 있도록 만들어 놓은 경사로의 외벽이었다. 버스가 경사로를 12바퀴 정도 돌아서 올라가니 비로소 평평한 곳에 도착했다. 버스가 멈추자 모두들 자리에서 일어나 내리기 시작했다. 버스 기사는 측은한 눈빛으로 내리는 사람 한명 한명의 눈을 맞추며 작별 인사를 했다. 나도 다른 사람들의 뒤를 따라 내렸다. 사람들이 모두 내리자 버스는 방향을 바꾸어 경사로를 다시 내려갔다. 그들을 따라 걷다 보니 계단이 하나 보였다. 그 계단을 한층 오르자 비로소 그 알처럼 생긴 건물의 내부에 들어섰다는 것을 알 수 있었다. 밖에서 보았던 그 유리창의 높이는 30미터는 족히 되어 보였다. 폭이 넓지 않은 데크가 유리창 안쪽에 바짝 붙어서 설치되어 있었는데 규모는 십여층 정도로 보였다.

각 층마다 등받이가 없는 벤치들이 늘어서 있었는데 이미 이곳엔 언제부터 와 있었는지 알 수 없는 수백 명의 사람들이 한없이 지친 몸으로 서로가 서로를 기대고 앉아 있었다. 유리창으로 들어오는 강한 빛을 등진 탓에, 그들의 얼굴엔 세상에서 가장 어두운 그늘이 드리워져 있었다. 나와 함께 버스에서 내렸던 사람들은 빈 자리를 찾기위해 흩어져서 여러 계단을 오르기 시작했다. 나는 운좋게도 어떤 노인의 옆자리에 앉을 수 있었다. 그는 십년 이상 세탁하지 않았을 것 같은 추레한 옷을 입고 한손엔 물이 하나도 남아있지 않은 플라스틱 물병을 들고 있었다. 나는 그에게서 진동하는 냄새를 참으며 가까이 다가가 물었다.

"어르신, 여기가 어디인가요? 왜 여기에 있는 사람들은 모두 이렇게 지쳐보이는 건가요?"

그러자 노인은 대답없이 고개를 돌려 나를 뚫어져라 쳐다보았다. 그가 내 질문을 못 알아들었수도 있다고 생각했다. 내가 그의 대답을 듣기는 어렵겠다고 생각했을때 비로소 그가 입을 열었다.

"나는 복잡한 것을 무척 싫어하니 궁금한게 있다면 한 가지씩 물어보시오."

"여기가 어디인가요?"

"나도 이 건물의 이름을 묻는 거라면 모른다고 해야겠지. 다만 사람들 사이에선 여기가 <이방인의 섬>이라 불리는 것으로 알고 있소."

"이방인의 섬... 그런데 여기에 있는 사람들은 왜 이렇게 힘들어 보이는 거예요?"

"그나저나 당신은 어디에서 왔소? 왜 그런 걸 하나도 모르는 거요?"

"저... 저는 오늘 오후 여기에 떨어져... 길 한가운데서 이 버스를 만나... "

나는 정말 내 상황을 어떻게 설명해야 할 지 몰랐다.

"됐소. 당신도 여기 온 걸 보면 다른이들처럼 비참한 사연을 가졌겠지. 더 얘기 말자고, 목만 마르니."

"괜한 걸 물어서 죄송합니다."

내가 그 말을 하고 일어서려는데 그가 내 손을 잡아 끌며 다시 입을 열었다.

"여기가 최종 목적지인데 어디를 또 가려는 거요? 정말 아무것도 모르는 모양이군. 이곳에 모여있는 사람들은 자신의 삶에서 쫓겨난 사람들이지. 타의에 의해 말이오. 이곳을 누가 관리하는 지는 모르지만 매일 오후 일정한 시간에 검은 모자를 쓴 사람이 서류철 같은 것을 들고 저곳에 나타난다오. 그는 하루에 열명 정도의 이름을 부르는데 하염없이 대기하던 사람들은 그에게서 자신의 이름이 불리면 올 것이 왔구나 하는 표정으로 힘없이 일어서서 저 계단 앞으로 모인다오. 검은 모자를 쓴 사람은 그들을 어디론가 데려가지. 그곳이 어디인지는 아무도 모르오. 같이 온 사람과 함께라도 갈 수 있다면 행운이겠지만 그런 일은 결코 없지. 모두 뿔뿔이 흩어지지. 그것이 운명인 것을 우리 모두는 알고 있지."

그 이야기를 듣고 나니 빛을 등진 사람들의 얼굴이 더욱 더 어둡게 보였다. 나는 더이상 이곳에 머무를 이유가 없다고 생각했다. 그래서 데크에서 빠져나와 계단을 내려갔다. 그곳의 사람들은 호기심 가득한 표정으로 나의 행동을 주시하고 있었다. 나는 다른 버스를 타고 처음 내렸던 곳으로 돌아가서 또다시 찾아올 운명을 기다리기로 했다.

나무인간 포

내가 내린 곳은 갈색 흙으로 된 넓은 땅이었다. 그리 멀지 않은 곳에 초록색 잔디로 덮여 있는 곳이 있었는데 그곳은 완만한 봉우리를 이루고 있었다. 그 중앙엔 나뭇잎이 하나도 없는 앙상한 나무가 한 그루 서 있었다. 뭉툭하게 잘린 줄기의 끝 부분은 무척 넓어 보였는데 거기에서부터 아래 방향으로 일열로 자라난 몇 가닥의 얇은 가지는 마치 말의 갈기처럼 보였다. 줄기의 중간부분에서 시작된 두 개의 굵은 가지도 역시 아래를 향하고 있었다. 내가 그곳으로 걸어가자 나무줄기의 끝 부분이 내 움직임을 따라 아래 방향으로 천천히 휘어지기 시작했다. 마치 우산 손잡이처럼 보였다. 자세히 보니 줄기의 끝에는 그 나무의 얼굴이 있었는데 사람의 얼굴 모습과 닮아있었다. 그러고보니 줄기는 그것의 목이자 몸통이었고 아래로 향한 두 개의 굵은 가지는 그것의 팔이었다. 그리고 그 끝에는 뾰족한 네 개의 손가락이 달린 손이 있었다. 그 얼굴은 미세하게 움직이며 나를 관찰하고 있는듯 했다. 나는 무릎 높이의 잔디가 시작되는 지점에서 멈추어 긴

장된 표정으로 그를 보았다. 거기부터는 그의 공간이라고 생각했기 때문이었다. 잠시 후 그가 천천히 고개를 끄덕였다. 용기를 내어 잔디밭으로 발을 들여놓자 주변 잔디가 나를 그에게로 떠미는 듯한 느낌이 들었다. 내가 다가갈수록 그는 천천히 고개를 움직여 내 얼굴에 시선을 맞추고 있었다. 머리 뒤쪽에 난 갈기 모양의 가지들은 고양이의 꼬리처럼 움직였다. 그의 앞에 도착하여 올려다보았을 때 그는 마치 거울을 보듯 나를 정면으로 내려다보고 있었다. 그 얼굴엔 나이테와 같은 선들이 있었고 검은 눈과 구멍이 없는 코가 있었다. 입은 보이지 않았는데 그 부분을 유심히 관찰하니 입이 얇은 껍질로 막혀있는 것처럼 보였다. 그 입이 소리를 내어 내게 무언가를 전달하고자 하는 것 같았지만 껍질막 뒤의 공허한 움직임일 뿐이었다. 또한 나를 쳐다보는 그의 검은 눈동자엔 무언가가 격하게 소용돌이치고 있었다. 그는 송곳처럼 뾰족한 손가락이 달린 팔을 내게 뻗었지만 그 움직임 하나하나가 고통인 듯 힘들어했고 결국 내게 닿지 못했다. 나는 그 모습이 안쓰러웠다. 측은한 마음에 오른손을 뻗어 그의 왼손을 어루만지는 순간 이런 소리가 들렸다.

'아베스 비스 루쿠스 비스.'

'이게 무슨 소릴까? 어디에서 들리는 거지?'

그런데 그 순간 초록의 잔디가 내 발이 있는 부분부터 노랗게 변하기 시작하여 전체 잔디를 황금빛으로 물들였다. 더 놀라웠던 건 그것의 손을 놓는 순간 어깨에 걸려있던 가방이 땅으로 툭 떨어짐과 동시에 내가 어린 소년의 모습으로 변했다는 것이었다. 그건 그 증세가 내게 처음 찾아왔던 일곱살 때의 모습이었다. 나는 작아진 내 양 손을 살펴보며 놀라움을 감추지 못하고 있었다. 그는 조금 전과 다름없이 그윽하게 나를 내려다보고 있었지만 그 얼굴과의 거리는 이제 줄어든 내 키 차이만큼 벌어져 있었다. 나는 그에게 이렇게 묻고 싶었다.

'당신이 그런 거예요?'

'너를 포함한 나와 내 주위의 모든 것이.'

그런데 놀랍게도 내 마음의 질문이 그에게 전해진 듯 그가 답을 주고 있었다.

'당신이 조금 전에 내게 전했던 말은 무슨 뜻인가요?'

'네가 나를 보듯 나도 너를 보고 있다.'

'우리가 어떻게 소통할 수 있게 된 거예요?'

'그럴 필요가 있었기 때문이겠지.'

'내가 왜 여기에 있는 거죠?'

'그건 네가 더 잘 알텐데... 난 네가 하늘에서 이곳으로 내려오는 모습을 다 지켜보았다. 그러니 그 질문은 네 스스로에게 해야지.'

'내 의지로 여기에 온 것이 아니에요. 그냥 이곳으로 내려와 버렸단 말예요.'

'그 증세와 널 분리할 수 있어? 그 증세가 널 여기로 데려온거야.'

'그럼 그런 증세를 가지고 있는 사람들은 모두 여기에 올 수 있어요?'

'아니, 그런 증세를 가진 사람이 모두 너와 같은 꿈을 꾸지는 않을테니까.'

'내가 이런 꿈을 꾸었기 때문에 여기 온 거라구요? 당신의 말을 믿을 수 없어요. 내가 다녀온 다른 곳들도 내가 바라던 곳이 아니었다구요.'

'죽는다는 것이 뭔지도 모를 나이에 네가 꾸었던 꿈은 이 세상에서 사라져 버리는 거였겠지.'

'그건 또 무슨 소리예요?'

'네가 기억하고 있는 바로 그것에 관한 얘기야.'

'그럼 새는 왜 죽었어요?'

'그럴 만한 일이 있었으니까.'

'내가 그렇게 하지 않았다면요?'

'그럼 전쟁은 왜 났지? 누군가 그렇게 해서? 네가 그 사실들을 피하고 싶었다는 건 잘못된 것이 아니야.'

'그게 잘못된 것이 아니라면 난 왜 이렇게 살고 있는 거죠? 아무 곳에도 정착하지 못하잖아요?'

'네가 이렇게 사는 것은 벌이 아니라 상이야 로빈. 넌 네 삶에서 도망친 것이 아니라 더 큰 자유를 찾아 날고 있던 것뿐이라고.'

'말도 안돼요. 난 날개가 없는데 어떻게 날아요?'

'네가 하늘에 있을 때 겁이 났니?'

'아니요.'

'만약 네게 날개가 있었다면 높은 곳에 있다는 두려움에 쉬지 않고 날개짓을 했을 걸?'

'서... 설마.'

'내 눈엔 다 보인다. 네 과거와 미래가 다 보여.'

'어떻게요? 어떻게 나에 대해 그렇게 잘 알아요? 내 이름은 어떻게 알았어요?'

'네가 내 손을 잡아줄 때 내 남은 에너지 모두를 네게

집중했으니까.'

'왜 그런 거예요?'

'네가 오기 전에 내겐 아무도 없었고 네가 떠나간 후에도 내겐 아무도 없을 거니까.'

'당신 손엔 대단한 거라도 있는 모양이지요?'

'네가 내 손을 잡는 순간 내 손가락은 네 과거와 미래를 모두 알게 되었어. 네가 다녀온 세상, 그리고 아직 만나지 않은 세상의 이야기까지도 말이야.'

'믿을 수 없어요.'

'머지않아 너도 믿게 될 거야.'

'당신도 이름이 있어요? 그리고 도대체 당신은 어떻게 생겨난 거예요?'

'내 이름은 <포>야. 내 이름은 내가 직접 지었지. 내 기억도 직접 만들었어. 네가 내 얘기를 믿든 말든 상관없다. 내 얘기가 네게 의미가 없다면 그냥 흘려버려도 좋아. 먼 옛날에 누군가 이 땅에 씨앗을 던진거야. 그 씨앗은 정체성을 갖기 시작했어. 그렇게 난 땅을 뚫고 나왔지. 그런데 내 주위엔 아무도 없었어. 그래서 난 날 보호할 잔디를 만들었다. 그리고 한참 뒤에 세상이 궁금해서 얼굴과 팔과 손을 만들었지.'

'당신의 모습을 당신이 직접 만들었다구요? 잔디는 당신을 보호해 주는 거구요?'

'내 말을 흘려버려도 된다고 했으니 그런 눈으로 보지 마. 네가 잔디 앞에서 한번 주춤한 것은 기억할테지?'

'그래요, 믿어줄게요. 그런데 당신은 당신의 팔을 잘 움직이지도 못하는 것 같던데요?'

'맞아. 움직이고자 하는 의지를 가진지 얼마 되지 않아서 그래. 하지만 언젠간 자유롭게 움직이게 될거야. 가려운 곳을 마음껏 긁을 수 있도록 말야.'

'그럼 이제껏 만져본 것이 하나도 없었겠네요?'

'네 손을 만진 것이 처음이자 마지막이겠지.'

'당신도 꿈이 있어요?'

'있지. 내 이름을 크게 세상에 내뱉고 싶다. 네가 도와줄 수 있다면 좋겠는데.'

'나와의 만남에 너무 큰 의미를 부여하지 않았으면 해요. 난 아무것도 모르고 또... 떠나야 하니까요.'

'의미없는 말이겠지만 널 놓치고 싶지 않구나.'

'내가 남을 수 없다는 것도 아실 거잖아요.'

'알지, 난 남을 수 밖에 없어서 혼자고 넌 떠날 수 밖에 없어서 혼자라는 것도... 그래서 늘...'

어린 나는 감정이 격해져서 더이상 그의 생각을 듣고
싶지 않았다. 그도 나만큼 불쌍하게 느껴졌다. 그래서
다시 한번 그를 위로하기 위해 그의 손을 만지려는
순간 그의 왼손 엄지손가락이 내 손에 툭 떨어졌다.
나는 그것이 그의 선물이라고 생각했다.

'내가 이걸로 뭘 할 수 있어요?'

'그건 네가 상상해야지.'

노랗게 변했던 잔디는 이제 내가 있던 곳부터 적갈색
으로 변하기 시작했다. 그리고 나는 다시 어른이 되어
있었다. 포는 나와의 대화에서 마지막 에너지를 모두
써 버린 양 기진맥진하여 그 자세 그대로 움직이지
않고 있었다. 그의 검은 눈도 회색으로 변해버렸다.
나는 뾰족한 포의 손톱으로 그의 입을 막고 있던 막
을 찢었다. 그러자 그가 며칠동안 숨을 참았던 사람처
럼 그 입으로 공기를 크게 들어마셨다. 나는 그를 뒤
로하고 적갈색으로 변해버린 잔디를 헤치고 그 자리
를 벗어났다. 내가 처음에 내린 장소에 와서 마지막으
로 그를 돌아보았을때 그는 힘들게 등을 펴서 얼굴을
하늘로 향한 후 한스럽게 외치고 있었다.

"포...! 포...!"

죽은 나무들의 숲

내가 네번째로 닿은 곳. 그곳은 마치 천년동안 비 한 번 내리지 않은 것 같은 모습으로 바짝 말라 있는 넓은 땅이었다. 보기와 달리 공기는 서늘했고 약간의 바람도 불었다. 눈에 보이는 것이라곤 끝도 없이 펼쳐진 지평선뿐이었지만 해가 떠있는 방향엔 이런 장소와 어울릴 것 같지 않은 <검은 숲>이 있었다. 나는 그곳으로 걸어갔다. 걷고 또 걸었으나 이상하게도 그곳에 이르지 못했다. 그보다 더 이상한 건 그 숲은 아직도 저 멀리에 있지만 조금 전까지 숲에 가려져 보이지 않았던 하얀 나무가 보이기 시작했다는 것이다. 말라 붙은 땅 속에 여러 개의 뿌리를 박고 있던 그 나무의 가지에는 나뭇잎 하나 달려있지 않았고 줄기도 쩍쩍 갈라져 있었다. 살짝만 만져도 가지가 부러져 버릴 것 같았다. 이 나무는 오래 전에 죽은 것이 틀림없었다. 이런 곳에 생명이 있을 리 없었다. 나는 그 나무를 지나쳐 그 숲을 향해 걸어갔다. 저렇게 눈에 보이는데 다가갈 수 없다는 것이 이상할 뿐이었다. 아무리 걸어가도 거리가 좁혀지지 않는 것 같았다.

나는 잠시 땅바닥에 앉아 쉬면서 호흡을 가다듬고 이 세계에는 도대체 어떤 일이 벌어지고 있는 것인지 생각해 보았다. 도무지 알 수 없던 나는 다시 일어나 그 숲을 향해 걷기 시작했다. 아마 그때부터였을 것이다. 검은 숲과의 거리가 좁혀지기 시작했다. 희망을 가지고 그곳으로 가고 있는데 그 숲에 있던 검고 커다란 나무가 나를 향해 걸어오는 것이 보였다. 자세히 보니 그건 전체적으로 사람의 형상을 하고 있었다. 나는 그 자리에 멈추어 그것이 내게 오길 기다렸다. 나는 그것이 두렵지는 않았다. 내 키의 세배는 될 법한 그것이 내 앞에 멈추어섰을 때 내가 눈을 제대로 뜨고 보지 못한 이유는 공포심 때문이 아니라 그것의 등 뒤에서 강렬하게 내리쬐는 태양빛 때문이었다. 그림자 진 얼굴을 제대로 볼 수 없었지만 그것의 얼굴은 나뭇잎 모양이었고 그것의 팔과 다리는 움직일 때 사각사각 소리가 날 만큼 말라 비틀어진 나뭇가지였다. 그것은 괴기스런 나뭇잎 얼굴을 내게 들이밀었다. 그가 내는 소리는 아마도 부식되어 구멍뚫린 몸통을 통과하는 바람 소리였을지도 모르겠다. 여하튼 내 귀엔 그 소리가 그것의 질문처럼 들렸다.

"왜 우리를 따라오는 거요?"

나는 지체없이 대답했다.

"당신들을 따라간 것이 아니라 눈에 보였던 숲으로 걸어갔던 겁니다. 거기선 태양을 피할 수 있을 것 같아서요. 그런데 가도가도 당신이 있던 숲에 닿을 수 없었던 이유를 오히려 내가 물어야 할 것 같군요."

"우리는 당신을 피해 움직인 거요. 생명체란 반드시 문제를 일으키기 마련이니까요. 우리는 당신과 섞이고 싶지 않다는 걸 알아주길 바라오."

"당신이 말하는 <우리>가 뭔지 모르겠어요. 저 눈앞에 보이는 검은 숲을 우리라고 말하는 건가요?"

"답답한 생명체군. 내 손을 잡고 따라오시오."

그가 내 손을 이끌고 그 검은 숲이 있는 방향으로 걸어가기 시작했다. 그는 내 보폭에 맞추어 천천히 움직이고 있었다. 하지만 그의 손은 포의 손과는 많이 달랐다. 따스하지 않았고 강렬하거나 간절한 무언가를 느끼게 하지도 않았다. 그는 내게 아무것도 전하려 하지 않는 것이 틀림없었다. 그를 따라 그 숲 가까이 가보니 내가 검은 숲이라고 인식한 것은 나뭇잎 얼굴로 내게 다가온 존재들의 무리였다. 그 중엔 사람만큼 작은 것도 있었고 집채만큼 큰 것도 있었다. 그들은 내가 다가가자 다소 격앙된 듯 웅성거렸다. 나를 거기로 데려간 존재는 비로소 내 손을 놓고 그들이 알아들을 수 있는 소리로 그들에게 무언가를 전했다. 잠시 후 조금 더 큰 존재 하나가 성큼성큼 내게 다가왔는데 그는 아마도 이 무리를 이끄는 존재인 듯 했다. 그는 깊이 고개를 숙이고 말라 비틀어진 갈색의 나뭇잎 얼굴로 내 온 몸 구석구석을 훑고는 다소 안심이 된 듯 차분한 소리로 내게 말했다.

"우리는 <죽은 나무들의 숲>이오. 당신은 누구요?"

"나는 다른 세계에서 왔어요. 당신들에게 나를 설명할 방법은 그 말밖에 없군요. 나는 호기심이 많긴 해도 문제를 일으키고 싶지는 않아요. 그럴 힘도 없구요. 그러니 안심해도 됩니다. 그리고 나는 오늘이 지나기 전에 이곳을 벗어나게 될지도 모릅니다. 그런데 <죽은 나무들의 숲>에 대해 설명해 줄 수 있나요?"

"죽은 나무들의 영혼이 모이는 곳이오. 나무가 죽으면 가지에 연결되어 있던 힘이 빠지면서 모든 나뭇잎들을 놓을 수 밖에 없게 되지. 작은 바람에도 우수수 떨어지는 나뭇잎은 그래서 슬픔의 상징이라네. 마지막에

남은 잎 하나는 그 나무의 영혼을 끌고 힘들게 이곳
으로 오는거요. 여기에선 그 나뭇잎에게 움직일 수 있
는 몸을 만들어 준다오. 보다 짙은색으로 말이오. 그
러면 비로소 뿌리를 벗어난 자유를 얻게 되는 거지."

"이미 죽었는데 자유가 되는게 무슨 의미가 있죠?"

"그러면 당신의 삶은 무슨 의미가 있소?"

"모르겠어요. 정말 모르겠어요. 당신들은 여기에 모여
서 무엇을 하고 있나요?"

"주로 아무것도 하지 않지만 지금처럼 생명이 다가오
면 피하고 있소. 자신이 죽지 않았다고 생각하는 동료
들에게 진실을 전하기도 하고..."

"생명체는 어떤 문제를 일으키나요?"

"생명은 에너지요. 에너지는 혼란의 원천이지."

"아까 지나쳤던 흰 나무는 뭔가요? 그 나무는 분명 땅
에 뿌리를 땅에 박고 있었어요."

"당신이 우리에게 오기 전 우리는 긴 시간 동안 그 나
무를 설득하고 있었소. 그 나무는 자신의 죽음을 인정
할 수 없는 모양이더군. 그것을 인정만 하면 우리처럼
자유로워 질 수 있는데 말이지."

"자신의 죽음을 인정한다는 것이 뭔가요?"

"우리처럼 아무것도 바라지 않는다는 것이오."

"당신들도 생명을 피하고 싶어한다고 했잖아요?"

"그건 본능이지 바람이 아니오. 본능은 예측할 수 있지만 바람은 예측할 수 없지. 그것이 그 나무의 답답한 지점이지."

"그럼 그 나무는 무엇을 바라는 거예요?"

"그건 그에게 묻지 않았으니 우린 알 수 없소. 설사 묻는다 해도 그에겐 들리지 않을거요. 자신의 죽음을 인정하지 않으니 이미 삶의 강을 건넌 우리들의 소리를 환청이라고 생각할 수 밖에... 불쌍한 노릇이지."

나는 이정도 대화에도 그들 모두가 힘들어 한다는 것을 느낄 수 있었다. 검은 숲속 여기저기에서 불평하는 소리들이 들리는 것 같았기 때문이었다. 그리고 여기에 있는 존재들보다는 조금 전 지나쳤던 그 나무의 생각이 더 궁금해졌다. 나는 그들에게 인사를 하고 걸어온 곳을 되짚어갔다. 그러자 비로소 <죽은 나무들의 숲>이 내뱉는 안도의 한숨 소리가 들렸다.

나는 다시 하얀나무가 있는 곳에 도착했다. 이제는 걷지 못하는 나무가 오히려 더 이상하게 보일 지경이었다. 내가 그 나무를 관찰하고 다시 길을 떠나려는데 어디선가 이런 소리가 들리는 것 같았다.

'고마워요. 당신 덕에 안정을 되찾았소.'

그 소리는 나무의 줄기 속 구멍에서 들리는 듯 했다.

'내가 당신에게 무슨 도움이라도 주었나요?'

'그들을 떠나게 해주었잖소. 긴 시간동안 그들의 이야기를 듣느라고 너무 지쳤었는데 말이지.'

'하지만 저들은 당신을 측은해 하고 있더군요. 진실을 알지 못한다면서요.'

'진실은 항상 상대적이지.'

나는 그와 마음으로 소통하고 있었다. 내가 포를 먼저 만나지 않았다면 이런 소통이 가능했을까?

'그들은 당신이 이미 죽은 나무라고 하더군요. 그런데 그걸 인정하지 않아서 자유롭지 못한 거라구요.'

'내가 죽을 때가 된 건 사실이지. 이제 편히 눈감고 싶은 것도 사실이고. 하지만 내가 죽지 못하는 건 미련이 남았기 때문이오. 지금까지 오직 나만을 위해 살았소. 죽기 전에 다른이에게 의미있는 선물을 준다면 행복하게 죽을 수 있겠소. 당신은 그 대상이 되기에 충분하지. 내가 당신을 위해 무엇을 해 주면 좋겠소?'

순간 아주 잠시지만 난 태양빛이 푸르게 변한 것 같다고 느꼈다. 그래서 나는 하늘을 올려다보았다. 그런데 푸른 몸과 지느러미를 가진 사람 크기만한 물고기가 하늘에서 헤엄치고 있었다.

'난 필요한게 없어요. 그런데 저 물고기는 너무 지쳐 보이네요. 저것을 위해 무엇을 해 줄 수 있어요?'

하얀 나무는 대답대신 마지막 남은 힘으로 몸을 천천히 변형시키기 시작했다. 그리곤 어딘가로 이상한 신호 같은 것을 보냈는데 그건 하늘에 떠 있는 물고기에게 보내는 것 같았다. 그 신호가 물고기에게 닿은 모양이었다. 그건 천천히 우리가 있는 쪽으로 내려오며 우리 둘에게 동시에 마음을 전했다.

'난 눈이 없이 태어났소. 물에서 태어났지만 마땅히 내가 있어야 할 곳을 볼 수 없었으니 삶의 길을 잃고 하늘로 간거요. 그리고 외로움 속에 너무 오래 살았소. 이제 영원히 쉴 곳이 필요하오.'

나무는 마지막 힘으로 줄기를 미세하게 벌려가며 물고기의 몸을 받아들였고 물고기는 거기에 안착했다. 그리고 둘은 더이상 움직이지 않았다.

날지 않는 새

다소 붉은기가 도는 흙으로 된 너른 평지에 내렸다.
키작은 풀들 사이로 햇볕이 뜨겁게 내리쬐고 있었고
주변엔 바람 한점 없었다. 황량하다고 느끼는 순간 어
딘가에서 새들의 소리가 들리는 듯 했다. 소리가 나는
쪽으로 고개를 돌려보니 저 먼곳 어딘가에 커다란 나
무 한그루가 보였다. 난 거기에 새들이 모여있을 것이
라고 생각하고 그 방향으로 한참을 걸어갔다. 그곳은
싱그런 잔디가 가득한 곳이었는데 수많은 새들이 거
기에 둥지를 짓고 살고 있었다. 새들은 독수리만한 크
기였지만 갈매기의 생김새를 하고 있었으며 대부분
까마귀처럼 검은 깃털로 덮여있었으나 간혹 회색 털
을 가진 놈들도 있었다. 잔디밭의 중심 근처엔 한눈에
보기에도 맑고 투명한 연못이 있었는데 그 한가운데
엔 수직으로 높게 뻗은 나무 한 그루가 있었다. 굵다
란 나무의 뿌리들이 마치 문어다리를 연상시키는 모
양으로 연못 속에 광범위하게 퍼져 있었는데 각각의
뿌리마다 형형색색의 과일들이 주렁주렁 달려 있었다.
새들은 행복한 모습으로 삼삼오오 둥지에 앉아 있기

도 했고 연못에서 헤엄을 치거나 그 과일들을 쪼아먹기도 했다. 줄기의 중간 높이쯤에서 일제히 시작된 가지들은 위로 갈수록 수평으로 퍼지며 같은 길이로 자라나 있었고 그 가지 사이사이엔 무성한 나뭇잎들이 있었는데 그것들은 새들의 둥지에 시원한 그늘을 만들어주고 있었다. 나뭇가지들이 퍼진 모습은 흡사 입구가 넓은 깔대기처럼 보였다. 새들의 천국이 있다면 아마도 이런 모습일 것이었다.

줄기의 끝은 평평하게 잘린 것 같았는데 거기엔 하얀 새가 한마리 있었다. 강렬한 햇빛으로 고개를 들기 힘들었기에 그 모습을 자세히 볼 순 없었지만 죽은듯 움직이지 않고 있었다. 그 새에 대해 궁금했지만 물어볼 대상이 없었다. 그런데 더 이상했던 건 그 많은 새들 중 단 한마리도 날고 있는 모습이나 날개를 펴고 파닥이는 모습을 볼 수 없었다는 것이다. 그러고 보니 어쩌면 모든 것이 다 있는 새들의 천국인 이곳에선 날개가 무의미한 것일지도 모르겠다는 생각마저 들었다. 나는 용기를 내어 새들 근처로 다가갔다. 그러자 새들이 반응하기 시작했다. 가까이에 있던 새들은 내게 등을 돌렸고 조금 멀리 있는 새들은 나를 주시하며 수군대고 있었다. 나는 그들을 자극하지 않도록 그들과 비슷한 소리를 내며 다가갔다. 가까이서 보니 그들의 눈은 일반적인 새들의 동그란 눈과 달리 가로로 넓고 눈동자와 흰자위가 뚜렷이 구분되어 보이는 인간의 눈을 가지고 있었다. 나는 그 눈을 보고 그들이 높은 지능을 가진 새들일거라고 생각하고 그 중 하나에게 말을 걸어 보았다.

"여보세요. 내 말 이해할 수 있어요?"

가까이서 등을 보이고 있던 새가 순간 움찔하더니 이내 뒤를 돌아 나를 응시했다.

"내게 말을 걸었소?"

"내 말을 알아듣는군요. 다행이네요. 난 조금 전에 여기에 왔어요. 여기엔 이런 곳이 많이 있나요?"

"이런 곳?"

"이렇게 새들이 모여있는 곳 말입니다."

"잘 모르겠소. 다른 곳에도 이런 장소가 있다고 생각해 본 적은 한번도 없소. 그리고 우리 중 아무도 여기를 벗어난 새는 없을테니 아마 이곳에 있는 어느 누구도 당신의 질문에 답을 하지는 못할거요."

그 말에 주변을 다시 둘러보았지만 눈에 보이는 것이라곤 척박해 보이는 평평한 붉은 땅뿐이었다. 하지만 해가 보이는 방향 저 멀리엔 꽤 높아 보이는 절벽이 있었다. 그 새는 내 이마에 흐르는 땀을 보고는 나를 나무그늘 아래에 있는 무리 가까이로 이끌었다. 그곳에 들어서는 순간 쾌적함이 느껴질 정도로 시원한 느낌이 들었다. 가까이 있는 다른 새들은 우리가 대화하는 모습을 관찰하듯 바라보고 있었다.

"이보게들 걱정말게. 이 존재가 어쩌다 여기에 도착했다는군. 우리를 해칠 것 같지는 않으니 두렵게 생각하지 말자고. 그런데 우리에게 궁금한 것이 있는 모양이야. 아는대로 대답해 주자고."

그러자 나를 주시하던 검은 깃털의 새들이 신기한 물건이라도 보는 듯한 눈으로 모여들었다. 하지만 그들의 눈매엔 약간의 경계가 남아있었다. 나는 손가락으로 나무를 가리키며 물었다.

"저 나무에도 이름이 있나요?"

"페일라! 신의 나무란 뜻이오!"

"저 나무는 언제부터 있던 거죠?"

"그건 모르지! 그건 모르지!"

경쟁이나 하려는 듯 여기저기서 대답이 튀어나왔다.

"당신들을 뭐라 부르면 되오?"

"누크, 우릴 누크라 부르면 되지! 또!"

"이 연못을 뭐라고 불러요?"

"생명의 물! 우리에게 생명을 주니까!"

"저 열매는 뭐예요?"

이번엔 나무의 뿌리에서 주렁주렁 열려있는 열매들을 보고 물었다.

"옹트, 옹트 열매야. 저거 없으면 우린 죽은 목숨이지. 또 다른 질문!"

그들의 대답 열기가 어찌나 강렬하던지 멀리 있는 새들조차 그 소리를 듣고 이곳으로 모여들 정도였다.

"당신들 깃털은 대부분 검정색인데 왜 어떤 새들은 회색 깃털을 가지고 있어요?"

"나이 든 새요! 나이가 들면 깃털이 회색으로 변합니다. 이거 재미있군. 또, 또 질문해 보시오!"

"페일라 꼭대기에 앉아 있는 하얀 새는 뭡니까?"

누군가 강렬한 어투로 말했다. 새들이 점점 많아졌다.

"그건 신이오. 우리들의 신이지!"

"신은 어떻게 저기에 올라가 있는거죠?"

또다른 누군가가 대답했다.

"바람! 바람이란 것이 신을 저기에 올려놓았소!"

나는 그 바람을 느끼고 싶어서 손을 펴 들며 물었다.

"그런데 왜 지금은 바람 한점 불지 않는 거죠?"

"이곳에서 바람처럼 귀한 것은 없지. 바람은 오직 한 번만 불어왔소. 저 새는 그 한 번의 바람을 타고 저 위에 올라간 것이오. 그래서 신이 되었지."

하지만 어떤 새들은 과거에 이 말조차 들어본 적이 없다는 듯 미심쩍은 얼굴로 페일라의 끝을 쳐다보려 했지만 마치 목이 굳어버린 것처럼 고개를 제대로 들지 못했다. 하늘을 쳐다본 적이 한번도 없는 모양이었다. 혹여 그들이 고개를 든다 해도 그들의 시선은 무성한 나뭇잎과 강렬한 햇빛으로 인해 그 새의 존재를 확인할 수 없을 것만 같았다. 조금만 무리에서 벗어나서 보면 누구나 볼 수 있는 흰 새에 대해 모르는 새들이 많다는 것에 나는 적잖이 충격을 받았다. 이 질문은 무리의 일부를 당황하게 만든 것 같았다. 듣고만 있던 다른 새가 한마디 했다.

"질문이 좀 불편하군. 다 아는 질문을 했어야지! 다른 질문을 해 보시오!"

"죽은 새들은 어디로 갑니까?"

"죽은 새? 왜 그런 걸 묻지? 재미없다. 왜 계속 잘못된 질문을 하는 거요?"

새들의 웅성거림이 점차 커지고 있었다. 나와 내 질문을 비난하는 모양이었다. 나도 어떻게 질문하고 행동해야 할 지 몰랐다. 나는 용기를 내어 준비했던 마지막 질문을 던졌다.

"왜 아무도 날개를 펴고 날지 않는거요?"

"날개? 날개? 날개가 대체 뭐야. 왜 점점 이래!"

이 질문에 내 주변에 모여있던 검은 깃털의 새들은 모두 더이상 내게 관심이 없다는 듯 뿔뿔히 흩어져 있던 곳으로 되돌아갔다. 그런데 뒤쪽에서 나의 질문을 유심히 듣고 있던 회색 깃털의 새 한마리가 무리를 헤치고 나와 내 앞에 왔다.

"자네는 질문이 참 많은 존재군. 우린 규칙대로 살아야 하지. 그래서 예측할 수 없는 것을 싫어하오. 그저 정해진 규칙대로 살아가다 죽으면 되는 것이오. 그런데 생각해 보시오. 살면서 어떻게 질문이 없을 수 있겠나? 당신이 말한 날개에 대해선 나도 들어본 적이 있소. 그게 뭔지 궁금할 따름이지만."

"질문만 남겨두고 떠나게 될 줄 알았는데 내 말에 공감해주는 당신과 같은 새를 만나서 다행이에요. 당신이 말하는 이곳의 규칙에 대해서도 알고 싶어요. 그리고 당신들의 죽음에 관해서도 궁금하구요."

"저기 저것이 보이시오?"

회색빛 새는 부리를 들어 멀리 보이는 언덕을 가리키며 물었다. 나도 손가락으로 그곳을 가리켰다.

"저 절벽이 있는 저 언덕 말이군요. 보입니다."

"자네만큼 질문이 많던 내 친구가 지금 힘겹게 거기로 가고 있을 거요. 한번 이곳을 떠난 누크는 결코 다시 돌아올 수 없소. 그것이 우리의 규칙이오."

"왜 돌아오면 안되는 거예요?"

"혹시 여기서 둥지를 짓고 있는 새들을 본 적 있소?"

곰곰이 생각해보니 그런 새를 보지 못했다.

"글쎄요. 둥지가 많기는 했는데 짓고 있는 새는 보지 못한 것 같네요."

"이곳에 있는 둥지들은 아주 오래 전에 지어진 것들이오. 이후엔 누구도 더 둥지를 짓지 않았고 이제는 둥지를 만드는 방법을 아는 새들조차 거의 남아있지 않소. 이곳에 살던 새가 둥지를 벗어나면 주변에서 대기

하던 새들이 그곳을 차지하지. 그러니 다시 돌아온다 해도 머물 곳이 없지. 그리고 규칙을 깬 새는 우리에 겐 더이상 동료가 아니오. 그저 쓰레기일 뿐이지. 나는 더이상 해줄 얘기가 없으니 우리에 대해 더 궁금한 것이 남아있다면 지금이라도 이 시원한 그늘을 벗어나 그를 만나러 떠나시오. 아마도 당신 걸음이라면 그를 따라잡을 수 있을 거요."

나는 그 길로 자리에서 일어나 그가 알려준 언덕을 향해 걸어갔다. 뙤약볕에 땀이 하염없이 흘러내렸지만 더 늦으면 그 새를 만날 수 없을지도 모른다는 불안감에 걸음을 재촉했다. 어느덧 귓전을 맴돌던 새들의 소리는 점차 멀어지고 고요가 찾아왔다. 한자락 바람이라도 불어 이마와 콧잔등의 땀을 식혀준다면 얼마나 행복할까 하는 생각이 들었다. 그렇지만 페일라의 그늘을 떠난 것이 후회가 되지는 않았다. 한참을 걸어 절벽 가까이 이르렀을 때 내 눈에 비친 건 절벽의 바로 밑 커다란 웅덩이 속에 있는 수많은 새들의 사체였다. 거기엔 아직 회색 깃털이 남아있는 주검들과 썩어서 뼈만 남은 새들의 시신이 뒤섞여 있었다. 웅덩이 옆에는 동료의 사체 하나를 질질 끌고 그곳에 막 도착한 회색 깃털의 새가 있었다. 그는 내가 찾던 새가 틀림없어 보였다. 그는 먼 길을 걸어오느라 회색 깃털이 많이 빠져있었고 이곳까지 오는동안 아무것도 먹지 못한 탓에 뼈만 앙상하게 남은 모습이었다. 그는 웅덩이에 가득한 동료들의 시신을 보고 큰 충격을 받은 듯 한동안 넋이 나간 모습을 하고 있었다. 그 새는 그 자리에서 몸을 추스르고는 자신이 물고 온 죽은 새를 그 웅덩이에 밀어넣었다. 나는 그가 놀라지 않도록 뒤에서 조용히 그에게 다가갔다. 그러자 그 새가 이미 나를 눈치 챘다는듯 말했다.

"댁이 누군지 모르지만 잠시 나를 가만히 두시오. 며칠 전 내 곁을 떠난 내 아내와 여기에 잠들어 있는 모든 누크들을 추모하게 말이오."

나도 그의 옆에서 그를 따라 눈을 감고 죽은 새들을 추모했다. 잠시 후 눈을 뜬 그는 무거운 발걸음을 떼어 언덕을 오르려 했다.

"잠깐만요! 당신 친구의 말을 듣고 당신을 따라왔어요. 당신이 지금 무엇을 하려는지는 모르지만 잠시 나와 이야기를 나눌 수 있을까요?"

그는 잠시 멈추고 고개를 돌려 나를 쳐다보고는 언덕을 오르며 말했다.

"아직은 그럴 준비가 되지 않았소. 대화를 원한다면 나를 따라오시오."

그는 한걸음 한걸음 지친 몸을 끌고 힘겹게 언덕을 올랐고 나도 천천히 그를 뒤따랐다. 그는 그 과정에서 수십번도 넘게 넘어졌는데 매번 일으켜 주겠다는 나의 제안을 한사코 거절했다. 땅거미가 지고 어둠이 내려앉은 후에도 그의 걸음은 멈출 줄 몰랐다. 여명이 시작될 쯤 비로소 그와 나는 언덕 꼭대기인 절벽 위에 다다를 수 있었다. 그는 이곳에서 삶의 터전이었던 페일라 나무 부근을 바라보며 미동도 않고 서 있었다. 한참 후 그가 무겁게 입을 열었다.

"전설은 틀리지 않았군. 이제 질문해 보시오."

그 말을 듣고 나는 질문을 시작했다.

"누크들의 규칙과 전설에 대해 알고 싶어서 당신을 따라 왔어요. 그게 뭔지 내게 말해줄 수 있나요?"

그는 몇 번이나 힘들게 숨을 쉬고는 입을 열었다.

"나는 방금 내 아내를 영원히 보내주었소. 죽음의 목전에 있는 나와 이렇게 대화를 나눌 수 있다는 것은 자네에겐 꽤나 특별한 일일테지. 누크는 반드시 쌍을 이루고 살도록 되어 있는데 우리가 아름다운 저곳 페일라 나무 아래서 평생 일도 하지않고 편안히 살아온 댓가는 삶의 동반자가 죽으면 함께 죽음을 맞이해야 한다는 것이오. 그 규칙은 이곳에서 살아갈 다음 세대를 위해서라도 반드시 지켜져야 하지. 우리는 새끼를 낳으면 일정기간 둥지에서 키우다 내보내야 하는데 그 새끼는 가급적 빨리 동료들 중 짝을 찾아야 하지. 그 후엔 둥지를 가진 새들 언저리에 머물며 대기하는 삶을 살아야 하오. 반면 둥지에 살던 새들은 하나가 죽으면 곧바로 곡기를 끊고 둥지도 내어주어야 하며 지체하지 않고 죽은 배우자를 물고 이곳까지 끌고 와서 저 웅덩이에 밀어넣어야 하지. 우리들의 무덤에 말야. 그리고는 남은 힘을 다해 언덕을 올라 그 웅덩이 위에서 스스로 뛰어내려 죽어야 하는 거요. 다른 누크들처럼 말이오. 그리고 나도 마침내 그것을 하려 하는 것이지. 이것이 우리의 규칙이오."

"모두들 이 규칙을 지켰다는 것이 존경스럽군요."

"하지만 우리는 규칙을 따르면 얻게 되는 <깨달음>이란 선물도 얻게 되지. 나도 이미 그걸 얻었고."

"깨달음? 당신은 지금 죽기 위해 저 아래 웅덩이로 뛰어내려야 한다면서요? 난 당신이 여기 도착한 이후 지금까지 줄곧 같이 있었어요. 그래서 난 당신과 모든 걸 공감하고 있다고 생각했는데 난 아무것도 얻지 못했어요. 그런데 당신은 깨달음을 얻었다구요?"

"그렇소. 며칠 전부터 시작되었던 죽음으로의 여정이 조금도 힘들게 느껴지지 않을 만큼 큰 것을!"

난 그의 말을 이해할 수도, 믿을 수도 없었다.

"얘기해 줄 수 있나요? 뭘 깨달았다는 건지."

"당신은 죽음의 웅덩이에서 무엇을 보았소?"

"많은 새들의 주검을 보았지요."

"그 주검들이 어떻든가?"

"생명이 떠나간지 얼마 되지 않은 새들은 살아있을 때와 별반 다르지 않은 모습이었지만 어떤 새들은 이미 오래전에 썩어 비참하게도 뼈만 남았지요."

"그렇지, 그 뼈 속에서 나는 우리의 <날개>를 보았네. 우린 모두 날개를 가지고 있었다는 사실을 비로소 알게 되었지. 그렇게 큰 깨달음을 얻은 것도 모자라 이 언덕 위에서 그토록 닮고 싶었던 신의 모습도 보았으니 이제 미련이 없소. 이왕 자네와 함께 있으니 자네가 나를 절벽 아래로 밀어주면 좋겠구만. 아직 내겐 뛰어내릴 용기가 나지 않으니."

신을 이야기하며 그가 부리로 가리킨 곳은 페일라 나무 위에 가만히 서 있는 하얀 새였다. 여기선 정말 그 하얀 새가 잘 보였다.

"당신의 몸 속에 날개가 있었다는 것을 알게 된 것과 신의 모습을 본 것, 그것이 여기서 스스로 떨어져 죽어야 할 이유가 된다구요?"

"충분하지 않소?"

"아니요, 충분하지 않지요. 당신은 그 날개로 무엇을 할 수 있는지 아직도 모르잖아요?"

"몸 속에 있는 뼈로 무엇을 할 수 있겠소?"

"날개는 당신 몸 속에 있는 것이 아닙니다. 두툼한 깃털에 가려져 인식하지 못했을 뿐이에요. 그걸 생각 속에서 꺼내어 당신의 어깨로 가져가요. 당신을 할 수 있어요. 이제 그걸 천천히 펴 봐요."

그러자 그는 내 말대로 아직 한번도 꺼내 보지 않았던 날개를 품 속에서 꺼내어 넓게 폈다.

"당신이 그것을 사용하는 방법을 안다면 당신은 절대로 떨어져 죽지 않을 거예요."

"내가 그 방법을 모른다면?"

"웅덩이 속 새들과 같은 운명이 되겠지요.'

"내게 전통을 거역하라는 건가?"

"아니요, 전설을 만들라는 겁니다."

나는 그렇게 말하곤 그를 절벽 아래로 밀어버렸다. 그러자 그는 날갯짓을 하며 절벽 위로 날아올랐다. 그리곤 곧장 자신의 고향 페일라 나무를 향해서 날아갔다. 그순간 그의 회색빛 깃털은 흰색으로 변했으며 그의 날개 밑에서 생성된 기류가 공기를 움직이며 큰 바람을 일으켰다. 몇몇 누크들이 그를 보며 외쳤다.

"신이다! 그 전설처럼 신이 바람을 일으킨다!"

어떤 새들은 넘어져 뒹굴었고 또 어떤 새들은 그 과정에서 혼비백산이 되어 서로 부딪히다가 몸 속에 숨어있던 자신들의 날개를 인지하게 되었다. 그 바람으로 신이라 불리며 페일라 나무 위에 있던 하얀 새는 땅에 떨어져 산산히 부서졌다. 그 나무 위는 이제, 조금 전 절벽에서 날아올랐던 한 누크가 비로소 날개를 접고 쉴 수 있는 유일한 장소가 되었다.

고통의 신

발 아래에 전체적으로 회색빛이 도는 도시가 보였다. 주변이 잘 보이지 않았기에 처음엔 낮은 구름층이 도심을 덮은 것이라고 생각했다. 여하간 도시 전체가 짙은 안개에 싸인 모습을 하고 있었다. 나는 내린 곳에서 조심스레 주위를 둘러보았다. 잘 보이지 않으니 주변을 제대로 감지할 수 없었기도 했거니와 간간히 기괴한 소리가 땅으로부터 들려오는 탓에 나는 뭔지 모를 공포감에 휩싸였다. 주변엔 몇몇 사람들이 보였는데 하나같이 무엇에라도 홀린 양 모두 한 방향을 향해 정신없이 걸어가고 있었다. 그 소리가 들릴 때마다 지나던 사람들은 괴로운 듯 미간을 찌푸렸다. 사람들 무리를 따라가보니 기둥처럼 보이는 거대한 회색 파이프 앞에 이르렀다. 파이프의 끝은 낮은 구름에 가려져 보이지 않았다. 파이프의 지름은 세 사람 정도가 팔 벌려 감싸 안을 수 있는 정도로 보였는데 사람의 얼굴 정도 높이에 가로로 나란하게 여러 개의 구멍이 뚫려있었다. 그런데 그곳에 다가간 사람들은 하나같이 그 파이프 구멍에다 무언가를 토해내고 있었다. 아니,

뱉어낸다고 해야할까? 여하튼 낯선 그 모습은 이곳 사람들의 일상처럼 느껴졌다. 그곳에 무언가를 토해낸 사람들은 조금 전에 비해 한결 편안한 표정을 짓고 오던 길을 돌아서 갔다. 나는 파이프에 다가가는 중년의 남자를 따라가 길을 막고 물었다.

"사람들이 파이프에 뭘 토해내는 건가요?"

그 질문에 그는 내게 입 속을 보여주었다. 입 안에 검은 알갱이들이 있었다. 나는 서둘러 길을 비켜 주었다. 그는 입 속에 있던 것들을 파이프의 구멍 속에 모두 토해 내고서야 다시 내 앞에 와서 물었다.

"어떻게 그런 무지한 질문을 할 수 있지? 당신은 대체 어디에서 왔소?"

"다른 곳, 다른 세상에서 왔어요."

나는 당황하며 말했다. 그 와중에도 간간히 들리는 기괴한 소리는 멈출 줄 몰랐다.

"그렇다면 당연히 여기보다는 좋은 곳이겠군. 당신 귀에도 저 소리는 들리겠죠?"

"들립니다. 저 소리는 대체 어디서 들려오는 건가요?"

"저 건물에서 시작되는 것이 틀림없소. 여기 사는 모두들 그렇게 생각하오."

그가 가리키는 곳에는 구름에 가려 끝이 보이지 않는 커다랗고 검은 건물이 있었다.

"저기엔 누가 살고 있는 거죠?"

"그걸 누가 알겠소만 전해 내려오는 얘기에 따르면 괴물이나 악마가 산다고 들었소."

"혹시 저곳에 가봤다는 사람이 있었나요?"

"미치지 않고서야 누가 저길 가겠소? 한 순간도 이곳을 벗어날 수 없다는 것이 안타까울 뿐이오."

"왜 벗어날 수 없어요?"

"저 파이프 바깥쪽엔 뭐가 있을 것 같소?"

"글쎄요. 안개에 가려져 보이지 않는군요."

"아무것도 없소. 세상의 중심은 저 망할 건물이고 저걸 중심으로 방사형으로 난 여덟개의 길 끝엔 각각 이것과 같은 파이프가 있소. 당신이 어디서 왔는지는 모르지만 이것이 우리의 세상이오. 파이프의 바깥쪽은 온통 늪이오. 세상의 끝이지."

"시간이 지나면 안개는 걷히겠지요?"

"그러지 않을거요. 내가 이 나이 먹도록 한번도 안개가 걷힌 모습을 본 적 없소. 이 안개 역시 그 악마가 만든 거라고 하더군. 우리에게 숨길 게 많은게지."

"그런데 조금 전에 파이프에 뱉은 건 무엇인가요?"

"우린 그걸 <검은 구슬>이라고 부릅니다."

"왜 입 속에 그런 것이...?"

"저 기분 나쁜 소리를 계속 듣고 있으면 목 어딘가에서 무언가가 생겨서 점점 커져요. 몇 주만 지나면 아주 딱딱해져서 뱉어내지 않으면 음식을 먹기 어려운 것은 물론이고 숨 쉬기도 힘들지요."

"그 이유가 저 소리 때문이라는 걸 어떻게 알죠?"

"누구나 그렇게 알고 있소. 그럼 뭐 때문이겠소? 우리 정신을 힘들게 하는건 오로지 저 소리뿐인데."

"그런데 왜 집 주변에 뱉지 않고 힘들게 이 파이프까지 걸어와서 토해내는 건가요?"

"그 더러운 걸 누가 삶의 터전에 버리고 싶겠소. 모르긴 몰라도 우리가 그런 규칙을 만들지 않았다면 도심은 벌써 검은 구슬로 가득 찼을지도 모르지. 먼 옛날에 저 검은 건물 속의 악마와 싸웠던 과학자가 이 장치를 개발했다고 들었소. 여기에 뱉으면 먼 우주로 날아가버린다는 거야. 그 말이 진짜라면 참 착한 과학자 아니오? 그런 과학자가 있는 반면 우리를 저렇게 괴롭히는 악마도 있으니 이거야 원..."

"저 파이프가 우주로 향하는지 어떻게 알아요? 구름과 안개에 가려져 파이프 끝이 보이지 않는데..."

"여기 사람들의 인지능력과 내려오는 이야기를 종합해 보면 당연히 그렇게 답이 나오는 거 아니오?"

"알 것 같아요. 이 도시 사람들 참 불쌍하네요."

"그런데 꼭 그렇게만 볼 것은 아니오."

"그건 또 무슨 말인가요?"

"이걸 만든 과학자가 이렇게 말했다는군. 자신의 걱정과 근심, 고민과 분노의 마음을 그 검은 구슬에 실어 뱉어보라고 했지. 그러면 일상의 행복을 누릴 수 있다고. 정말로 효과가 있다니까. 이곳 사람들은 그 효과를 경험했기에 저 소리와 공존할 수 있는거요."

나는 다른 견해를 듣고 싶어서 외곽을 따라 걸어서 두 군데의 파이프를 더 찾아갔고, 거기에서 만난 사람들에게도 비슷한 내용의 이야기를 들었다. 나는 모든 이야기의 시작점인 검은 건물에 가야겠다고 생각했다. 내가 이곳에 오게 된 이유를 사람들에게서 들을 수 없다면 그곳에서 찾을 수 있을 것 같았기 때문이다. 바쁘게 지나다니는 사람들과 자동차들을 가로질러 반나절 정도 걸어가니 비로소 검은 건물 가까이에 도달

할 수 있었다. 건물은 지름이 300미터쯤 되는 원형의 검은 땅 한가운데 있었는데 높다란 철조망으로 가로막혀 있었다. 도심의 모든 길은 그 철조망 둘레를 돌도록 설계되어 있을 뿐 그곳에 이르는 길은 없었다. 그 건물은 위로 갈수록 좁아지는 형태의 원형 평면을 가지고 있었기에 마치 거대한 나무 줄기처럼 보였다. 건물 바닥의 지름은 50미터 정도 되어 보였고 건물의 외벽에는 군데군데 창문 구멍이 있었다. 철망 가까이 가서 자세히 건물의 아래 부분을 살피니 보기만 해도 소름이 끼칠 것 같은 날카로운 검은 잎을 가진 검은 나무들이 건물을 에워싸고 있었다. 철망 안으로 들어갈 방법을 찾던 중 다행히도 파손된 곳을 발견할 수 있었다. 아마도 길을 벗어난 자동차와 충돌했던 모양이다. 구멍이 크지는 않았지만 나는 그곳을 통해 검은 땅으로 들어갈 수 있었다. 그 땅은 매우 질척거려서 한발 한발 옮기기가 힘들었다. 검은 흙이 옷 속으로 들어올 것 같다는 기분 나쁜 생각이 들었다. 한참을 걸어 건물 근처에 다다랐을 때는 온몸이 축축해진 것 같은 기분이 들었다. 사람 키의 열배는 되어 보이는 검은 나무들을 비집고 전진하니 비로소 건물로 통하는 문이 보였다. 나는 그곳을 통해 건물 안으로 들어갔다. 건물 내부엔 층 구분이 없었고 위를 올려다보아도 천장이 보이지 않았다. 다만 이 건물 자체가 거대한 종인 것처럼 그 기괴한 소리가 공간을 가득 채우고 있을 뿐이었다. 중앙엔 지름이 3미터쯤으로 보이는 원형 기둥이 있었는데 올려다보아도 그 끝이 보이지 않았으며 난간이 없는 콘크리트 계단이 기둥을 중심으로 나선형으로 돌며 위쪽으로 향하고 있었다. 작은 창문 구멍을 통해 들어온 오후의 빛이 그 모든 것들을 은은히 비춰주고 있었다. 나는 주저없이 계단을 오르기 시작했다. 소리는 저 위쪽에서 시작되는 것 같았다. 끝까지 오르면 이 소리의 실체를 마주할 것이었지만 열 바퀴를 넘기는 순간부터 발걸음이 늦어졌다. 날 보호해 줄 난간이 없다는 공포가 엄습했다. 하지만 위로 갈수록 건물의 폭은 좁아지고 있었으므로 용기를 내어 꾸준히 올라 비로소 팔을 뻗으면 벽에 손이 닿을 것 같은 지점에 다다랐다. 그곳에서 고개를 들어보니 비로소 천장이 보였다. 계단의 끝은 천장에 난 구멍으로 향하고 있었는데 거기에서 밝은 빛이 새어나오고 있었다. 구멍의 크기는 한 사람이 겨우 드나들 수 있을 정도로 작았다. 나는 마지막 힘을 보태서 몇 바퀴를 더 올라 그 구멍 바로 아래 도착했다. 다리는 걷잡을 수 없이 후들거렸고 벽을 잡고 올라온 탓에 팔은 빠질것 같이 아팠으며 불쾌한 소리에 고막이 찢어질 것만 같았다. 창문구멍을 통해 밖을 보니 위쪽 어디에선가 하얀 연기가 일정한 간격으로 뿜어져 나오는 것이 보였다. 그건 도시를 가득 메우고 있던 안개였다. 나는 계단 끝에 서서 직전의 안개가 잦아든 틈을 타 짧은 시간동안 밖을 내다보았다. 아마도 백층은 넘게 올라온 것 같았다. 계단 위의 공간도 원형이었는데 무척 넓어서 창밖으로 그 튀어나온 바닥이 보일 정도였다. 그런데 더 놀라웠던 건 하늘로 향하는 줄만 알았던 그 여덟개의 파이프 끝이 휘어져 아치를 그리며 모두 계단 위의 공간 벽에 박혀있다는 것이었다. 머릿속이 복잡했고 호기심이 커져만 갔다. 심장이 쿵쾅댔다. 이제 저 계단만 오르면 나는 저 소리의 실체를 마주할 것이었다. 나는 남은 힘을 다해 마지막 계단을 밟던 중 발을 헛디뎌 넘어지며 외마디 비명을 질렀다. 왼쪽 발목에서 참기 힘든 통증이 느껴졌다. 그런데 그 순간 괴기스런 소리가 잠시 멈췄다.

'소리의 주인공이 내 비명을 듣기라도 한 걸까?'

발목이 부어오르는 것으로 보아 뼈가 부러진 것 같았다. 나는 고통을 참고 절뚝거리며 마지막 계단을 올라 천장에 난 구멍으로 들어갔다. 거기엔 거짓말처럼 크고 하얀 방이 있었다. 지름이 30미터 높이는 10미터쯤 될 법한 거대한 원형 공간이었다. 둥그런 외벽엔 등간격으로 여덟 개의 구멍이 뚫려 있었는데 그건 도심에서 올라온 회색 파이프의 끝과 연결되어 있었다. 그 괴기스런 소리는 그 공간의 한 켠에 등을 보이고 앉아있는 검은 존재로부터 나오는 소리였다. 머리에는 사슴뿔 모양의 뿔이 두개 있었고 왼팔은 사람 팔처럼 보였으나 오른팔은 문어의 다리처럼 보였다. 또한 다리 역시 네개의 문어 다리 형태를 띠고 있었다. 등에는 척추를 따라 작은 돌기 같은 것이 촘촘히 나 있었다. 난 그에게 조금 다가갔지만 그에게 드러낼 용기는 나지 않았다. 그의 얼굴 앞엔 여덟개의 커다란 검은 구슬이 중력의 영향을 받지 않는 양 공중에 둥둥 떠 있었는데 회색 파이프와 연결된 여덟개의 구멍에서 튀어나오는 검은 구슬들이 통통 튀어올라 큰 구슬과 합쳐지고 있었다. 그 모습은 마치 비누방울들이 하나가 되는 모습과 비슷했다. 결국 사람들의 입에서 생성된 구슬들은 우주로 가는 것이 아니라 여기에 모였던 것이다. 그의 눈앞에 있는 여덟개의 검은 구슬 표면에선 수많은 사람들에게서 비롯된 고통의 기억들이 영화의 화면처럼 쉴새없이 재현되고 있었다. 하나같이 비참한 광경들뿐이었다. 그는 그 장면들을 하나도 놓치지 않으려는 듯 쉴새 없이 고개를 움직이고 있었다. 그는 사람들의 고통에 공감하는 듯 왼손으로 이마를 움켜쥐고 괴로워하며 연신 고통의 신음을 내고 있었다. 머리를 감싼 오른 팔은 머리의 뿔과 뒤엉켜 더욱 괴기스럽게 보였다. 그가 토해내는 신음 소리는 내가 올라온 계단을 통해 건물 바닥으로 무겁게 내려앉고 있었다. 문어의 다리처럼 보였던 그의 다리 중 하나는 그 와중에도 일정한 간격으로 어떤 버튼을 계속 누르고 있었는데 나는 그것이 도심을 메웠던 안개를 생성하는 버튼이라는 것을 알 수 있었다. 아마도 그는 회색 파이프의 끝이 이 건물에 이르고 있다는 사실을 도시 사람들이 모르게 하고 싶은 모양이었다. 그의 고통이 오른팔과 다리를 저 모양으로 만들어 버린 것은 아닌가 하는 생각이 들었다. 내가 더 컸다면, 혹은 큰 용기가 있었다면 그에게 다가가 어깨를 어루만져주고 위로의 말을 건넸을 것이다. 하지만 지금 난 단지 그의 뒤에서 숨죽이고 그 모든 광경들을 조용히 지켜볼 뿐이었다. 괴로워하는 그의 뒷모습을 보는 것은 이제 내게 그의 소리를 견뎌내는 것 이상으로 힘들어졌다. 나는 절뚝거리며 조용히 뒷걸음질쳐서 조금 전에 올라왔던 계단 입구로 다시 왔다. 그리고 눈을 감고 그에게 전하고 싶은 말을 떠올렸다.

'여기까지 와서 당신을 본 건 내게 너무 힘든 일이었어요. 도심의 사람들은 나름 살 길을 찾았답니다. 그러니 당신이 너무 힘들어하지 않았으면 좋겠어요.'

그런데 그 직후 그의 신음소리가 멈추었다. 곧 거짓말처럼 내 발목의 부기가 가라앉고 통증도 사라졌다. 나는 감사하는 마음으로 그를 돌아다보았다. 그 역시 고개를 돌려 나를 보고 있었다. 그는 회색 가면을 쓰고 있었는데 그 너머로 따뜻한 시선이 느껴졌다. 그의 등 뒤에서 움직이던 여덟 개의 검은 구슬은 점점 하얀 색으로 변하고 있었다.

1999_2

이별

12월 8일엔 파타, 유퍼스, 실반, 아만다, 안젤로, 두낭, 바티스, 라티모가 보로나를 떠났다. 떠나는 사람은 남는 사람에게 작은 선물이라도 주고 싶었을테지만 여기에선 그 모든 것이 짐이라는 것을 서로 알고 있었기에 그런 행동들은 하지 않았다. 파타는 앞으로 몇년간 도심을 벗어나지 않을 것이라고 했고 안젤로는 양계장을 운영할 것이라고 했으며 바티스는 고향에 돌아가면 술을 끊겠다고 했다.

15일엔 에시런과 맥, 베니, 페로니, 에플린, 란도, 크리셀라가 떠났다. 에시런은 고향에 가면 다시 건축공부를 할 것이라고 했고 에플린은 또다른 운명의 마무리를 찾아 어디로든 떠날 것이라고 했다. 이제 이별은 그렇게 아무렇지도 않았다.

다음날 저녁식사 후 위나가 중정 벤치에 앉아 차를 마시려는데 누카스가 빗자루와 쓰레받기를 들고 복도에서 나왔다. 그 모습이 얼마 전과 달리 무척 힘겨워 보였다. 위나가 입을 열었다.

"누카스, 저녁은 드셨어요?"

"예, 먹었어요."

"몸은 좀 어떠세요?"

"걱정끼쳐 드렸나봐요. 나이들면 다 그렇죠 뭐. 이제 움직일만 합니다."

"여기에 앉으세요."

위나가 이동하여 그가 옆자리에 앉을 수 있도록 자리를 마련했다. 누카스가 빗자루와 쓰레받기를 옆에 놓고 벤치에 털썩 앉았다. 벤치에서 삐걱 소리가 났다. 누카스가 큰 한숨을 쉬었다. 위나가 다시 말했다.

"고생하셨어요."

"예?"

지난번 이야기 나눌 때와 같은 크기로 말했지만 누카스는 한번에 알아듣지 못했다.

"그간 고생 많으셨다구요."

"고생은요."

"아직도 멜랍향이 꽤 나요."

"그거요? 지난번에 모두 파버렸어야 하는데..."

내뱉듯 이렇게 말하는 누카스의 시선은 아직도 여기에 있지 않았다.

"몇 그루라도 남았기에 이렇게 향기를 내는 거잖아요. 저는 너무 좋은데요. 사실 다행이라고 생각하시면서."

"저도 모노쿠 원장처럼 여기 오기 전부터 멜랍을 좋아했어요. 남은 놈들은 더 번성할 겁니다. 무식한 인간들은 모든 것이 자기들 마음대로 되는 줄 알아요."

"그러게나 말이에요. 제가 자동판매기에 가서 커피 한잔 뽑아 드릴... 아 참 저녁엔 안 드시지..."

위나가 말을 접으려는데 누카스가 말했다.

"한잔 주세요."

위나가 커피를 뽑아왔다. 누카스가 공손히 커피를 받아쥐며 말했다.

"원장님, 바깥 세상도 이럴까요?"

"예?"

"여기처럼 자기 일만 열심히 하면 되고, 피곤하고 지치면 쉬면 되고, 힘들면 내일 하면 되고 또..."

"글쎄요."

"제가 이 나이에 여길 떠나서 잘 살 수 있을까요?"

이번엔 위나의 입에서 한숨이 나왔다.

"그럼요. 여기에서 하신 것처럼 열심히만... 아니 그 절반만 하셔도..."

그때 복도에서 도나가 커피를 들고 중정으로 나오고 있었다. 누카스는 위나와 도나에게 눈인사를 하고 남은 커피를 들고 일어난 후 빗자루와 쓰레받기를 챙겨서 들어갔다. 도나가 위나의 옆에 앉으며 말했다.

"원장님 여기 계셨네요?"

위나가 물었다.

"저녁식사를 늦게 드셨나봐요?"

"아 조금 전에 재단에서 소식이 와서 무슨 내용인가 확인하느라 식사가 늦었어요."

"어떤 내용이었어요?"

위나의 물음에 도나가 장난기 어린 눈망울로 잠시 뜸을 들이더니 말했다.

"원장님, 청문회, 아니 그거 있잖아요. <아드아브 조류 연구소 30년의 발자취> 발표하셔야 한다는 거. 많이 부담스러우셨죠?"

"그게 왜요?"

"안하셔도 된답니다. 이미 보낸 자료로 충분하다고 연락이 왔어요. 그리고 원하신다면 재단에서 정년 제한 없이 일하실 수 있는 부서를 알아봐 준다고 했습니다. 원장님이 아주 마음에 들었나봐요."

"제가 뭐 한게 있나요? 고생은 부원장님께서 더 많이 하셨잖아요."

"제가 뭘 한게 있다고 그러세요. 저는 이제 연구니 기록이니 이런 거 지겨워요. 고향에 가면 영화 시나리오 써 볼 겁니다. 물론 푹 쉰 다음에요. 그러고보니 이게 예전부터 제가 하고 싶었던 거였더라구요."

"어머, 그런 꿈이 있으셨군요. 잘 되었어요. 부원장님과 잘 어울려요. 축하드려요."

"응원해 주시니 감사합니다. 아참, 크리셀라가 드디어 결혼소식을 전해왔어요. 3월에 한다는군요. 이런 곳에 있으면 그 이상 듣기좋은 소식도 없어요."

"정말 좋은 소식이네요."

"나가서도 이렇게 소식을 주는 거 보면 제가 여기에서 잘 살아온 게 맞나봐요. 참, 휴가 중이었던 라일라는 재단에서 이미 퇴사처리 했답니다. 라일라도 그걸 원했으니 잘 되었죠 뭐."

"아, 그렇군요. 혹시 마리 소식도 들어보셨나요?"

"아니요. 마리는 말 많이 하는 사람이 아니잖아요. 참 내년 초에 한번 보기로 했어요. 함께 고생 많이 했잖아요. 회포 풀어야죠."

토요일 저녁식탁엔 요틀란이 특별히 아끼는 와인 <데그니 데모르(dernier d'amour)>를 가져왔다. 그건 몇 달 전 휴가에서 돌아온 이타냐가 와인을 좋아하는 요틀란을 위해 고향 마을에서 어렵게 구해온 생일선물이었다. 이탸냐가 눈을 동그랗게 뜨고 물었다.

"요틀란, 그거 크리스마스에 고향에 가서 친구들과 먹는다고 하지 않았어?"

"그랬지. 근데 생각이 바뀌었어. 오늘 그냥 여기서 같이 마시고 싶어!"

성찬도 케일도 없는 저녁이었지만 특별한 와인이 기억에 남을 시간을 만들어주고 있었다. 이제 보로나에 남아있는 사람들은 위나, 도나, 요틀란, 이타냐를 비롯해 로쉬, 크로이, 조단, 누카스 뿐이였다. 분위기가 무르익을 즈음 로쉬는 휴가에서 결국 돌아오지 않은 라일라에 대한 그리움을 드러내며 수첩을 꺼내 기억 속 그녀의 얼굴을 그렸다. 누군가는 새 천년엔 어디에서 무엇을 하며 살아야 할지에 대한 주제로 이야기를 하자고 제안했지만 요틀란이 취한 목소리로 무엇을 하든 행복하면 되는 거 아니냐며 언성을 높이는 바람에 자정이 되기 전에 파하여 모두들 방으로 돌아갔다.

21일 화요일 밤, 도나가 위나의 방문을 두드렸다.
"들어오세요. 부원장님."
위나의 방은 여행가방에 짐들을 챙겨넣느라 분주한 다른 이들의 방과는 달리 아무런 변화없이 깔끔했다. 아직 여행가방을 캐비넷에서 꺼내지도 않은 것 같아서 도나가 의아해하며 물었다.
"짐은 다 싸...신거죠?"
"뭐, 그럭저럭요."
"내일 배가 조금 일찍 도착한답니다. 아침 일찍 드시고 열시에는 부두로 내려가셔야 돼요."
"그럴게요."
"그럼 푹 쉬세요."
위나는 도나가 방을 나간 후 멍한 표정으로 한참이나 창밖을 바라보았다.

22일 수요일의 아침은 안개가 자욱했다. 요틀란이 준비한 보로나의 마지막 아침식사 메뉴는 간단한 샌드위치였다. 서둘러 식사를 마친 도나가 식당을 나오다 복도에 있던 누카스와 마주쳤다.

"식사는 하셨죠?"

"그럼요."

"원장님도 식사 하셨을까요?"

"글쎄요. 오늘 못 뵈었는데요?"

도나가 위나의 방문들 두드리고 들어가 보았으나 방의 상태는 어제와 다르지 않았고 위나는 보이지 않았다. 도나는 다시 식당에 가서 식사 중인 이타냐와 요틀란, 로쉬한테 오늘 아침에 원장님을 봤냐고 물었지만 아무도 보지 못했다고 했다. 도나를 따라 식당에 다시 온 누카스가 차분하게 말했다.

"잠깐 어디 가셨겠죠. 소화가 안 되어 아침식사를 거르셨을거예요. 걱정마세요 부원장님, 원장님께서 배가 도착하는 시간을 모르실 리 없잖아요, 곧 오시겠죠."

"그야 그렇지만..."

9시 반경 도나와 요틀란, 이타냐, 로쉬, 크로이, 조단, 누카스가 각각 큰 짐을 챙겨서 연구소 건물을 빠져나

올 때까지도 위나는 보이지 않았다. 모두들 염려하는 마음으로 부두로 나왔는데 위나가 거기 있었다.

"모두들 걱정했잖아요 원장님. 아침도 안드시고, 어디에 계셨던 거예요?"

도나가 그제서야 안도의 한숨을 쉬고 물었다.

"그냥 산책 좀 했어요."

누카스가 위나를 유심히 보며 말했다.

"원장님, 가방은 어디있어요?"

모두들 그 말에 위나의 주변을 둘러보았다.

"저 오늘 안가요. 먼저들 가세요."

"무슨 말씀이세요 원장님? 오늘 안 간다니요?"

도나가 놀라며 물었다.

"일주일 더 있으려구요."

"원장님, 왜 이러세요? 무슨 일 있으세요? 지금이라도 얼른 올라가서 짐 챙기세요. 제가 선장한테 조금 다 기다려 달라고 할게요."

도나가 말하던 중 안개 속에서 뱃머리가 보였다. 모두들 당황스럽다는 표정으로 위나를 쳐다보았다. 위나는 조금 웃어보이며 가볍게 말했다.

"걱정들 마세요. 여기서 마무리할 것이 있어서 그래요.

다음주 수요일에 연구소 건물 해체하실 분들이 올 거 잖아요. 그 분들이 타고 온 배로 갈 거예요."

배가 도착하자 도나가 격앙된 소리로 다시 말했다.

"여기서 일주일을 어떻게 혼자 사시려구요. 말도 안 되잖아요."

위나가 애써 웃으며 차분하게 답했다.

"아직 전기도 사용할 수 있고 수도도 나오잖아요. 주 방엔 통조림이며 뭐며 일주일은 충분히 살 식량이 아 직 남아있구요. 건축 폐자재 수거방법도 생각해야죠."

"그건 건물 해체하는 분들이 알아서 하실 거예요!"

도나가 재차 흥분하여 말했지만 누카스는 위나의 말 투에서 그녀가 결코 단념하지 않으리라고 생각했기에 자신도 위나와 함께 남겠다고 말했다. 하지만 위나는 손사래를 치며 모두에게 제발 자신의 청을 들어달라 고 호소했다. 그러자 누카스가 포기한 듯 말했다.

"원장님 뜻이 그러니 그 말씀 믿고 먼저 일어납시다."

그러자 도나가 위나에게 새끼손가락을 내밀며 말했다.

"원장님, 청문회인지 발표회인지는 없어졌어도 봄에 재단에서 원장님 댁으로 연락을 할겁니다. 제가 미처 말씀드리지 못했지만 마지막에 근무했던 직원 모두

초대했어요. 그때는 꼭 온다고 약속하세요. 안 그러면 저 못 떠나요."

위나는 새끼손가락을 걸고 도나와 약속했다. 그리고 누카스, 이타냐, 로쉬, 요틀란, 크로이, 조단과 차례로 인사를 나누었다. 모두가 떠난 뒤 위나가 섬 주위를 산책하고는 연구소 건물로 다시 올라가서 커피를 들고 방으로 들어갔다. 벽시계 바늘은 오후 세시를 넘기고 있었다. 위나는 서랍을 열어 <굿바이>라서 쓰여있는 사진을 찾아서 책상 위에 올려놓았다. 추억인지 기억인지 상상인지 모를 어떤 환영이 아리의 눈을 통해 30년 전 그날 밤으로 위나를 이끌었다.

인터뷰가 있던 다음날 밤 아리는 도미노, 에드와 함께 새들이 자는 모습을 촬영하러 밖으로 나왔다. 둥지 근처에 도착하여 두 친구들에게 저녁 메뉴로 나온 앙타 이야기를 꺼내려 할 때쯤이었다. 그때 아리는 건물을 막 빠져나온 수아를 발견하고는 친구들을 둥지 근처에 남겨두고 그녀를 뒤따랐다. 그녀가 걸음을 멈춘 서쪽 벤치에는 예상대로 그 사람이 있었다. 아리도 걸음을 멈추었다. 폭발할 것 같은 가슴을 부여잡고 숨죽여

그 둘을 바라보았다. 아리의 눈에 비친 수아는 꺼져가
는 불꽃이었고 땅에 떨어진 작은 새였다. 수아가 그를
안을 때 아리는 마음 속으로 절규했다.
'안돼 수아, 손을 놔! 그를 보내줘, 제발!'
그리고 크게 외치며 카메라 셔터를 눌렀다.
"수아!"

'아리, 고마워. 그리고 정말 미안해.'
위나는 벽시계를 떼어내고 건전지를 쓰레기통에 버렸
다. 그리고 달력도 떼어 버렸으며 차고 있던 손목시계
마저 풀어 창문 밖 어딘가로 던져버렸다. 그리곤 따가
운 햇살을 받으며 조용히 누워 눈을 감았다. 허기가
밀려왔지만 뱃 속에 무언가를 밀어넣고 싶지는 않았
다. 그리곤 자신의 머리를 움켜쥐고 지구의 중심까지
끌고 내려갈만큼 무거웠던 기억들을 하나하나 떠올렸
다. 그리고 그것들을 자유롭게 놓아주었다.
'안녕, 나에게 속해있던 모든 것들아.'

예정대로 떠나갈 것은 떠나갔으니 운명대로 남은 것
은 파괴될 것이었다.

우화

그날 이후 보로나에는 시간이 사라졌다. 그러니 그로 부터 하루가 지났는지 혹은 며칠이 지났는지는 알수 없었지만 위나가 또다시 그 꿈을 꾸고 눈을 떴을 때 는 어두운 밤이었다. 하늘엔 구름 한점 없었고 반쯤 열린 창에서는 한기가 밀려왔다. 시간이 멈추지 않았 음을 알게 하는 건 간간히 불어오는 바람뿐이었다. 위 나는 혼자 남아있는 동안 아무것도 먹지 않았다. 그래 서 그런지 너무나 몸이 가벼워진 것 같았다. 어쩌면 이미 그 다음주 수요일도 지나버렸는지 모를 일이었 다. 위나는 이곳에 오던 날 입었던 초록색 치마를 입 고 가디건을 걸친 후 방을 나가 방들과 복도의 전등 을 모두 켰다. 그건 위나가 삼십년 전 수아란 이름으 로 이곳에 왔던 날부터 해보고 싶었던 것이었다. 어둠 에 묻혔던 연구소가 대낮처럼 환해졌다. 하나하나의 방을 거쳐 복도를 지날 때마다 그곳에서 지내던 사람 들의 얼굴이 선명하게 떠올랐다가 연기처럼 사라진 후 다시는 기억나지 않았다. 중정에 나가보니 누카스 의 말대로 멜랍들이 두번째 전성기를 맞은듯 했다. 다시 그곳엔 멜랍향기가 가득했다. 위나는 그 중 가장 센 향기를 뿜는 꽃 하나를 멍하니 바라보았다. 꽃 속의 보라색 줄이 하얀 꽃잎을 벗어나 하늘로 피어오르며 밤벌레들과 함께 춤을 추었다. 위나는 뒷문으로 나가 서쪽 초소로 향했다. 새들의 소리가 심장을 두드리는 북소리처럼 들렸다. 어김없이 어지럼증이 찾아왔다. 위나는 초소 앞 벤치에 앉아 어둠 속 수평선을 바라보다 별빛 가득한 하늘을 멍한 눈으로 올려다 보았다.

위나의 눈에는 그 하늘이 마치 자신을 중심으로 반구의 형태로 펼쳐져 있는 거대한 검은 막으로 보였다. 눈부신 별들을 품고 있는 검은 막. 그런데 검은 막 뒤편에서 거대한 얼굴이 막을 밀고 위나에게 다가오고 있었다. 잠시 후 검은 막은 위나의 기억속 누군가의 얼굴이 되어 있었다. 위나는 자신의 눈과 마음을 믿을 수 없었다. 반짝이는 별들이 수도 없이 박혀있는 그 얼굴은 가만히 위나를 내려다보고 있었다. 잠시 후 눈이 있어야 할 자리에 커다란 구멍이 뚫렸는데 그 속에는 로빈이 다녀왔던 여섯개의 세상들이 은하수처럼 흘러내리고 있었다. 그 얼굴은 위나에게 무슨 말인가를 전하려 입을 벌렸지만 그의 소리는 검은 막에 가로막혀 위나에게 다다르지 못했다. 그녀의 눈동자는 반짝이는 별들이 담긴 검은 얼굴과 신비한 여섯개의 세상, 그리고 차마 지워내지 못한 자신의 기억들을 마법사의 구슬처럼 담아내고 있었다.

위나는 슬리퍼를 벗고 벤치 위에 올라갔다. 밤 바람에 치마가 살랑대고 있었다. 내려다보니 그건 조금 전에 입고 나온 초록색 치마가 아니라 오랜 기억속의 분홍빛 치마였다. 그리고 그 사이로 소녀의 발처럼 작아진 자신의 발이 보였다. 그 순간 거대한 검은 얼굴의 입 언저리에서 이런 소리가 들렸다. 모든 별들이 동시에 말을 거는 듯 수많은 소리가 섞여있었다.
"자, 내 손 잡아. 이제부터 눈을 감고 내가 시키는 대로 하는 거야. 하나부터 일곱까지 수를 셀 거야. 네 머리 속을 채우고 있는 무거운 것들을 하나씩 꺼내봐. 할 수 있지? 그러면 네 몸도 점점 가벼워질거야. 일곱을 셀 때쯤엔 네 발은 거짓말처럼 둥둥 뜰거야. 아무 일도 일어나지 않을 거라는 두려움은 버려. 네 기다림은 완성되었거든. 준비됐니?"

일곱살 소녀는 목아프게 하늘을 올려다보며, 오른손을 허공에 뻗은 후 고개를 끄덕였다.

"하나."
"천사의 눈물."
"둘."
"끝을 기다리는 사람들."
"셋."
"손가락을 잃은 나무."
"넷."
"죽은 나무들이 사는 숲."
"다섯."
"나는 법을 잊어버린 새들."'
"여섯."
"후회와 고통의 신."
그 얼굴은 흐뭇한 표정으로 위나를 내려다보고 고개를 끄덕이며 말했다.
"일곱!"

부록 _ 못 담은 이야기

새들의 섬 보로나

보로나는 태평양에 있는 무인도 중 하나로 지구에서
가장 깊은 바다인 마리아나 해구 인근에 있으며 위치
는 북위 12.5도, 동경 133도에 자리하고 있다. 남북
으로 긴 모양을 하고 있으며 장변의 길이 1.9㎞인 작
은 섬으로 전체 면적은 1.473㎢이다. 섬의 동남쪽은
완만하지만 북서쪽에는 가파른 언덕을 가지고 있으며
최고 높이는 해발 92.47m이다.

1700년대 말 보로나 인근에서 항해를 하던 차모로인
이 바다에서 표류를 하던 동유럽인을 구해주었는데
보로나라는 이름의 유래는 섬의 모양이 까마귀를 닮
았다는 그 동유럽인의 말에서 비롯되었다고 전해진다.

보로나의 역사

~ **1944년 4월** 사람이 살지 않던 섬.

1944년 9월
2차 대전 중, 해양에서 벌어진 전투에서 조난당한 군인들이 밀려든 태평양의 작은 섬 보로나에 그들을 치료하기 위한 야전병원이 생김.

1946년 10월
보로나에서 환자를 돌보던 의료인들이 주축이 된 단체가 야전병원의 시설을 기반으로 그곳에 <바실리카 요양병원>을 설립함.

1969년 8월
북유럽에 본부를 둔 엘리아머 동물보호재단이 바실리카 요양병원을 인수하고 그곳에 태평양을 지나는 철새들의 연구시설인 <아드아브 조류연구소>를 설립함.

2000년 7월
모든 시설이 해체되고 원래의 모습으로 복원됨.

태평양 제도의 무인도 원상회복을 위한 국제협약 :

IRUP International Convention for the Restoration of Uninhabited Islands in the Pacific Islands

1996년 미국 뉴욕에 위치한 유엔본부 3회의실에서 열린 협약으로 독일인 토마스에 의해 주창되었으며 G7(캐나다, 프랑스, 독일, 이탈리아, 일본, 영국, 미국) 과 한국, 인도, 중국, 싱가폴이 참여했다. 회의 안건은 태평양 무인도에 대한 실효적 점유 반환 건, 그리고 인간이 파괴한 자연생태계 복원 건이다.

회의는 3차례에 걸쳐 나누어 진행되었으며 그 협약의 결과로 IRUP는 엘리아머 동물보호재단에게 2000년이 오기 전까지 <아드아브 조류연구소>를 보로나에서 철수하라고 명령하였다. 하지만 연구소의 21종의 멸종 위기동물 보전 성공의 성과는 동물보호재단사에 길이 남을 업적으로 인정하였다.

아드아브 조류연구소 업적

아드아브 조류연구소는 아래 21종의 멸종위기동물의 생태와 습성을 연구하여 그들의 유전자원을 성공적으로 채취, 보전하는데 성공하였다. 그들이 보내온 유전적 시료는 현재 엘리아머 동물보호재단에서 안전한 형태로 보관되고 있다. 특히 전설의 새라 불릴만큼 보고된 개채수가 미미했던 매그니피의 둥지를 대량 확인한 것은 아드아브 조류연구소의 가장 큰 업적으로 평가되고 있다.

멸종위기 1급 8종 보전
넓적부리도요, 노랑부리백로, 느시, 매그니피, 저어새, 호사비오리, 로니로, 뿔제비갈매기

멸종위기 2급 13종 보전
검은머리갈매기, 노랑부리저어새, 뿔종다리, 뿔쇠오리, 흑기러기, 새호리기, 쇠검은머리쑥새, 쇠제비갈매기, 알락꼬리마도요, 훌라이, 흰목물떼새, 붉은가슴흰죽지 호일라

아드아브 조류연구소 역대 원장

이름 (재임기간) / 국적

1. 엘리 (1969~1971) / 스웨덴
2. 리암 (1971~1973) / 스웨덴
3. 유리 (1973~1975) / 벨기에
4. 에밀리 (1975~1977) / 프랑스
5. 우타 (1977~1979) / 캐나다
6. 하이스 (1979~1982) / 미국
7. 모노쿠 (1982~1985) / 영국
8. 페리노 (1985~1988) / 스페인
9. 일라델 (1988~1991) / 스위스
10. 로타 (1991~1994) / 네덜란드
11. 에텔라 (1994~1997) / 핀란드
12. 바이마 (1997~1998) / 태국
13. 위나 (1999) / 한국

아드아브 조류연구소 직원정보 _ 1969

(이름(본명)/ 보직/ 국적/ 성별/ 생년/ 근무기간)

엘리(페르손 엘리)/원장/스웨덴/남/1917/1969~1971

테르낭(안토니 렌케)/목수/폴란드/남/1911/1969

티토(티토 루체티)/현장소장/이탈리아/남/1913/1969

멀린(멀린 밀로스)/주방장/그리스/여/1922/1969~1974

타레스(노아 에덤스)/연구원/뉴질랜드/남/1933/1969~1980

폴(폴 슈타인)/전기기사/독일/남/1939/1966~1977

케빈(케빈 코우키)/설비기사/핀란드/남/1941/1969~1772

코너(코너 알반스)/의사/영국/남/1941/1964~1774

아리(아리조드 파커)/사진기사/미국/남/1943/1968~1970

케일(케일 크라베)/주방보조/네덜란드/남/1943/1969~1976

해나(해나 안데르손)/연구원/스웨덴/여/1944/1969~1977

칼슨(모모카 오시마)/기록관/일본/여/1945/1969~1973

제이드(야렌 오르한)/초소관리/튀르키예/남/1947/1969~1983

네이키(카란 쿠마)/청소/인도/남/1945/1969~1971

오빈(라울 쿠마)/청소/인도/남/1945/1969~1979

수아(한 수아)/연구원/한국/여/1942/1969

아드아브 조류연구소 직원정보 _ 1999년

(이름(본명)/ 국적/ 성별/ 생년/ 근무기간)

조류연구

파타(파타 슈미츠)/독일/남/1948/1989~1999

유퍼스(유퍼스 쿠퍼)/영국/남/1960/1994~1999

바이네(바이네 디아스)/아르헨티나/남/1961/1993~1999

실반(신디 카리문)/인도네시아/여/1968/1990~1999

마리(마리 시몬스)/네덜란드/여/1972/1994~1999

의료지원

에플린(에플린 데스니)/스위스/여/1945/1982~1999

티에나(신 야인)/대만/여/1969/1996~1999

아만다(아만다 헤이스)/오스트레일리아/여/1971/1990~1999

란도(리 창신)/중국/남/1967/1993~1999

주방

요틀란(요틀란 알론조)/필리핀/남/1954/1988~1999

페로니(페로니 슐러)/남아프리카공화국/남/1960/1990~1999

로쉬 (로쉬 레비)/이스라엘/남/1966/1994~1999

라일라(라일라 나세르)/이라크/여/1965/1997~1999

시설관리

베니(베니 파커)/미국/남/1970/1996~1999

크리셸라(크리셸라 페도로)/우크라이나/여/1965/1992~1999

식자재관리

안젤로(안젤로 마르친스키)/폴란드/남/1948/1984~1999

두낭(두낭 페트로프)/러시아/남/1961/1990~1999

창고관리

바티스(바티스 토레스)/페루/남/1936/1991~1999

이안(이안 디아스)/멕시코/남/1969/1994~1999

초소관리

에시런(에시런 카루스)/이탈리아/남/1953/1992~1999

맥(주마 산콜로)/말리/남/1971/1994~1999

크로이(크로이 스탠)/루마니아/남/1966/1991~1999

청소관리

누카스(누카스 디에고)/스페인/남/1936/1983~1999

라티모(빈 폴디)/태국/남/1952/1991~1999

드록(응우옌 티라이)/베트남/남/1959/1994~1999

급수관리

조단(조단 헤이건)/캐나다/남/1939/1979~1999

기록

도나(도나 베네딕트)/오스트리아/여/1947/1996~1999

이타냐(이타냐 클레)/프랑스/여/1955/1994~1999

원장

위나(한 위나)/한국/여/1942/1999

1944   1969   1994   2019   2044   2069   2094